삶의 餘白

박태수 수필 제4집

삶의 餘白

삶의 여백

좋은땅

인생의 뒤안길에서 만난 사유의 빛

뒤안길의 속도

삶의 속도가 스스로 느려지는 순간, 산중 정원의 오솔길을 걸으며
조용히 흐르는 내 숨결을 느낀다. 잊었다고 생각했던 기억들이 어둠
속에서 낮게 떨고, 황혼의 문턱에서는 내면의 목소리가 바람에 섞여
미세하게 울린다. 모든 소리와 그림자가 한데 모여 글이라는 흐름 속
흔적이 된다.

전투처럼 달려온 인생, 목표와 책임이라는 굴레는 앞만 바라보게 했
다. 뒤안길에서 발걸음을 멈추었을 때, 비로소 나 자신과 세계가 하나
의 공명(共鳴)으로 맞닿음을 깨닫는다. 오래된 낙엽이 바스락거리는 소
리, 침묵 속에서 스며든 깨달음, 뒤안길에서 발견한 그림자와 빛은 모
두 삶을 다시 읽는 열쇠다.

길 위의 그림자는 종종 나를 흔들고, 어떤 때는 그늘 속에 숨은 작은

기쁨을 속삭인다. 속도를 내려놓는다는 것은 행동이 아니라, 내면과 세계를 향한 깊은 눈 맞춤이다. 뒤안길은 낮고 조용하지만, 그 길 위에서 삶의 진폭(振幅)은 끝없이 펼쳐진다. 발걸음의 무게가 기억을 흔들면, 보이지 않는 입자가 내 존재의 바닥을 두드린다. 시간의 뒤틀린 골목마다 숨어 있는 과거가 숨죽이며 낮은 종소리로 속삭인다.

산촌의 여유

산촌의 느린 시간 속에서 '멈춤'이라는 단어를 배운다. 하루 종일 아무 일 하지 않아도 조용한 순간 속에서 충만함을 발견하는 법을 알게 된다. 바람에 흔들리는 나뭇잎, 저물녘 주흘산의 노을, 산정(山頂) 여인의 침묵 등, 모든 것이 내 마음의 여백으로 스며든다.

음악과 계절의 리듬이 오래전 잃어버린 감각을 일깨우고, 여백은 결코 공허가 아니다. 물안개가 아침을 가르고, 오월의 신록이 성스러운 침묵 속에 숨 쉬며, 책상 위 키보드와 바깥 풍경, 바흐와 브람스의 선율이 하루의 흐름 속에서 나를 다독인다.

속도를 갈망하는 마음을 조금씩 내려놓으며, 산촌의 숨결 속에서 시간을 음미한다. 바람이 흔드는 나뭇잎 그림자, 낯선 새소리와 함께 마음의 균형을 맞춘다. 공기 중에 남은 바람의 잔향이 눈에 보이지 않는 길을 내 앞에 펼치고, 그 길 위를 눈감은 채 발걸음을 옮긴다. 숨과 숨이 만나 부서지는 소리 속에서 내 마음의 가장 깊은 틈이 열리고, 나는 거기서 오래된 나를 마주한다.

마음의 등불

　마음의 등불을 켜고 하루를 바라본다. 작은 불빛 하나가 어둠을 완전히 밀어내지는 못하지만, 그 흔들리는 빛 덕분에 나는 비로소 사물의 윤곽을 읽어낸다. 황혼의 묵언 속에서 노을의 붉은 숨결을 마주할 때, 존재의 깊이를 사유하고, 일상에 섞인 음악의 미세한 선율 속에서 삶과 사랑, 그리고 창작의 본질을 다시 일으켜 세운다. 산촌의 싱그러운 아침 공기, 키보드 위에서 미세하게 떨리는 손끝, 숲을 오가는 새소리와 바람의 결은 서로 다른 언어이면서도 하나의 언어로 합쳐져 존재의 가장 근원적인 음절이 된다.

　하루의 끝자락에서 마침내 나 자신과 눈 맞춤한다. 세상의 소음이 수십 겹으로 덮어 버린 조용한 진실들이 미세한 떨림 속에 천천히 모습을 드러낸다. 사소해 보이지만 결정적인 순간들, 말없이 지나쳤으나 마음을 비틀고 간 장면들이 마음의 등불 아래서 피어나는 사유와 감정의 결을 글로 담는다. 이것이 마음의 등불이며, 뒤안길의 낮은 햇살 속에서 오래 기다리던 빛이다.

　등불은 언제나 완전한 빛이 아니다. 흔들리고, 불안정하게 떨리며, 때로는 심연 속에서만 간신히 반짝인다. 그러나 그 흔들림 자체가 삶의 진실을 은밀히 드러낸다. 빛이 길 잃은 그림자를 스쳐 지나갈 때,

나는 존재의 일부가 순간 소멸과 재생을 동시에 겪고 있음을 느낀다. 그리하여 매 순간 내 안의 어둠과 대화한다. 어둠을 몰아내기 위해서가 아니라, 어둠이 품은 침묵의 의미를 듣기 위해서다. 그 대화는 끝내 나를 다시 쓰게 하고, 다시 살아가게 한다.

고전의 울림

뒤안길에서 사유는 길이 되고, 침묵은 언어가 된다. 낮게 깔린 햇살 속 그림자가 길게 늘어질 때, 잃어버린 목소리가 내 안에서 낮게 떨린다. 그것은 단순한 회상이 아니라, 시간의 층위를 관통하며 나를 새롭게 만드는 변주곡이다.

고전은 과거와 현재, 나와 타인을 이어 주는 다리다. 멜빌의 '집착과 광기', 카뮈의 '부조리', 톨스토이의 '사랑과 윤리', 사강의 '고독', 프롬의 '사랑의 기술' 등의 작품은 삶을 직면할 용기와 통찰을, 때로는 차가운 현실 속에서도 자신을 돌아보게 하는 성찰의 빛을 선물한다.

뒤안길 속 고전을 읽을 때, 나는 인간 존재의 복합성과 윤리, 사랑과 책임의 무게가 새롭게 다가온다. 속도를 내려놓은 시간 속에서 고전의 문장 하나하나가 나의 현존재와 은밀하게 맞닿아 문을 두드린다.

고전의 문장은 내 의식의 바깥에서 속삭인다. 알려지지 않은 비밀과 사라진 감각의 잔해를 흔들며, 무의식의 세계와 아직 이름 지어지지 않은 자아를 드러낸다. 그 순간, 시간은 한층 얇아지고, 존재와 사유의 경계는 미세하게 진동하며, 내면 깊은 울림으로 스며든다.

인생의 뒤안길에서 만난 사유의 빛

기억과 사유는 은밀하게 나를 둘러싸고, 한순간의 슬픔과 흘려보낸 기쁨, 이름 모를 새소리와 발자국 소리까지 모두 내 삶의 표정이 된다. 노년은 더 이상 쇠퇴가 아니라, 오래전 미뤄 둔 감각과 사유가 펼쳐지는 장이다. 뒤안길 낮은 햇살 속에서 나는 자신을 만나고, 어둠 속에서도 희미한 빛을 발견한다. 그 빛이 길을 만들 때, 삶은 속도가 아니라 느림과 머묾 속에서 온전히 드러난다.

숨을 들이쉬며 오래전 잃어버린 나와 마주하는 시간, 사유의 빛이 흐르는 길, 이름 모를 바람이 부르는 소리, 끝없이 이어지는 오솔길 산책에서 내 안의 울림 하나를 마음에 새긴다. 관목 사이로 들어온 희미한 빛이 그림자를 드리우고, 그 위를 걷는 발자국마다 과거와 현재, 생과 사의 경계가 흐릿하게 스며든다. 나는 그 위에서 천천히 숨을 고르고, 삶과 사유, 사랑과 잊힌 시간 사이의 미세한 틈을 들여다본다.

황혼의 뒤안길은 결코 외진 길이 아니며, 지나온 모든 길이 한데 모여 미묘하게 흔들리는 거대한 공간이다. 여기서 자신을 다시 만나고, 어둠 속에서도 어렴풋이 빛나는 희미한 희망을 발견한다. 노년은 쇠퇴의 상징이 아니라, 일생 미뤄 두었던 사유와 감정이 비로소 펼쳐지는 장(場)이다. 수필집은 그 위에 내려앉은 작은 빛의 기록이며, 읽는 이가 각자의 뒤안길에서 길을 찾도록 조용히 손을 내미는 초대장이다.

2026년 1월 20일
문경 여우목골 대미산 자락 산방에서
無崖 박태수

제3부
마음의 등불

제1부

인생의 뒤안길

인생의 뒤안길

늦가을이 지나는 산중에서 스산한 바람 소리에 문득 발걸음을 멈춘
다. 우수수 낙엽 지는 소리와 텃새들의 처연한 울음소리가 마음 깊은
곳의 빗장을 푼다. 적막한 산중에서 인생의 뒤안길로 이어진 문 열리
는 소리가 나에게만 들리는 것으로 착각한다.

누구에게나 하루의 시간은 똑같다. 더 빨리 더 많이 사용하고 싶어
도 그럴 수 없듯이, 시간은 누구에게나 공평하다. 그런데 왜 그토록 앞
만 보고 달려왔을까. 인생의 뒤안길에 들어서서 이제야 조용히 지난날
을 뒤돌아본다.

인생은 한 편의 드라마다. 누구나 무대에 올라 역할을 맡고 조명을
받으며 한평생 살아간다. 그러나 무대는 언젠가 막을 내리고, 또다시
조용한 막이 오르는 순간이 있다. 이것이 바로 인생 2막의 시작이자,
뒤안길로 이어지는 길이다.

젊은 날엔 언제나 정면을 응시하며 세상 한복판에서 앞만 보고 달렸
다. 목표와 성취, 속도와 효율을 중시하다 보니, 삶은 마치 쉼 없이 달
리는 기차 같았다. 일터에서 성취, 가족을 위한 책임, 사회적 역할이

라는 이름 아래 자신을 뒤로 미루며 살았다. 일상은 유유히 흐르는 강물이 아니라 전투였고, 하루하루가 삶의 도전이었다. 이렇게 인생 1막을 살아내고 나니, 어느새 시간은 인생 여정을 다른 장으로 이끌어 놓았다.

몇 해 전, 젊은 시절 품었던 전원생활의 꿈을 좇아 백두대간 대미산 자락에 터를 잡았다. 산촌의 하루는 단순하지만 충만하다. 아침 햇살에 눈을 뜨고, 창문을 열어 온몸을 감싼 싱그러운 산바람을 마음껏 들이켜는 것으로 하루를 시작한다. 몇 안 되는 이웃과 웃으며 인사 나누고, 뒷산에 올라 숲과 함께 깊은숨을 쉰다. 이러다 보면 어느새 해는 서쪽 주흘산 허리에 숨고, 저물녘 노을이 물든 산자락에서 하루를 마무리한다.

은퇴를 앞두었을 무렵, 마음 한편에 적막한 바람이 불었다. '이제 무엇을 위해 살아야 할까', '진짜 원하는 삶은 어떤 모습일까' 이런 물음이 내면 깊은 곳에서 자리 잡았다. 이것은 단순한 휴식이나 여유가 아닌, 자신의 존재를 다시 조명하고 싶은 소박한 열망이었다.

은퇴 후 삶은 이전보다 조용하고 느리지만 사유는 깊다. 누군가는 이 시기를 내려놓음의 시간이라 말하고, 또 누군가는 다시 피어나는 인생의 봄이라 부른다. 후자 쪽을 믿고 싶다. 아직 피워 보지 못한 내 안의 꽃을 이제야말로 피워낼 수 있다고 생각한다.

젊은 날엔 하지 못했던 것이 여럿 있다. 시간에 쫓겨 가 보고 싶었으나 미뤄 두었던 여행, 읽고 싶었던 고전, 배우고 싶었던 악기, 손끝으로 만들고 싶었던 무언가가 있다. 이제는 조용히 하나씩 펼쳐 볼 수 있는 시간이다. 생각보다 크고 진하게, 성취가 아닌 경험을 위한 삶, 결과가 아닌 과정을 즐기며 황혼의 충만함을 느끼고 싶다.

무엇보다 중요한 것은 은퇴 후의 삶이 타인을 위한 무대가 아니라 자신만을 위한 무대다. 이제는 누구의 기준도 시선도 두려워하지 않는다. 나를 있는 그대로 받아들이고, 나에게 가장 솔직해질 수 있는 시간이 바로 지금이다. 물론 이 삶이 언제나 평온하고 낭만적이지만은 않다. 몸은 이전처럼 유연하지 않고, 세상은 여전히 경쟁과 속도를 강요한다. 그러나 이제는 속도보다 방향이 중요하다는 것과 삶은 누군가와의 비교가 아니라 나 자신과의 화해라는 것을 알고 있다.

은퇴 후, 그동안 얼마나 도착지에만 집착하며 살았는지를 생각할 때, 소중한 사람을 무심히 지나쳤고, 감정을 느낄 틈조차 없이 앞만 보고 달렸으며, 인생의 뒤안길로 접어들고 나서야 깨닫는다. 지금은 기차에서 내려 어느 간이역에 홀로 선 듯한 고요 속에서 지난 시간을 찬찬히 되짚는다.

인생의 뒤안길은 마치 이름 없는 골목처럼 조용하고 낡았지만, 이곳엔 놓쳐버렸거나 찬란하였던 순간이 여전히 머물러 있다. 이 길에는 어머니가 정성껏 차려 주시던 밥상, 친구와 나눴던 진심 어린 웃음, 그리고 새벽녘 홀로 울던 방안의 고요함이 있다. 그때는 미처 알지 못했지만, 지금 돌아보니 모든 순간이 얼마나 아름답고 귀한 선물이었는지 가슴이 뭉클해진다.

사람들은 '지금이 중요하다'고 말한다. 물론 옳은 말이다. 하지만 지난 시간을 되돌아보는 일 또한 헛되지 않다. 이것은 우리가 어디서 왔는지, 그리고 어디로 가야 하는지를 일깨워 준다. 인생의 뒤안길은 막다른 골목길의 '끝'이 아니라, 자신과 다시 마주하는 새로운 '길목'이다.

산촌의 삶에서 가끔 '잃어버린 나'와 마주한다. 순수했던 소년, 작은 감동에도 설레던 청춘, 상처 속에서도 다시 사랑하고 싶었던 장년의 나. 그러나 지금은 그때보다 더 단단해진 노년이지만, 어쩌면 덜 순수해졌는지도 모른다. 더 많은 것을 알게 되었으나 왠지 더 적게 느껴진다. '잠시 멈추라'고, '그대로도 괜찮다'고 속삭여 주기에 이 뒤안길이 고맙다.

노을이 마지막 빛을 골목 끝에 흩뿌릴 때, 나는 걸음을 멈추고 숨을 고른다. 한때는 분주하게 달려가던 발걸음들이 이제는 느려져, 해가 지듯 내 안의 날들도 차분히 가라앉는다. 침묵 속에서 나는 허무를 탓하지 않고, 오히려 온몸으로 받아들인다. 어둠은 모든 것을 삼키는 적이 아니라, 잠시 쉬어 가게 하는 포옹이다. 어둠 한가운데, 은근하고도 확실한 빛 한 줄기가 남아 있어 길을 잃지 않게 해 준다.

인생의 진짜 의미는 화려한 무대 중앙이 아니라, 뒤편에서 조용히 자신을 마주 보는 이 순간에 있다는 것을 이제야 비로소 알게 된다. 나는 오늘도 인생 뒤안길에서 느리게 조용히 그러나 가볍지 않게 서성이고, 길 끝에서는 마치 잔잔한 물결이 바다로 향하듯이 다시 시작될 무언가를 기다린다.

부대끼며 고단하였던 세월은 어느덧 흘러갔고, 지금은 스스로 빚어가는 시간이다. 인생의 뒤안길에서도 꿈과 희망은 살아 있다. 한순간도 쉬지 않고 들이켜야만 하는 산소처럼 믿음을 품고 묵묵히 걸어가야만 한다. 오늘도 호젓한 산길을 아내와 나란히 걷는다. 홀로 걸을 때와는 또 다른 감정이 마음을 적신다.

오래된 둘만의 추억, 아이들과 함께 걸으며 웃고 떠들던 나날들이 주마등처럼 스쳐 간다. 둘만의 삶은 탑처럼 한 겹 한 겹 쌓여 이제는 흔들림 없는 쉼터가 되었다. 남은 삶은 가족과 함께 이 꽃길을 오래도록 걷고 싶다. 오늘도 조용히 사유를 즐긴다.

바람에 실린 그 이름

- 저물녘에 띄우는 어머니의 초상 -

해가 질 녘이면 어머님 목소리가 바람에 실려 오는 듯합니다. 퇴근하면 언제나 마당 한가운데 있는 단풍 고목 나뭇가지 사이로 비치는 노을을 바라보며, 말없이 무언가를 다듬던 모습이 지금도 선연(鮮然)히 떠오릅니다. 저는 종종 그 자리에 멈춰 서서 저물어 가는 하루와 더불어 마음속에 오래 묻어 둔 그리움의 이름을 불러 봅니다.

어머님은 저에게 바다였습니다. 멀리서 바라볼 때는 잔잔히 빛나지만, 가까이 다가서면 거대한 힘으로 온몸을 감쌉니다. 어릴 적, 당신 무릎은 늘 가장 안전한 항구였고, 손길은 언제나 바람을 막아 주는 둥지였습니다. 품에서 울기도 했고, 때론 반항하기도 했지만, 돌아보면 제가 지닌 모든 따뜻함은 어머님으로부터 시작되었다는 것을 알고 있습니다.

초등학교 시절 초겨울, 장갑 없이 등교해 손이 유난히 시렸던 날이 기억납니다. 귀가하자 어머님은 찬물로 빨래하시던 손을 호호하며 비벼 제 손을 덥석 감싸 주셨습니다. 아무 말 없이 손등에 따뜻한 온기를 불어넣던 순간은 어떤 시보다 따뜻한 문장으로 남아 있습니다. 그날

밤, 아끼던 스웨터를 풀어 손모아장갑을 떠 주시던 손길도 아직 생생합니다. 장갑을 끼고 학교에 갔을 때, 비로소 저는 어머님의 사랑이 한 벌의 옷보다, 한 줄의 실보다 더 단단하다는 것을 알았습니다.

오늘 그때 추억을 떠올리며 스코틀랜드 출신 어린이 가수 닐 리드(Neil Reid)가 어머니에 대한 감사와 사랑을 담은 발라드풍 노래 '나의 어머니(Mother of Mine)'를 따라 불러 봅니다. 가사를 듣다 보니 어느새 두 뺨에는 뜨거운 눈물이 볼을 타고 흘러내립니다. 오! 나의 어머님~ 어디에 계신가요. 아무리 불러도 대답 없으십니다.

이제 당신은 계절 너머 아주 먼 곳으로 떠나셨습니다. 이 사실은 문득문득 말보다 조용한 슬픔으로 다가옵니다. 하지만 절대 공허하지는 않습니다. 오히려 안 계심이 어머님의 존재를 더욱 선명하게 만듭니다. 대구 칠성시장 좁은 골목길에서 싱싱한 무를 사 오시던 모습, 커다란 가마솥에 국물이 자글자글 끓어오르던 부엌의 소리, "너는 뭇국을 제일 잘 먹는다" 하며 숟가락을 내려놓으시던 따뜻한 말이 생생하게 떠오릅니다. 모든 장면은 지금도 내 앞에서 살아 움직이듯 되살아납니다.

그때 먹던 뭇국은 단순히 끼니가 아니었습니다. 그것은 어머님의 삶이 담긴 국물이었고, 흘린 땀의 결실이었습니다. 저는 깊고 진한 맛을 평생 잊지 못해 지금도 아내에게 종종 뭇국을 끓여 달라 재촉하곤 합니다. 그러나 아무리 따라 해도 그 맛은 다시 오지 않습니다. 어쩌면 그 맛은 국물 속에 있었던 것이 아니라, 음식을 제 앞에 밀어 놓으시던 어머님의 눈빛 속에 있었는지 모릅니다.

사람들은 흔히 어머니를 '그림자'라 말합니다. 그러나 당신은 저에게 그림자가 아니라 빛이었습니다. 다만 눈부시지 않게, 삶의 이면에서 조용히 비추어 주었을 뿐입니다. 저는 오래도록 이 사실을 알지 못했습니다. 어린 시절엔 그저 어머님이 당연히 곁에 있는 줄 알았습니다. 하지만 떠난 뒤에서야 조용한 빛이 저의 삶을 얼마나 깊이 감싸고 있었는지 깨닫습니다.

가끔 저는 묻습니다. "왜 그렇게 조용히 사셨어요" 소리를 높이지도, 자신을 드러내지도 않으셨던 당신은 세상 앞에 늘 뒷모습으로 계셨습니다. 이제 저는 압니다. 어머님의 침묵이 얼마나 많은 것들을 지탱하고 있었는지를…

사람들은 말합니다. 세월이 흐르면 잊힌다지만, 내게 어머님이란 잊히는 존재가 아니라 점점 더 깊어지는 분입니다. 나이 들수록 당신의 말과 눈빛, 손길이 삶 여기저기서 불쑥불쑥 주마등처럼 떠오르고, 그리움의 눈물은 넘쳐납니다.

이제 저도 두 아들과 며느리, 세 손자의 어른이 되었습니다. 어머님이 서 있던 자리에 저도 당신처럼 우뚝 서 있으려 애씁니다. 그러나 문득문득 그 자리는 너무 크고 따뜻해서 부족한 제가 그릇을 채우기엔 턱없이 부족하다는 걸 느낍니다. 저물녘, 불초소생(不肖小生)이 그리움에 사무쳐 시 한 수 지어 올립니다. 때 늦어 철든 불효자를 인자하신 어머님의 너른 혜량(惠諒)으로 부디 용서하여 주시길 청합니다.

해 질 녘 단풍 고목 아래
당신 목소리 바람에 젖어 옵니다

어릴 적 무릎은 항구였고, 손길은 둥지였지요

찬물에 붉어진 손을 비비며 제 손을 감싸 주던 날
아끼던 스웨터 실로 떠 주시던 장갑의 온기
모든 것이 제 안의 노래가 되었습니다

당신은 떠나지 않았습니다
묵은지 냄새, 뭇국 한 그릇, 자장가 같은 이름 속에
당신은 다시 오십니다

어머님,
지금도 저는 당신을 부릅니다

어쩌면 오늘 밤도 저는 어머님이 좋아하시던 옛집 단풍 고목을 떠올리며 노을 진 저물녘 하늘을 오래 바라볼 것입니다. 불어오는 바람결 따라 당신의 목소리를 다시금 불러내면 그리움이 슬픈 가락처럼 가슴을 적시겠지요. 어머님이 계셨기에 지금의 제가 있습니다. '어머님!' 하는 메아리가 바람 타고 당신 계신 곳에 닿길 바라며, 하늘나라에서 평안히 영면하시길 두 손 모아 기도드립니다.

그래도 좋아

어쩌다 보니 세 집 살림한다. 말로 설명하려 하면 이야기가 길어지고, 듣는 이도 이해하기 어려울지 모른다. 삶이란 본래 그런 것이 아닐까. 우리는 애써 계획하지 않아도, 어느새 물살에 떠밀리듯 낯선 곳에 닿아 있고, 그곳이 내 삶의 일부가 되어 있음을 깨닫는다. 의도하지 않은 길이 삶을 풍요롭게 만들기도 한다.

오랫동안 거처해 온 도시는 여전히 익숙하다. 오래전부터 살아온 아파트는 병원에 들르거나 모임이 있을 때, 혹은 손자들의 해맑은 얼굴이 보고 싶을 때 하루쯤 묵는 도시의 여인숙 같은 곳이다. 삭막한 콘크리트 더미 같지만, 오랜 세월 나와 함께한 시간의 때가 켜켜이 스며 있어, 그곳에 들어서면 마음은 고향에 온 듯 편안해진다.

진짜 거처는 따로 있다. 백두대간 대미산 자락에 자리한 작은 오두막이 나만의 산방이다. 이곳에서는 계절의 흐름이 시계보다 먼저 나를 깨운다. 아침 햇살이 숲 사이로 번져올 때, 차를 끓이며 창을 연다. 바람은 나뭇잎을 흔들어 반가운 인사를 보내고, 때로는 새들이 정원을 점령해 하루의 시작을 알린다. 자연은 일상의 시계이자, 삶의 교과서다.

태평양을 건너 미국 오리건주 카이저라는 작은 마을의 판잣집은 여행자의 쉼터 같은 곳이다. 미국 땅을 가로지르며 긴 여행을 하다 보면 머물 자리가 필요하다. 카이저의 집은 산악인의 베이스캠프처럼 내게 자리를 내어 준다. 낡고 소박하지만, 그곳에서는 이방인이 아닌 듯 마음이 놓인다. 언어도 문화도 달라 낯설지만, 삶은 그 속에서도 의외로 금세 뿌리를 내린다. 사람은 어쩌면 어디서든 안착할 수 있는 존재인지도 모른다.

세 집은 제각각 다른 얼굴을 하고 있다. 도시의 아파트는 익숙한 일상과 사랑을 품고 있고, 산방은 고독과 사유의 시간을 안겨 준다. 카이저의 집은 새로운 길로 나아가게 하는 모험의 공간이다. 세 곳을 오가는 일은 어쩌면 '정착'과 '유랑' 사이에서 끊임없이 균형을 찾으려는 나의 생활 방식인지 모른다.

새벽녘, 잠결에 노(老)스님의 '마음을 다스리는 말씀'을 들었다. "느릿느릿, 산책하듯 살아야 한다" 은퇴한 뒤의 삶은 기계적 시간표에서 벗어나 조금은 느리고, 조금은 너그럽게 살아야 한다는 가르침이었다. 그런데 왜 자꾸만 바빠지는 걸까. 문득 한발 물러서서 자신을 돌아본다.

예전에 읽은 밀란 쿤데라의 소설 〈느림〉이 떠오른다. 그는 말한다. "속도는 사람을 시간으로부터, 나아가 자기 자신으로부터 도피하게 만든다" 빠른 속도는 발전처럼 보이지만, 실은 망각의 또 다른 이름일지도 모른다. 나는 산촌에서 느린 삶을 산다고 믿으면서도, 여전히 자주 시간에 쫓기는 듯한 기분을 느낀다. 그러나 그 '바쁨'은 실체가 있는 것이 아니라, 오랜 습관과 관성이 만들어 낸 허상인지도 모른다.

거북이처럼 사는 것이 능사는 아니지만, 토끼처럼 달릴 이유도 없다. 천천히 걷는 삶이 어느 날 문득 가장 나다운 옷처럼 느껴질 수도 있다. 산방에서 글을 쓰다 멈칫하면, 나는 창밖을 바라본다. 구름은 하늘 위에서 천천히 흘러가고, 풀잎 위에 그림자를 드리운다. 자연은 늘 느림의 리듬으로 흘러가고 속도에 자신을 맞출 때 비로소 마음은 고요해진다.

며칠 전, 커피가 떨어져 집 앞 마트를 찾았다. 진열대에 늘어서 있는 여러 산지의 원두를 바라보다, 몇 해 전 콜롬비아 보고타에서 마셨던 커피가 떠올랐다. 높은 고원의 카페에서 마셨던 커피는 깊고 진한 향으로 가슴을 사로잡았다. 나는 한 보따리를 사 와 지인들에게 선물했고, 추억은 아직도 생생하다. 그날의 기억이 눈앞을 스쳐, 자연스레 콜롬비아산 원두를 집어 들었다.

집으로 돌아와 원두를 갈고 커피머신에 넣는다. 물줄기가 천천히 원두 위를 적실 때, 향이 피어오른다. 보이지 않는 향이 공기 중을 떠다니며 거실을 가득 채운다. 고요한 집 안에서 향기는 온몸을 감싸고, 입 안에서는 작은 왈츠가 일어난다. 머그잔을 들고 한 모금 머금자, 갓 내린 커피의 풍미가 정신을 맑게 흔든다. 커피는 이 순간, 단순한 음료가 아니라 감각의 예술이다.

나는 종종 생각한다. 커피의 가장 아름다운 가치는 맛보다도 향에 있다. 입으로 느끼는 것은 미세한 쓴맛과 신맛뿐이지만, 진짜 풍미는 목뒤로 흘러 코로 전해지는 향에서 비롯된다. 향은 추억을 불러오고,

시간의 문을 연다. 베르그송이 말한 '지속(durée)'처럼, 향은 과거와 현재, 미래를 한순간에 겹쳐 놓는다. 커피 한 잔에서 나는 지나간 계절을 떠올리고, 다가올 시간을 기다린다.

커피는 언제나 즐거움만은 아니었다. 몇 해 전 위내시경 검사에서 제법 큰 폴립이 발견되었다. 대학병원에서 제거 시술을 받고 조직검사 결과를 기다리던 시간은 긴장과 두려움의 연속이었다. 다행히 양성이었지만, 만성 위염이라는 진단이 내려졌다. 주치의는 식이 조절을 권하며 커피를 줄이라고 했다.

"살 만큼 사셨잖아요. 그렇게 좋아하는 커피를 어떻게 끊겠습니까. 그러나 하루 두 잔만 드시되, 블랙은 피하세요."

그의 말은 어딘지 쓸쓸했지만, 동시에 따뜻했다. 금지보다 허용을 택한 그의 태도에서 삶의 여유를 배웠다. 그때부터 나는 라테를 즐기게 되었다. 에스프레소처럼 진한 풍미는 덜하지만, 우유가 어우러진 부드러움 속에 또 다른 맛이 있었다.

커피는 나에게 단순한 기호식품이 아니다. 그것은 기억이며, 삶의 여백이다. 산방의 책상 위에도, 카이저의 판잣집에도 늘 머그잔이 놓여 있다. 읽던 문장이 막힐 때, 쓰던 문단이 멈출 때, 나는 커피를 한 모금 머금고 숨을 고른다. 커피는 나의 사유를 이어 주는 다리이고, 글을 살아 움직이게 하는 불씨다.

누군가 말했다. "커피는 기호가 아니라 기억이다." 나도 그렇게 믿는

다. 커피는 사람과의 만남을 떠올리게 하고, 여행지를 불러오며, 지나
간 계절을 환기한다. 그것은 단순한 음료가 아니라 시간의 매개체다.
커피 향이 머무는 자리마다 삶은 조금 더 따뜻해지고, 조금 더 충만해
진다.

이제 나는 하루 두세 잔의 라테로 충분하다. 건강을 지키면서도 좋
아하는 것을 여전히 즐길 수 있다는 사실만으로 위안이 된다. 커피가
있기에, 나는 여전히 글을 쓰고, 추억을 불러내고, 삶을 이어 간다. 그
래서 나는 말한다. "그래도 좋아. 향이 있고, 맛이 있으며, 시간이 있으
니 삶은 여전히 괜찮다." 노년의 시간도, 멀리 돌아온 길 끝에 서 있는
오늘도, 커피 한 잔 앞에서 나는 미소 짓는다.

아름다운 황혼

　인생의 황혼은 어느 시점부터 시작되는 것일까. 요즘 들어 산방 발코니에 앉아 석양을 바라보는 습관이 생겼다. 한낮의 분주함과 열기는 어느새 사그라지고, 저 멀리 주흘산 봉우리는 주황빛에서 붉은 기운으로, 다시 검붉게 변해간다. 산은 아무 말 없는데, 그 위에 드리운 빛깔은 순식간에 옷을 갈아입듯 바뀐다. 속도를 늦추지 않고는 쉽게 포착할 수 없는 장면이다. 그러나 마음을 다해 바라보면, 시간조차 멈춘 듯 착각에 빠진다. 저물녘은 낮과 밤의 경계이자, 소란과 고요가 서로 스쳐 지나가는 찰나의 통로다.

　짧은 시간 속에는 긴 여정이 녹아 있다. 떠나보내는 것과 맞이하는 것이 동시에 일어난다. 저물녘은 분주했던 하루를 조용히 떠나보내고, 곧 다가올 밤을 예비한다. 어쩌면 인생의 황혼도 이와 같을 것이다. 젊음의 한낮이 저물고, 이제는 조금씩 속도를 늦추어 가는 시기이다. 뜨겁게 살아온 지난 세월의 흔적을 되짚으며, 남은 여정은 차분히 나를 돌아보고, 사랑하는 이와 눈 맞추며 보내고 싶다. 더 이상 무엇을 쟁취하기보다 가진 것에 감사하고, 잃어버린 것마저 부드럽게 받아들일 수 있는 시간이 바로 황혼이 품은 빛이 아닐까.

머칠 전 아내와 함께 산방 뒷산을 올랐다. 산중 정원에는 여름내 자란 잡초가 무성했고, 오솔길은 제법 울창해져 있었다. 낫으로 풀을 베고, 잡초를 뽑으며 오솔길을 다시 살려냈다. 늘 걸었던 길이었지만, 이날따라 풍경이 달라 보였다. 어쩌면 풍경이 변한 것이 아니라, 풍경을 바라보는 나 자신이 달라진 것인지도 모른다.

여섯 해 전, 이곳에 마지막 터전을 잡고 산중 정원을 일구기 시작했을 때는 몰랐던 감정이다. 해마다 걸은 길인데, 길 위에서 느끼는 마음은 조금씩 달라진다. 누군가 나이는 단지 숫자에 불과하다고 말하지만, 황혼의 시간은 단순한 수치로 설명되지 않는다. 몸과 마음의 변화 그리고 바라보는 풍경의 결이 다르다. 오늘도 이 오솔길을 거닐며 시 한 수 읊는다.

저녁 빛이 주흘산(主屹山) 산정(山頂)에 드리우면
산채의 하루는 조용히 마지막 숨을 쉬고
금빛 속에서 비로소 나를 본다

바람은 나뭇잎에 기대어
말없이 하늘하늘 춤추고
눈부시지 않은 빛 한 줌이
나를 안고 지나간다

어린 날의 그림자도

먼 길 건너간 이름도

이 순간엔 모두 노을이 된다

무엇을 더 바라겠는가

남김없이 흘러와

이토록 고운 황혼에 닿았는데

짧은 시지만, 이 안에는 내 삶의 한 장면이 스며 있다. 황혼은 단순한 저녁이 아니다. 오히려 하루 중 가장 많은 것을 품고 있는 순간으로 어린 날의 그림자와 청춘의 추억이 모두 노을빛에 녹아내린다. 순간 나는 묻는다. 남김없이 흘러와 이토록 고운 황혼에 닿았는데 이제 무엇을 더 바라겠는가.

칠십 평생 도시에서 바라보던 저물녘 기억도 여전히 생생하게 떠오른다. 차들은 저마다 집으로 돌아가기 위해 속도를 높였고, 사람들은 고단한 몸을 이끌고 지하철 계단을 올랐다. 그러나 그 와중에도 하늘은 묵묵히 저물었다.

저물녘 하늘은 아무것도 요구하지 않는다. 누구에게도 재촉하지 않고, 다만 하루가 저문다는 사실만을 조용히 보여 줄 뿐이다. 이 단순한 진실 속에서 지금 이 순간에 존재한다는 것만으로도 위로가 되고, 아무 말 하지 않아도 큰 울림을 줄 수 있다는 것을 배운다.

몇 년 전, 미국을 횡단하는 자동차 여행길에 올랐다. 마이애미에서

한 시간 정도 떨어진 대서양 해변 공원에 들렀을 때, 이른 아침이라 사람은 거의 없었다. 다듬지 않은 자연의 야성이 온몸으로 느껴졌고, 바람과 파도는 인간의 시간과 무관하게 존재했다. 해안 사구(沙丘) 사이를 걸으며 생각했다. 인간의 삶과 자연의 시간은 얼마나 다르게 흐르는가. 한참을 걷다 벤치에 앉아 먼바다를 바라보는 노부부를 만났다. 두 사람은 말없이 서로 손을 잡고, 때로는 눈빛으로 소통했다. 나는 다가가 "Good Morning!" 하며 인사했다. 노부부는 고개를 끄덕이며 "Hello" 하며 미소를 지었다.

바닷가에서 그들 모습을 바라보며 깨달았다. 황혼의 삶은 반드시 쓸쓸하거나 외로운 것이 아니다. 저물어 가는 시간 속에서도 평온과 깊은 사랑을 품을 수 있다. 세월이 흐르며 몸은 느려지고 힘은 줄어들지만, 마음과 영혼은 여전히 빛날 수 있다. 인간이 가진 사랑과 배려, 그리고 기억은 늙음의 한계를 넘어 삶을 풍성하게 만든다. 그때 나는 인간은 단순한 생존을 넘어, 자신과 타인을 향한 온기를 남기는 존재라는 것을 생각했다.

산방으로 돌아오는 길, 나는 길 위에서 느린 호흡으로 하루를 돌아본다. 도시에서 살던 시절에는 늘 바쁘게 움직였고, 시간의 흐름에 맞춰 살아야 한다고 믿었다. 그러나 황혼은 속도를 줄이는 지혜를 요구한다. 이제 나는 천천히 걷는 삶의 미덕을 조금씩 이해하게 된다.

저녁이 되면 나는 발코니에 앉아 석양을 바라보며 하루를 정리한다. 주흘산 봉우리에 걸린 노을이 서서히 빛을 낮출 때, 마음 또한 그 기울기를 따라 잔잔해진다. 그 순간, 오래 접어 두었던 기억이 하나둘 풀려

나온다. 어린 시절의 풍경과 지나간 사랑, 끝내 도달하지 못한 꿈까지도 노을빛에 씻기듯 스며든다. 노을은 묻지 않는다. 다만 하루와 삶의 일부를 함께 데려가며, 오늘을 무사히 놓아두라고 말할 뿐이다.

황혼은 기다림의 미학이자 내려놓음의 지혜이다. 누구나 피할 수 없이 황혼의 시간을 맞이하게 된다. 중요한 것은 이 시간이 슬픔이나 공허함으로만 채워지지 않는다는 점이다. 오히려 황혼은 지난 삶을 되돌아보며 감사와 통찰을 얻는 시간이다. 지나간 일에 후회하고 슬퍼하기보다, 경험과 사랑, 우정을 떠올리며 마음을 풍요롭게 하는 순간이기도 하다.

여행과 산책을 통해 만난 풍경과 사람들은 내 황혼의 교과서였다. 미국의 해변, 숲속 공원, 산속 오솔길, 그곳에서 만난 노부부, 그리고 홀로 사유하는 나 자신. 이 모든 장면이 황혼의 의미를 깊게 새긴다. 삶의 마지막 장면은 반드시 웅장하거나 극적일 필요는 없다. 평온하고 소박하며, 사랑과 이해로 채워진 순간이면 충분하다.

노년의 삶은 단순히 여생을 보내는 시간이 아니다. 오히려 살아온 시간의 깊이를 응시하고, 가장 자기다운 모습으로 살아가는 새로운 장이다. 전통과 기억, 사랑과 배려, 그리고 작은 일상의 행복은 황혼 속에서 더욱 선명하게 빛난다. 오래된 습관과 기계적인 일상에서 벗어나, 느리고 여유로운 삶을 누리는 순간, 비로소 인생의 풍경은 더 넓고 깊어진다.

인생의 황혼에는 조용한 기쁨이 있다. 건강이나 성취만으로는 채울 수 없는, 오직 마음과 경험으로 가능한 평온이다. 위내시경 검사를 받고 위 건강을 조심해야 한다는 진단을 받았을 때도, 좋아하는 커피를 완전히 끊을 필요가 없다는 의사의 말은 내게 작은 위안이었다. 블랙 커피 대신 라테를 즐기며, 여전히 향과 맛을 느끼고, 기억을 떠올리며, 삶의 시간을 풍성하게 만든다.

아름다운 황혼은 기다림과 관조의 시간이다. 일상 속 작은 순간, 자연과 함께하는 산책, 사랑하는 사람과의 눈 맞춤, 커피 향 한 줄기, 노을빛 속의 평온 등. 이 모든 것이 황혼의 무지갯빛 파노라마다. 이처럼 삶의 마지막을 반드시 외롭거나 슬프게 보내야 하는 법은 없다. 오히려 평온과 감사, 그리고 성찰 속에서 황혼의 순간은 찬란할 수 있다.

마지막으로 하늘을 올려다본다. 검붉게 물든 저물녘의 하늘, 하루를 다 써 내린 태양, 바람에 흔들리는 나뭇잎, 그리고 마음속 깊은 고요. 삶이 매일 해넘이처럼 서서히 저문다 해도, 끝까지 아름다움을 간직할 수 있다면, 그 자체로 축복이다. 인생의 황혼은 슬픔이 아니라, 사랑과 기억, 평온함으로 채워지는 마지막 빛이다. 이제 나는 마음속으로 묵묵히 미소 지으며 말한다. "그래, 충분하다. 아름다운 황혼 속에서 나는 여전히 살아 있고, 감사할 수 있다"

사모곡(思母曲)

세상의 빛은 서쪽으로 저물고, 나는 오늘도 시간의 끝자락에 멈춰 섭니다. 노을은 물러난 자리에 오래도록 머물고, 붉은 기운 속 여운은 빛바랜 한 장의 사진처럼 오래전 어머님의 뒷모습이 겹쳐 보입니다. 마당에서 잡초를 뽑던 거친 손마디, 가마솥 뚜껑을 여는 소리, 그리 높지 않은 목소리로 부르시던 "애비야!" 지금은 모든 것이 사라져 조용하지만, 고요 속에서 더 깊은 심정으로 당신을 만납니다.

어머님은 떠나셨지만, 내 가슴에서는 한 번도 떠나신 적이 없습니다. 살아 계실 때는 몰랐던 것들이 떠난 뒤 삶 곳곳에서 되살아납니다. 모서리가 닳아 버리려 했으나 기어이 지켜내셨던 둥근 밥상, 겨울철 하굣길 아무 말 없이 내 손을 덥석 잡으시던 체온, 깊은 밤 혼자 앉아 구멍 뚫린 양말을 꿰매시던 바느질 소리가 귓전에 울립니다. 시간은 모든 것을 지운다지만, 당신의 흔적은 되레 더 또렷해져 내 기억 속의 잉크가 되어 남아 있습니다.

초등학교 5학년 초겨울, 군위 오일장에서 국밥 한 그릇 앞에 마주 앉았을 때, 당신은 늘 자식이 먼저 배를 채우도록 숟가락을 일찍 놓으셨지요. "그래, 너 먹어라. 난 살 물건 좀 살펴보고 올게" 하며 자리를 비우셨던 모습이 잔잔하게 떠오릅니다. 나는 혼자 다 먹고도 잘 먹었다는 말 한마디 없이 무심히 일어나 버렸습니다.

한 그릇의 국밥 안에 당신의 삶이 고스란히 담겨 있었다는 것을 나는 이제야 깨닫습니다. 사랑은 언제나 침묵 속에서 자랐고, 어머니는 말보다 손으로, 소리보다 묵직한 존재로 나를 길러 주셨습니다. 삶이란 어쩌면 가장 소중한 것을 잃고 난 뒤에야 비로소 그 빛을 알아보게 되는 여정인지도 모릅니다.

그리고 언젠가 내 아이들도, 그 오래된 깨달음에 제 발로 닿게 되겠지요.

한 철 꽃처럼 당신은 조용히 오셨다가 떠나가셨습니다. 나의 사계절은 어머님 없이 완성되지 않았습니다. 계절이 바뀌어도 당신은 내 시간의 근원이자, 돌아갈 수 있는 마지막 집이라는 것을 훌쩍 떠나시고 알게 되었습니다.

돌아가심은 끝이 아니었습니다. 떠난 후에도 나는 매일 어머님을 만납니다. 아내가 쌀을 씻는 손끝에서, 무심히 흘러나오는 옛 노래의 가락 속에서, 손주들을 다독이는 내 말투 속에서, 여전히 나를 살피고 계십니다. 사람들은 모든 것이 흘러간다고 말하지만, 당신은 사라지지 않았습니다. 어머님은 내 안에 정지된 빛처럼 머물러 계시고, 어떤 슬픔도 가라앉히며, 어떤 어둠도 따뜻하게 물들입니다.

사랑이란 결국 무엇인가요. 어쩌면 이것은 당신처럼 말이 없을수록 더 깊이 스며들고, 떠난 뒤에도 사람답게 살게 하는 침묵의 기도일지도 모릅니다. 오늘도 나는 대미산 자락, 저물녘 노을빛 아래서 어머님을 떠올립니다. 이름을 부르지 않아도 내 가슴 깊은 곳에서 당신을 향한 노래가 울립니다. 노래가 끝나는 날까지 어머님은 내게 살아 있는 시간입니다.

저물녘, 그리움이 가장 고요히 깃드는 이 시간에 나는 당신을 떠올리며 시 한 수 지어 올립니다.

저물녘 대미산 자락에 바람이 불면
당신 숨결이 돌아오는 듯합니다
마른 잎 위에 쌓인 그리움은
발끝으로 밟는 순간 울음이 됩니다

당신이 부르던 이름은
이제 스스로 다독여 부르는 기도가 되었고
당신 손길은 내 기억 속에서
햇살처럼 조용히 피어납니다

나는 알지 못했습니다
무심한 밥상 위 고요한 새벽불
말없이 벗겨내시던 내 속마음까지
당신이 얼마나 오래 나를 품고 계셨는지를

당신은 떠난 게 아니라
시간 너머로 옮겨 앉으신 것 같아요
내 손등이 거칠어질수록
목소리에 당신의 톤이 실릴 때마다
나는 당신을 조금씩 닮아 갑니다

사랑은 말보다 오래 남는 숨결이며
그리움은 잊히는 것이 아니라
더 깊어지는 형상입니다

어머니,
오늘도 당신을 부르며
저물녘 하늘 아래 고개 숙입니다
이 마음 다 닿을 수는 없겠지만
그대 계신 곳에 이 시 한 수
산바람에 실어 띄웁니다

어릴 적엔 그저 스쳐 지나던 바람이었지만, 이제는 그 바람이 얼마나 따뜻한지, 얼마나 오래 나를 감싸고 있는지 조금씩 깨닫습니다. 마른 잎 위에 쌓인 그리움은 시간이 지날수록 더 깊고 조용한 울림을 품습니다. 발끝에 스치는 낙엽을 밟는 순간, 그리움은 조용하면서도 선명하게 다가옵니다.

　당신이 부르던 내 이름은 이제 스스로 다독이며 부르는 기도가 되었습니다. 나도 모르게 어머님의 손길을 흉내 내며 말투를 닮아갑니다. 무심히 차려진 식탁 위, 한겨울 새벽불에서 얼마나 많은 사랑을 말없이 건네셨는지를 나는 참 오래도록 몰랐습니다.

　세월이 흐르며 어머님은 내 곁을 떠난 것이 아니라, 다만 시간 너머 먼 자리로 자리를 옮기신 것뿐이라고 종종 생각합니다. 그래서일까요. 들려주시던 말이 이따금 내 입에서 흘러나오고, 하시던 손동작이 내 손끝에 머무를 때마다 나는 당신을 조금씩 더 닮아 간다는 사실을 느낍니다.

별은 빛나건만

- 절망과 사랑에 대한 회한 -

천식 환자가 인플루엔자에 걸려 한 달 동안 독한 약을 먹다 보니 온 몸이 만신창이다. 산촌에서 차로 이십여 분 달려 읍내 의원에 들른다. 차도가 없자, 약을 바꾸고 근육 주사 두 대를 맞고 조금 기운을 차린다. 산방 이층 서재에 붙은 발코니에 앉아 푸치니 오페라 '토스카(Puccini)'에서 카바라도가 부르는 '별은 빛나건만(E lucevan le stelle)'을 반복하여 들으며 회복할 날을 기다린다.

아리아는 절망과 희망이 한데 어우러진 순간의 정수를 담고 있을 뿐만 아니라, 단순한 노래 이상의 의미를 담고 있다. "별은 빛나건만, 내 사랑은 닿지 못하네" 이 짧은 한 줄의 절망 속에도 희망이 섞여 있다. 희망은 나를 지금 여기 살아 있게 하고, 내일을 맞이할 용기를 준다. 푸치니의 이 아리아는 존재의 본질, 인간 조건, 시간과 사랑의 불가해함을 담아낸 하나의 시적 철학이다.

자유와 사랑을 빼앗긴 카바라도가 처절한 운명의 그림자 속에서도 마지막으로 기억하는 아름다운 순간들을 떠올리게 하는 이 장면은 모두가 삶에서 마주하는 '빛나지만 닿을 수 없는 무언가'를 상징한다. 이 울림은 단순한 슬픔이 아니라, 인간 존재와 사랑의 본질을 꿰뚫는 시간 너머의 진실이다.

유월의 태양은 주흘산 넘어 사라지고 어둠이 찾아드나, 산중의 맑은 밤하늘 별빛은 언제나 변함없이 빛난다. 이 빛은 찬란할지언정 닿을 수 없고, 손에 넣을 수도 없다. 이는 플라톤(Plato) 철학 사상의 핵심인 이데아(Idea)의 세계를 떠올리게 한다.

그는 우리가 일상에서 보고 경험한 감각적 세계(현상계)는 진정한 실재가 아니며, 참된 존재는 이데아의 세계에 있다고 하였다. 우리가 현실에서 경험하는 모든 것은 불완전하고 일시적인 그림자에 불과하지만, 저 멀리 이상향(理想鄕, Utopia)의 빛나는 별들은 완전하고, 변치 않는 진리·사랑·선을 상징한다.

어디에 있든, 어떤 절망 속에 있든, 밤하늘의 별은 묵묵히 존재하지만, 별빛은 너무 멀고 차가워서 손에 잡히지 않는다. 카바라도가 마지막 숨을 내쉬기 전, 사랑했던 여인의 얼굴과 행복했던 날을 떠올리며 별빛과 함께 빛나던 순간을 그리워하는 것처럼, 지난 시간 속에 묻혀 잃어버린 사랑과 기회, 희망을 반추한다. 카바라도가 별빛을 바라보며 과거 사랑을 회상하는 이 장면은 인간이 이상과 현실 사이에서 겪는 끊임없는 갈등과 고뇌이다.

시간은 순간을 기다리지 않고 흐르며, 그 속에서 모든 것은 변한다. 그러나 별빛은 영원하다. 이것은 시간의 흐름 속에서 인간이 느끼는 필연적인 덧없음과 대비된다. 마르셀 프루스트가 〈잃어버린 시간을 찾아서〉에서 말했듯, "기억은 지나간 시간 속에 숨겨진 '잃어버린 빛'

을 찾아내는 과정”이라 하였다. 인간은 시간 앞에서 무력하지만, 기억과 사랑이라는 정신적 실체를 통하여 덧없는 삶 속에서도 의미를 부여한다. 이처럼 아리아 ‘별은 빛나건만’은 시간의 무상함과 동시에 그 안에서 피어나는 영원성을 상징하는 듯하다.

아리아는 존재론적 고독과 연대의 역설을 드러낸다. 카바라도는 사랑하는 이를 떠나보내고 고독 속에 죽음을 맞지만, 고독은 별빛이라는 보편적 빛과 연결된다. 이는 하이데거(Heidegger)가 말한 ‘세계 내 존재(Dasein)’와 ‘공동존재(Mitsein)’의 관계와 닮았다. 비록 개인은 고독하지만, 우리는 모두 같은 밤하늘 아래 있기에 본질적으로 서로 연결되어 있다. 고독 속에서도 공통된 인간의 경험, 고통, 그리고 희망으로 연대한다.

‘별은 빛나건만’이라는 말은 한편으로는 잔인하다. 빛은 여전히 존재하지만, 우리 자신은 빛에 닿을 수 없는 무력함이 담겨 있다. 인생에서 만나는 고통과 상실이 그러하듯 빛나는 순간은 잠시였고, 이제는 기억 속에서만 존재할 뿐이다. 하지만 빛나는 기억이 있기에 고통 속에서도 인간다움을 잃지 않고 계속 살아갈 힘을 얻는다.

이렇듯 ‘별은 빛나건만’은 절망과 희망, 유한과 무한, 개인과 보편의 긴장 속에 서 있는 인간 존재를 노래한다. 빛나는 별은 우리에게 닿지 않는 꿈과 이상이지만, 빛을 향해 손을 뻗는 한, 우리는 살아 있다. 삶의 의미는 바로 닿을 수 없는 빛을 향한 여정이다.

삶은 늘 찬란한 별빛 아래 펼쳐지는 한 편의 드라마지만, 이 속에는 누구도 피해 갈 수 없는 어둠과 고난이 함께 존재한다. ‘별은 빛나건만’

은 어둠 속에서 한 줄기 빛을 잃지 않고 삶을 끝까지 견뎌낸 한 인간의 서사(敍事)이자, 우리 모두의 이야기이다.

오늘도 밤하늘을 올러다보며 나 역시 그 별빛을 기억한다. 비록 닿지 못할지라도, 빛을 내 마음에 살포시 담는다. 내일 찾아올 어둠도 조금은 덜 외롭고, 더 따뜻해지기를 바라면서… 그리고 빛 덕분에 어둠 속에서도 내일을 맞이할 용기를 얻는다. 이처럼 카바라도가 부르는 '별은 빛나건만'은 인간 존재의 본질과 시간, 사랑의 불가해함을 시적으로 담아낸 장엄한 독백이다.

아리아는 단순한 슬픔의 표현을 넘어, 철학과 예술이 교차하는 심오한 의미를 담고 있다. 카바라도가 과거의 사랑과 빛나는 순간들을 되새기는 것은 바로 마르셀 프루스트의 '기억의 시간'의 순간이다. 비록 현실에서 그는 죽음 앞에 있지만, 기억은 그를 시간의 제약 너머로 데려간다.

사랑의 아리아 '별은 빛나건만'은 빛나지만 닿을 수 없는 이상이고, 그런데도 계속해서 빛을 향해 나아가는 것은 인간 정신의 여정을 노래하는 듯하다. 삶의 어둠 속에서 별빛은 잊힌 이상이 아니라, 닿을 수 없어도 빛나는 희망이다. 빛을 향한 발걸음이야말로 존재의 본질이며, 사랑과 기억을 간직하는 이유이다.

이 밤, 산촌의 발코니에서 느끼는 고요한 별빛 속에서 나는 깨닫는다. 삶의 의미란 닿지 않는 빛을 향한 여정이며, 사랑과 기억을 간직하는 인간 정신의 불가해하지만 숭고한 힘이다. 별은 여전히 빛나고, 나는 여전히 그 빛 속에서 살아간다. 닿을 수 없지만, 빛은 마음속에 늘 살아 있다. 은은한 별빛 아래, 나는 오늘도 절망과 사랑, 회한 속에서도 존재의 가치를 노래하며, 삶을 이어 간다. 푸치니의 선율이 남긴 마지막 여운처럼, 별은 빛나고 나는 빛을 쫓는다.

아버지로 산다는 건

아버지가 된다는 것은 한 사람 이름 앞에 또 하나의 우주를 얹는 일이다. 세상의 무게는 그대로인데, 발밑 그림자는 두 겹이 된다. 어느 날 느닷없이 시작된 것이 아니라, 태초 이래 이어진 생명의 줄기 위에 내 차례가 돌아온 것이다. 하지만 '아버지'라는 호칭은 단지 시간 순서로 주어지지 않는다. 이것은 끝없는 수양과 성찰을 요구하는 삶의 두 번째 공부다.

퇴계 이황이 〈성학십도(聖學十圖)〉에서 그린 '천리(天理)'는 사람 내면에도 하늘이 깃들어 있음을 일깨운다. 아이가 태어나 팔을 뒤척이는 순간, 작은 몸속에도 어렴풋한 하늘이 피어나는 것을 본다. 나의 하루는 "오늘 나는 어떤 하늘을 보여 줄 것인가"라는 질문으로 시작한다.

아이에게 아버지의 어깨는 첫 번째 지평선이다. 고개 들면 끝없이 푸른 하늘이 보이듯 아이가 나를 올려다볼 때, 먼저 바라볼 수 있는 푸른빛을 보여 주고 싶다. 그러나 찬란함만으로 하늘은 유지되지 않는다. 불청객처럼 몰려오는 먹구름, 들이치는 장대비도 품어야 하듯이, 아버지는 삶의 어둠과 날씨를 함께 설명해 줄 책임이 있다.

〈시경(詩經)〉의 한 구절, "시작은 많으나 끝을 이루는 이는 드물다(靡不有初, 鮮克有終)"를 떠올린다. 아버지로 사는 일은 화려한 개막(開幕)보다 묵묵한 지속(持續)이 핵심이다. 젊은 시절 새벽같이 출근하여 아이가 잠든 후 돌아오는 날이면, "오늘 내가 한 일은 과연 무엇이었을까"라는 질문이 목울대를 매만질 때가 있다. 정작 내 모습은 비록 사진 한 장, 기억하고픈 카드 한 장 속에 담기지 않을지라도, 사라짐 속에서 아이를 지키고 가능성을 북돋우는 일이야말로 존재의 증명이 아니었을까.

어느 토요일, 동네 놀이터 그네에서 아이가 "아빠, 높이 밀어"하며 까르르 웃던 순간을 떠올린다. 다섯 번, 열 번, 스무 번… 내 팔은 점점 무거워졌지만, 아이의 웃음은 점점 가벼웠다. 그네를 밀어 올릴수록 팔 통증과 아이의 열락(悅樂)은 서로 맞닿아 있었다. 아이의 가벼움은 나의 무게에서 비롯되었다.

김시습은 "학문이란 깨달아 남에게 전하는 것에서 멈추지 않고, 다시 자신을 채찍질하는 일"이라 하였다. 아이 앞에서 아버지답다는 것은 언제나 배우고 베푸는 과정을 반복하는 일이다. 예컨대 아이가 스케치북을 펼쳐 한 장 가득 흙탕물로 색칠해 놓고 "이건 우주야!" 하며 내게 달려올 때, 어른의 상식으로는 잠시 황당할지 모른다. 그러나 아이의 눈과 손끝에는 이미 무한한 별빛이 깜박이고 있다. 이 순간은 칼세이건의 〈코스모스〉보다 더 값진 수업이다. 이처럼 아버지의 가르침은 항상 되갚음을 받는 겸손한 교실이 된다.

사람들은 종종 "아버지는 뒤에서 묵묵히 밀어주는 존재"라고 말한다. 하지만 밀어 주기만 하면 압력이 되고, 끌어당기기만 하면 속박이 된다. 절대 쉬운 균형이 아니다. 저녁 산책길에서 아이가 앞질러 달릴 때, 나는 두세 걸음 뒤에서 속도를 맞춘다. 아이가 뒤돌아볼 때 나는 믿음의 표시로 살짝 고개만 끄덕여 준다. 이 짧은 눈 맞춤 속에서 아이는 아버지가 나를 믿고 있다는 확신을 얻는다. 아버지로 산다는 건 이렇게 한 발짝 뒤에서 걷는 사랑을 선택하는 일이다.

싱그러운 봄이 오면 마당에 심어 둔 감나무에 새순이 돋는다. 잎새를 보며 문득, 할아버지의 두터운 손등에 얹힌 굳은살을 떠올린다. 굳은살은 손에서 손으로 이어지고, 세월은 흘러도 체온은 전해진다. 그렇게 키운 아이도 이제 '아버지'라 불리는 자리에 맞닥뜨렸다. 그는 내 모습을 얼마나 기억해 줄까. 어쩌면 주말마다 끓여 준 라면이나 첫 겨울 스케이트장에서 넘어진 뒤 손을 잡아 준 온기 같은 작은 단편으로 남을 것이다. 그러나 이 기억 속에 '나는 사랑받는 존재였다'는 실감이 뚜렷하길 바란다.

문득 프랑스 예술가곡 '사랑의 기쁨(Plaisir d' amour)'이 듣고 싶다. CD 플레이어에 디스크를 얹는다. 감미로운 샹송(Chanson)이 가슴을 뭉클하게 한다. 이 곡은 한때 사랑했던 여인의 변심에 상처받은 남성의 탄식을 담고 있다. 제목은 '사랑의 기쁨'이지만, 정작 가사의 핵심 정서는 '사랑의 슬픔'을 노래한다. "사랑의 기쁨은 한순간이지만, 사랑의 슬픔은 평생 지속되네" 절제된 선율은 일시적인 황홀 너머 긴 슬픔을 감싸 안고, 슬픔은 오히려 깊은 공감과 잔잔한 여운을 자아낸다.

음악을 좋아하는 나는 중학교 시절부터 이 노래를 즐겨 들었다. 마리아 칼라스, 캐슬린 배틀, 안드레아 보첼리, 엘비스 프레슬리 등 수많은 유명 아티스트들이 이 곡을 자신만의 방식으로 불렀다. 특히 엘비스 프레슬리의 히트곡 〈Can't Help Falling in Love(1961)〉는 이 곡의 선율을 바탕으로 만들었다. 몇 해 전 미국 여행길에 멤피스(Memphis) 'Graceland(Home of Elvis Presley)'를 방문하였을 때, 이 노래가 잔잔하게 흐르던 순간이 새삼 떠오른다.

아버지로 산다는 건 결국 '나'라는 자신의 경계를 느슨히 풀어 놓는 실험이자, '내가 아니면 안 되는 것'보다 '내가 없어도 잘 자라는 것'을 기꺼이 바라보는 용기이다. 그리고 언젠가 아이가 홀로 섰을 때, 내가 이룬 가장 큰 업적은 아이가 나를 잊고도 꿋꿋이 웃을 수 있는 자유일지 모른다.

퇴계의 또 다른 글귀, "거울을 닦으면 밝지 않은 곳이 없다(拂鏡無非明)"가 마음을 울린다. 아버지로 사는 삶은 매일매일 거울을 닦는 시간이다. 흐린 날엔 흐린 대로, 맑은 날엔 맑은 대로, 아이가 비추어 볼 세상을 조금이나마 환하게 해 두는 일이다. 그러니 오늘도 나는 주름진 손끝으로 거울을 천천히 문지른다. 이 안에서 아이들의 웃음과 나의 그림자가 겹쳐 또 하나의 작은 하늘을 완성한다. 아버지가 되기는 쉬우나 아버지답기는 정말 어렵다.

노년의 단상

젊은 날의 가을은 빛 자체였다. 산을 물들이던 단풍은 눈부시게 타올랐고, 겨울 문턱에서 만난 나목의 침묵은 오히려 경이로웠다. 바람결에 흔들리던 낙엽조차도 어떤 음악처럼 내 마음을 적셨고, 첫눈이 가지마다 쌓이던 풍경은 세상의 고요와 나의 고요를 하나로 잇는 듯했다. 이 앞에서 나는 말없이 서 있어도 충분했다. 자연은 그 자체로 황홀했고, 살아 있다는 사실만으로도 내 삶은 벅차게 충만했다.

그러나 세월은 속절없이 저편으로 건너갔다. 청춘의 날들이 그렇게 흘러가고 나니, 다시 이 계절을 마주할 때마다 마음 한편이 비어 오는 듯하다. 사라진 것들과 되돌릴 수 없는 순간들이 그림자처럼 스며들어 조용히 머물고, 가슴은 바람을 품은 들판처럼 공허해진다. 공허 속에서 비로소 나는 세월의 무게와 삶의 유한함을 체감한다.

이제 어디로 가야 하는 걸까. 삶의 갈림길 앞에서 문득 〈이상한 나라의 앨리스〉를 떠올린다. 길을 잃고 헤매던 앨리스가 체서 캣에게 묻는다.

"어디로 가야 할까요"

"어디로 가는 중이니" 고양이는 되묻는다.

"모르겠어요" 앨리스가 대답한다.

그러자 고양이는 잔잔히 웃으며 말한다.

"어디로 가는지 모른다면, 어느 길로 가도 상관없지"

삶도 그렇다. 우리는 얼마나 자주 앨리스의 모습과 닮았는가. 앞이 보이지 않는 순간, 방향을 잃은 채 서성이다가 문득 질문한다. "나는 지금 어디로 향하고 있는가" 노년의 길목에서 듣는 이 질문은 절대 가볍지 않다. 세월은 더 이상 종착역으로 이끄는 것이 아니라, 다시금 새로운 포구로 데려가고 있음을 깨닫게 되는 것이다. 이곳은 늦게나마 다시 출항할 수 있는 항구이며, 떠남과 머묾, 마침과 시작이 교차하는 지점이다.

누군가의 시선을 의식하며 짐이 되지 않으려 조심스럽게 발걸음을 떼는 대신, 이제는 자신이 선택한 좌표를 향해 담대하게 나아가야 한다. 이것이야말로 잃어버린 나침반을 되찾고, 스스로 삶의 항로를 정하는 순간이다. 어쩌면 인생의 황혼은 끝이 아니라, 다시 시작할 수 있는 가장 깊은 새벽인지도 모른다. 황혼이 단순한 어둠의 전조가 아니라, 또 다른 빛을 품고 있다는 사실을 깨닫는 때가 바로 지금이 아닐까.

겨울 하늘을 날아가는 철새 떼를 떠올린다. 북녘에서 남녘으로 향하는 그들의 날갯짓은 무작정 흩날리는 듯 보여도 실은 분명한 목적지를 품고 있다. 따뜻한 땅과 풍요로운 먹이를 향한 본능과 살아남기 위한 지혜가 있으며, 그들의 비상에는 언제나 방향이 있다. 하지만 우리의 현실은 어떤가. '철새 정치'라는 낱말이 일상의 비유로 쓰일 만큼, 무질서한 표류와 중심 없는 유행이 시대를 휩쓸고 있다. 온갖 미디어는 홍수처럼 그릇된 정보를 쏟아내고, 화면 속에서는 진실이 왜곡된다. 신조어라는 이름으로 퍼져 나가는 독버섯 같은 언어는 사람들의 감정을 조롱과 냉소로 물들인다.

어느 날 저녁, 후배와 이야기를 나누다 문득 한숨 섞인 말이 흘러나왔다. '부원병(夫源病)', '취사기(炊事期)'. 본래 웃자고 지은 이웃 나라 유행어가 국경을 넘어오더니, 어느새 노년의 남성을 조롱하는 말로 둔갑해 디지털 공간을 떠돈다. 너도나도 퍼 나르며 희희낙락하는 풍경이 실로 안타깝다.

"언어는 사람을 살리기도 하고, 반대로 아프게도 하지 않나" 나는 조심스레 말을 건넸다. 후배는 고개를 끄덕였지만, 눈빛엔 씁쓸함이 배어 있었다. 언어는 단순한 유희가 아니다. 이것은 삶을 감싸는 품격이며, 인간의 존엄을 비추는 거울이다. 말의 무게를 잊어버린 사회는 결국 자기 얼굴을 잃고 만다. 그래서 더욱 애처롭다. 웃음의 뒤안길에서 누군가는 상처 입고 있다는 사실을 우리는 잊지 말아야 할 것이다.

밀림의 늙은 수사자가 젊은 사자에게 자리를 내어 준 뒤 홀로 떠도는 모습이 떠오른다. 노년의 사회 또한 세대의 물결 앞에서 무력하게 밀려가는 것만 같다. 그러나 인간은 단순한 생존이 아닌, '사랑'과 '기억'을 가진 존재다. 이것이 인간을 동물과 구별 짓는 본질이 아니겠는가. 노년은 과거의 사랑을 회상하고, 지워지지 않는 기억을 더듬으며,

이것을 통해 오늘을 살아가는 지혜를 얻는 시간이다.

장수 시대는 축복이지만, 그만큼 지혜가 필요한 시기다. 김장하고, 메주를 쑤어 처마 밑에 매달며, 무시래기를 엮는 늦가을을 누군가는 인생의 겨울이라 말한다. 그러나 나는 이 계절은 새로운 봄을 준비하는 길목이라 믿는다. 모든 것을 이루고 난 후의 쉼이 아니라, 더욱 깊어지고 자유로워진 인생을 시작할 시간이다. 삶이란 봄·여름·가을·겨울이 단절된 계절의 연속이 아니라 순환하며 다시 피어나고 사이클링하는 큰 리듬에 가깝다. 노년은 겨울이면서 동시에 새봄을 품고 있는 계절이다.

공자께서 "종심소욕 불유구(從心所欲 不踰矩)" 마음 가는 대로 살아도 법도를 벗어나지 않는 경지라고 말씀하셨다. 아흔의 나이에 도달한 공자가 전한 이 말은 노년의 삶이 지향해야 할 태도를 잘 보여 준다. 이제는 무엇에도 얽매이지 말고, 진실한 자신으로 살아가야 하지 않겠는가. 서로의 허물을 들추기보다 따뜻한 말 한마디, 다정한 눈길, 어깨를 내주는 위로가 필요한 때다. 반려자, 친구, 이웃과 함께 주고받는 말과 마음에는 삶의 깊은 기쁨이 있고, 지친 영혼을 어루만지는 따뜻한 온기가 있다.

아프리카 속담이 떠오른다. "혼자 가면 빨리 가지만, 함께 가면 멀리 간다" 노년의 삶이야말로 '멀리 가는 여정'이다. 함께 웃고, 함께 울며, 서로의 짐을 나누어 짊어지는 길 위에서 비로소 멀리 갈 수 있다.

오래전에 보았던 영화 한 장면이 문득 스친다. 지금은 전쟁의 소용돌이에 휘말려 있는 우크라이나의 작은 유대인 마을 아나테브카

(Anatevka)를 배경으로 한 〈지붕 위의 바이올린(Fiddler on the Roof)〉이다. 영화 속 주인공 테비예는 가난하지만 성실하고, 전통을 지키며 가족을 사랑하는 사람이다. 다섯 딸과 아내, 그리고 그에게는 소박한 하루가 있었다. 큰딸 결혼식 날, 하객의 목소리로 울려 퍼지던 노래 〈Sunrise, Sunset〉. 멜로디에는 지나온 시간이, 지나갈 계절이, 그리고 여전히 끝나지 않은 삶의 여정이 담겨 있었다. 노래를 들을 때마다, 인생이란 빛과 어둠이 교차하며 흘러가는 강물임을 느낀다.

단재 신채호 선생은 말했다. "역사를 잊은 민족에게 미래는 없다" 여기서 말하는 역사는 단지 기록의 집합이 아니다. 이것은 곧 우리 정신이고, 전통이며, 삶의 방식이자 사람됨의 근간이다. 남의 문화를 존중하는 것도 중요하지만, 우리 것을 아끼고 지키는 마음이 없다면, 그 누구도 대신 지켜주지 않는다. 전통은 박제되어 박물관 속에 잠들어야 할 유물이 아니다. 이것은 오늘을 살아가는 우리를 비추는 살아 있는 등불이어야 한다.

노년의 삶은 닳아 버린 여생이 아니다. 오히려 인생의 깊이를 응시하고, 가장 자기다운 모습으로 살아갈 수 있는 시간이다. 인생의 가을과 겨울은 낡음과 소멸의 계절이 아니라, 성찰과 회복, 그리고 다시 시작의 계절이다. 그러니 아름다운 계절 앞에서 스스로에게 다시 한번 조용히 물어야 한다. "나는 지금 어디로 가고 있는가"

저물녘 연가

어느새 붉은 해가 주흘산 너머로 넘어간다. 노을은 붉고도 부드럽게 하루를 감싸안으며, 바람에 실려 지나가는 향기와 함께 모든 것을 잠시 멈추게 한다. 나는 서재 발코니에 앉아 창밖을 바라본다. 저 햇살처럼 나도 서서히 하루를 마무리하는 존재가 되어 가고 있음을 느낀다. 세월은 조용하지만 분명하게, "이제는 돌아볼 시간"이라 속삭인다.

예전에는 시간이라는 것이 늘 넘쳐나는 줄 알았다. 그래서 게으름피우며 미루고 놓치기를 반복했다. 그러나 이제는 평범한 하루가 인생이라는 긴 노래 속 가장 아름다운 구절이었다는 것을 안다. 당나라 시인 백거이(白居易)의 시구(詩句), 〈부득고원초송별(賦得古原草送別)〉에 나오는 "이별한 마음은 끝이 없고, 봄바람에 그리움은 다시 살아난다" 한 구절이 떠오른다. 언젠가 누군가가 먼저 떠나면, 그리움이라는 이름으로 서로를 더 깊이 느낄 나이가 되어 간다.

젊은 날 사랑을 쉽게 말하고 흘려보냈다. 그러나 사랑은 기다림과 그리움, 함께 견디는 세월 속에서 비로소 뿌리 내린다는 것을 이제 안다. 칠레 시인 파블로 네루다는 별이 머무는 곳, 그림자와 영혼 사이

어둠 속에서 사랑을 고요히 노래했다. 말로 다 표현할 수 없는 감정을 그의 제17연작 〈소네트(One Hundred Love Sonnets - Soneto XVII)〉에서 "나는 너를 어둠 속에서 사랑했다, 별들이 머무는 곳에서부터 내 영혼이 그대에게 가 닿을 수 있는 그 깊은 곳까지("I love you as certain dark things are to be loved, in secret, between the shadow and the soul." "I love you without knowing how, or when, or from where…")" 하며 말로 다 하지 못한 사랑을 고요한 침묵 속에 담아 노래했다.

당신과 걷던 길, 나란히 앉아 마시던 차 한 잔, 아무 말 없이 바라보던 텔레비전 속 장면조차도 기억 속에서 반짝였다. 사랑은 거창하거나 특별한 것이 아니었다. 삶의 소소한 순간, 손끝과 눈빛, 숨결 속에 스며드는 작은 따뜻함을 이제 더욱 깊이 느낀다. 젊음의 뜨거움은 식었지만, 그 자리에 남은 온기는 더 넓고 깊다.

햇살은 느리게 저물고
주름진 손끝에 지난 시간이 고여 있다
말없이 바라본 당신의 뒷모습
그것 또한 나의 역사다

이제 사랑은 말보다 숨결로 전해지고
뜨거웠던 맹세는
잔잔한 미소로 남아
하루하루를 곱게 물들인다

저물녘,

이 황금빛 시간 속에서

나는 당신에게 처음이자 마지막 연가를 부른다

눈물도 후회도 없이

고요히 그리고 아름답게

언어가 무엇이든 진실한 사랑은 같은 울림으로 가슴을 적신다. 이제 화려하지 않아도 정직하며, 짧지만 오래 남는 저물녘의 노래를 부를 때가 왔다. 이것은 당신을 향한 고마움의 노래이자, 우리 삶을 향한 작고 단단한 찬가다. 지나온 하루를 충분히 살아낸 자만이 마주할 수 있는 황혼의 순간이다. 나는 이 노을 속에서 당신과 '함께'라는 하루를 다시 한번 노래한다.

산들바람이 저물녘 향기를 실어 나르고, 나뭇잎은 은은한 속삭임을 전한다. 저 붉은 햇살 아래 당신과 걸었던 길을 떠올리며, 사랑과 감사의 마음으로 숨을 고른다. 하루하루 쌓인 추억은 황혼의 빛과 어우러져 반짝이고, 지나간 계절의 흔적은 마음 깊이 자리한다.

사랑은 기다림이다. 누군가를 기다리는 마음, 자신과 기다림, 삶과 기다림이 어우러져 황혼을 더욱 아름답게 만든다. 이제 서서히 하루를 마무리하며 남은 시간을 조용히 음미한다. 지나간 실수와 미련, 흘려보낸 말들마저도 저물녘 빛 속에 부드럽게 안긴다.

저물녘의 공기는 차분하고 온화하다. 마음이 잔잔해지고, 사랑은 손끝과 눈빛 속에서 말없이 스며든다. 과거의 뜨거운 열정은 이제 고요하게 빛나고, 삶의 긴 여정에서 얻은 깊은 이해와 감사가 마음을 채운다. 황혼은 단순히 하루의 끝이 아니라, 인생의 아름다움을 가장 고요하고 찬란하게 보여 주는 시간이다.

서재 발코니에 앉아 지는 노을빛을 바라본다. 당신과 함께한 모든 순간이 저 하늘의 색처럼 천천히 번져 나를 감싼다. 오늘 하루의 끝자락, 지나온 계절의 향기, 그리고 멀리 사라진 사랑과 만남들이 황금빛 저녁 속에서 하나의 빛깔로 물든다. 그 빛은 마음 깊은 곳까지 스며들어, 사랑은 기억으로, 기억은 기다림으로, 기다림은 마침내 황혼의 노래로 변해 간다.

해가 산 너머로 서서히 사라질 때, 세상은 은은한 붉은빛으로 물든다. 마치 저물녘 연가를 부르듯, 나는 당신을 향해 그리고 우리 삶을 향해 마음을 내어놓는다. 찬란하지 않아도 좋다. 다만 지금 이 순간 깊고 고요한 감정이 내 안을 흔들고 지나간다. 황혼은 그렇게 하루를 그리고 인생을 가장 아름답게 장식한다.

눈 감으면 당신과 나란히 걷던 시간이 떠오른다. 잔잔히 웃던 얼굴, 손끝에 남은 온기, 모든 것이 사라진 햇살 자리에 여전히 머문다. 세월이 흘러도 사랑의 빛은 쉽게 스러지지 않는다. 오늘도 마음속에서 당신을 향해 저물녘의 노래를 부른다. 그 노래는 세월의 강 따라 끝없이 흐르고, 사랑과 감사는 물결처럼 번져 나를 감싼다.

나만의 사유를 즐기며

우리는 끊임없이 변화하며 움직이는 세계에 살고 있다. 손가락 한 번 움직임으로 거대한 데이터를 불러오고, 1분 1초를 경쟁하듯 소비하는 시대다. '속도'가 미덕으로 자리 잡은 지금, 오래된 취미 하나를 고요히 꺼내 본다. 우표 수집이다. 더 정확히 말하면 시간과 기억, 세계와 시선을 모으는 일이다.

우표는 작다. 어쩌면 너무 작아 무심코 지나치기 쉬운 대상이다. 그러나 조그만 사각형 안에는 한 시대의 정신, 한 나라의 역사, 한 사람의 철학이 응축되어 있다. 우표는 종이 형태를 띤 작은 시(詩)며, 정치와 예술, 전통과 자연이 한데 어우러진 정교한 상형문자다. 나는 우표 한 장을 들여다보며 묻는다. 무엇이 이토록 작고 사소한 것을 거대하고 숭고하게 만들었을까.

우표는 국가가 보내는 편지이자, 그 시대 역사를 남기는 자화상이다. 전쟁의 흔적이 깃든 우표에서는 무거운 시대의 숨결이 느껴지고, 독립을 기념하는 기념우표에서는 뜨거운 민족의 열망이 피어난다. 자연을 담은 우표에서는 생명의 빛깔이 배어 나오고, 위인들 초상이 담긴 우표에서는 사라진 이상과 남겨진 영향력이 조용히 말을 건넨다.

　60년이 넘도록 오랜 세월 동안 우표를 수집하였다. 모은다기보다는 모아진다는 느낌이다. 시간이, 손끝이, 그리고 눈길이 조용한 사각 우표를 향하며 세상의 조각이 내게 다가와서 나를 구성하는 요소가 되었다. 인간은 늘 삶을 외부에서 끌어모으나, 때로는 이렇게 작은 세계 속에서 나를 비추며 내면을 재구성하는 것도 삶의 한 방식이다.

　우표 수집은 매우 느리고 조용하다. 새 우표를 모으고, 조심스레 핀셋으로 집어 올려 확대경 너머로 들여다보는 일이다. 발행 날짜와 배경을 찾아보고 우표첩의 빈자리를 찾아 정리하는 일을 보고 지루하다고 말할지 모르겠지만, 나는 느림 속에서 존재를 배우고, 머무름 속에서 시간의 진가를 느낀다.

　어린 시절, 외삼촌 책상 서랍에서 오래된 우표첩을 처음 마주했다. 군데군데 색이 변한 여러 나라 우표가 차곡차곡 들어 있었다. 순간 이건 단지 우표의 집이 아니라, 한 사람의 기억이 눌러앉은 자리라는 것을 깨달았다. 우표첩에는 2차 세계대전을 겪은 외삼촌의 젊은 시절 청춘이, 일본 유학 시절 설렘이, 외숙모가 보낸 편지의 온기가 남아 있었다. 이처럼 우표는 단지 수집품이 아니라 기억 창고이고, 사라짐에 저항하는 수집가의 고요한 시위다.

　우표를 모은다는 것은 흩어진 것을 모으고, 흘러가는 것을 붙들며, 사라지는 것을 사랑하는 태도다. 시대가 요구하는 속도와 효율에 반기를 드는 소극적인 행위로 보이지만 단호한 저항이다. 그렇게 보면 우표 수집은 단순한 취미가 아니다. 이것은 삶을 사랑하는 느린 사람의 철학이자, 세계를 관조하는 예술가의 눈길이다.

나는 지금도 시간 날 때마다 우표첩 한 페이지를 넘긴다. 새로운 우표 하나를 조심스레 보관하고, 필요할 땐 옆에 조그맣게 메모를 남긴다. 발행 연도, 국가, 주제 등이다. 언젠가 아들과 손자에게 우표첩을 물려주면 할아버지를 알게 되길 바란다. 내가 어떤 시선으로 세상을 바라보았는지, 어떻게 시간을 사랑하며 살았는지 알려 주고 싶다.

우표 수집은 결국 내가 나에게 보내는 편지다. 조용하고, 느리고, 작지만, 그래서 더 진실한 한 장의 이야기를 오늘도 내 삶 속에 한 줄씩 써 내려간다. 우표 수집은 겉보기에 단순한 취미처럼 보일 수 있지만, 이 안에는 서정적이고 철학적인 사유의 깊이가 담겨 있다.

우표는 특정한 시간과 장소에서 만든다. 이것은 과거의 순간이 현재까지 도달한 증거물이며, 한 시대의 문화·정치·사회를 축약해 담은 상징이다. 수집가는 우표를 모으는 동시에 시간의 층을 차곡차곡 쌓아 간다. 이처럼 우표 수집은 단지 물건을 모으는 일이 아니라, 시간을 채집하는 일이다. 수집가는 이 안에 흐르던 시간을 가만히 되짚으며, 자신의 삶을 시간 속에 담는 방식으로 우표를 바라본다.

우표에는 각국의 자연·문화·위인·사건 등이 실려 있다. 이는 곧 수집가가 자기 서랍 안에서 세계를 바라보는 방식이기도 하다. 직접 가지 못한 장소, 직접 만나지 못한 사람을 우표로 만나며, 세계에 대한 감수성과 인식을 확장해 간다. 이렇기에 우표 수집은 공간의 제한을 초월한 사유이며, 세계를 향한 경이로운 응시다.

수집된 우표 하나하나는 수집가의 삶과 연결된 기억의 조각이다. 어느 날 우연히 받은 편지 속 우표, 초등학교 2학년 여름방학 숙제로부터 시작한 우표 수집은 지금까지 나를 있게 하였다. 중학교 때부터 시작한 해외 펜팔로 받은 낯선 우표들은 모두 내 마음속 세계를 넓혔고, 나를 새로운 세계 속에 머물게 했다. 이렇듯 우표는 삶의 무늬를 담는 기억의 증표이며, 수집가 내면에 남은 감정과 사건의 작은 유서가 된다. 나는 "이 세계를 이렇게 바라보았노라" 하며 소리 높여 외친다. 우표는 결국 나만의 시선과 감정을 기록한 인장이다.

현대 사회는 속도를 숭배한다. 그러나 우표 수집은 정반대 행위다. 한 장 한 장을 자세히 들여다보며 의미를 찾고, 앨범에 보관하며 정리한다. 이는 곧 느림을 선택하는 삶의 태도이자, 시간을 자신의 리듬으로 살아내려는 시도다. 우표 수집가는 급류 같은 시대 속에 멈추어 서서, 사소한 것을 오래 바라보며 의미를 발굴하는 눈을 갖게 된다.

우표는 이제 전자통신 시대에 점점 사라져가고 있지만, 사라짐은 오히려 더 강하게 수집가의 마음을 붙잡는다. 우표 수집은 잊혀가는 것들에 대한 애도이자 애착이고, 사라짐을 보듬는 일종의 저항이다. 이것은 아직 이 세계에 소중한 것들이 남아 있다고 말하는 조용한 선언이기도 하다.

각기 다른 주제·색상·디자인의 우표를 하나씩 모으며 수집가는 자신만의 세계관을 만들어 간다. 우표첩은 곧 자신의 취향과 시선, 철학이 집적된 삶의 지도다. 우표는 발행 국가의 정체성을 담고 있지만, 수집가의 앨범 안에서는 수집가 자신의 정체성을 반영한다. 내가 어떤 세계와 어떤 가치를 아름답게 여겼는지를 보여 주는 존재의 흔적이다.

따라서 우표는 단지 종이가 아니다. 이것은 하나의 세계이고, 시대의 결이며, 인간이 남긴 흔적이다. 그리고 우표를 모으는 행위는 단순한 수집을 넘어 삶을 응시하고, 기억을 정리하며, 세계를 느끼는 서정적·철학적 사유가 된다.

제2부

삶의 여백

삶의 여백(餘白)

그동안 오랜 세월 쉬지 않고 앞만 보고 달렸다. 젊을 때는 하루하루가 바빴고, 해야 할 일은 늘 넘쳤다. 이른 아침 출근하고, 회의하고, 결정하고, 강의하고, 책임지는 삶이었다. 이렇게 한 계절 또 한 계절을 지나며 수십 년이 흘렀다. 그러다 문득 시계가 멈춘 듯한 날이 왔고, '은퇴자'라는 이름을 얻게 되었다. 언젠가 맞이할 줄 알았지만, 이 순간은 생각보다 조용하고 어색했다.

그때 아내와 함께 대미산 자락 여우목으로 내려와 여생을 보내기로 결심했다. 복잡한 도시를 떠나 높은 산이 감싼 산촌으로 거처를 옮긴 지 어느덧 여섯 해가 지났다. 처음엔 불편한 점이 많았으나, 기계처럼 돌던 도시의 삶과 달리 시간은 느렸고, 계절 변화에 맞춰 자연의 리듬을 따랐다. 이때부터 느림 속에서 진정한 '여백'이 무엇인지 배우기 시작했다.

아침이면 산안개가 정원에 내려앉아 쉬다, 앞산 중턱을 휘감아 돌아 어디론가 사라진다. 조용히 화초에 물 주고, 뒷마당 정원을 살핀다. 소소한 노동이 끝나면 나무 그늘에 앉아 책을 읽기도 하고, 아무 생각 없이 청량한 산새 소리에 귀를 기울인다. 바쁘지 않아도, 특별한 일이 없어도, 하루는 저절로 흐른다. 이 속에서 내 마음도 천천히 젖어 든다.

    산속 작은 집
    새벽안개와 저녁노을이
    하루의 문을 여닫는 곳
    멈추는 법을 배우고
    비우는 기쁨을 누린다

    이젠 조용히 말할 수 있다
    은퇴는 멈춤이 아닌 다른 걸음이고
    첫걸음은 여백에서부터 시작한다는 것을···

산촌의 삶은 도시와 달리 무언가 하지 않아도 괜찮은 시간으로 채워진다. 때로는 한나절 내내 아무 말 없이 아내와 마주 앉아 산을 바라본다. 고요한 시간이 처음에는 낯설었지만, 지금은 무엇보다 소중하다. 말하지 않아도 소통하는 순간이 있고, 움직이지 않아도 채워지는 마음이 있다. 여백이야말로 진정 함께 있는 시간임을 이제 안다.

처음엔 허전했다. 출근하지 않는 아침이 낯설었고, 전화가 울리지 않는 하루는 불안했다. '쓸모'에서 밀려난 것 같았고, 누군가에게 꼭 필요한 사람이 아닌 듯한 기분도 들었다. 수십 년을 바쁘게 살아온 탓에 은퇴란 손에 텅 빈 시간표만 남겨 주는 듯했다. 하지만 고요 속에서 바쁘게 살며 묻어 두었던 질문이 하나둘 떠오른다. 이것이 바로 여백이라는 것을 지금은 안다.

여백을 가만히 들여다보니 오래전부터 읽고 싶었던 책, 듣고 싶었던 음악, 어디론가 훌쩍 떠나고 싶었던 여행, 천천히 산길을 걸으며 바라보고 싶었던 산야, 아침 햇살을 마주하고 마시고픈 한 잔의 차, 그리고 늘 다음에 보자며 미뤄 두었던 친구 등등… 모든 것이 내 삶의 여백 속에서 하나둘 모습을 드러낸다.

여백은 처음엔 낯설고 어색하지만, 시간이 지나자 '선물'이라는 것을 안다. 달력이 빈 날에는 내가 나에게 줄 수 있는 가장 큰 자유가 깃들어 있고, 해야 할 일이 없는 시간은 오히려 마음속 깊은 곳에 있는 이야기를 꺼내 글로 쓸 기회가 된다. 이제는 누구를 위한 삶이 아니라, 오롯이 나를 위한 하루를 산다. 이 안에서 나는 비로소 숨을 돌린다.

젊을 땐 여백이 두려웠다. 비워진 공간과 멈춰 선 시간은 뒤처짐을 의미한다고 믿었지만, 여백이야말로 진짜 인생을 들여다보게 만드는 거울이라는 것을 지금은 안다. 가득 채운 삶은 무겁고 바빴으나, 여백이 있는 삶은 가볍고 기쁨이 깊다.

이제 출근하지 않아 아침에는 여유롭게 원두커피를 내리고, 향과 온기를 음미하며 하루를 연다. 정원의 잡초를 뽑고, 돌을 쌓다가 아내와 마주 앉아 점심을 먹는다. 때로는 영상통화로 손자의 웃음을 보고, 주룩주룩 비가 내릴 땐 아무 말 없이 서재에 틀어박혀 음악을 들으며 하루를 보낸다. 언뜻 보기엔 특별히 할 것 없는 일상이지만, 모든 것이 나를 위한 여백임을 알고 느릿느릿 채워 간다.

비로소 깨닫는다. 은퇴란 일을 멈춘 것이 아니라, 속도를 줄이고 삶의 본질에 더 가까워지는 여정이다. 여백이란 게으름이나 공허가 아니라, 내가 나답게 숨 쉴 수 있는 공간이고, 이것은 어느 날 갑자기 주어지는 게 아니라 마음을 비우고 자연에 몸을 맡길 때, 조용히 내 안에 피어나는 것임을 알게 된다.

젊은 날엔 앞만 보고 달리는 것이 옳은 줄 알았으나, 인생은 끝없는 경주가 아니다. 어느 지점에서는 걸음을 늦추고, 멈춰 서서 돌아볼 필요가 있다. 지금 누리는 여백은 종착역이 아니라 또 다른 시작이다. 그동안 수많은 일로 채워졌던 내 삶에서 지금은 자연과 나 자신이 채워주는 여백만 남아 있다.

대학 다닐 때 즐겨 불렀던 비틀스(The Beatles)의 〈Let It Be〉를 듣는다. 이 곡은 1970년 폴 매카트니(Paul McCartney)가 주도적으로 작사 작곡한 명곡이다. 노래를 시작하는 첫 소절에 '고요의 수용'과 '내면의 평화'를 담은 '여백의 미학'이 깃들어 있다.

〈Let It Be〉에는 혼란 속에서 들려온 따뜻한 내면의 목소리, 즉 여백과 수용의 목소리가 담겨 있다. 당시 DJ는 성모 마리아의 거룩한 말씀은 그냥 내버려두라고 해설하였다. 즉, "문제가 생길 때 성모님이 내게 와서 지혜의 말씀을 속삭인다. '그대로 두렴'(When I find myself in times of trouble, Mother Mary comes to me / Speaking words of wisdom, 'let it be')" 하는 인상적인 첫 소절 때문이다.

오늘도 여백을 감사히 받아들인다. 지금은 멈추어 선 자리에서 더 멀리, 깊이 볼 수 있다. 이처럼 인생에서 가장 따뜻하고 진실한 시간은 오히려 이렇게 비워낸 여백 속에서 피어난다는 것을 알게 된다. 은퇴는 끝이 아니라, 삶이 나에게 건네준 고요한 휴식이자 다시 배우고, 느끼고, 살아갈 수 있는 여백을 채울 수 있는 시간이다.

느림과 기다림의 미학

며칠 동안 이어지던 늦장마가 그치자, 오랜만에 맑고 조용한 밤이 찾아왔다. 발코니에 서니 잔잔한 바람이 내 볼을 스치고, 구름 사이로 흘러내린 달빛이 조용히 어깨를 감싼다. 드문드문 떠 있는 별빛 아래 문득 블루투스 스피커에서 흘러나온 음악이 나의 감성을 깨운다.

The Platters의 〈Only You〉, 마치 시간 속에 묻혀 있던 한 사람이 아주 오랜 속삭임처럼 이름을 부르는 듯하다. 노래는 부드럽고 조심스러워 잊고 지냈던 마음 한켠에 천천히 내려앉는다. "Only you can make this world seem right…"

첫 소절이 흐르는 순간, 마치 1950년대 한 장면의 무대 속으로 미끄러지듯이 빨려 들어간다. 오래된 흑백 필름처럼 잔잔하게 스쳐 가는 기억이 주마등처럼 떠오른다. 가로등 아래에서 마주한 눈빛, 말없이 지나친 따스한 미소, 그리고 첫사랑의 떨림처럼 가슴 깊이 울리는 순간이다.

그 시절엔 사랑이라는 말이 지금보다 훨씬 느리고 더 깊었다. 눈빛 하나에 하루가 설렜고, 편지 한 줄에 긴 밤을 지새웠다. 서재 한쪽엔

버리지 않고 모아 둔 LP 음반이 줄지어 있다. 그중에서도 눈에 띄는 것은 바로 1955년 The Platters의 싱글 앨범이다.

중학교 시절 RCA 컴포넌트가 내 방에 있었다. 앞에 앉아 LP 바늘을 조심스레 올리고 앨범을 틀었던 오래된 추억이 떠오른다. 〈Only You〉는 내 마음에 조용히 스며들었던 곡으로 칠순을 훌쩍 넘긴 지금도 가끔 앨범을 꺼내 턴테이블에 올리곤 한다.

음반은 낡았지만, 감성은 여전히 싱싱하고, 오히려 더 또렷하다. 이 곡은 Buck Ram이 작곡하고, 리드 보컬 Tony Williams의 풍부하고 서정적인 음색이 더해져 세상에 큰 울림을 남긴 명곡이다. 그는 이제 고인이 되었지만, 목소리는 여전히 내 귀를 적시며 마음을 흔들고 시간의 벽을 넘어 다가온다.

그의 목소리는 조용하지만 단단하게, 마치 무너지는 것들을 붙잡으려는 손처럼 울려 퍼진다. 〈Only You〉는 단지 연인이 아니라 삶의 어느 순간마다 한 번쯤은 누구에게나 있었던 단 하나의 존재일 것이다. 어쩌면 잃어버렸거나 혹은 아직 만나지 못한 이름일지도 모른다.

이 노래는 눈부신 열정보다는 조용한 헌신을 말한다. 거창하지 않아서 더 오래 남고, 소박해서 더 가슴을 울린다. 마치 누군가의 어깨에 기대어 한참 울 수 있을 것 같은 그런 밤에 말없이 옆에 앉아주는 사람 같은 노래다. 오늘도 어딘가에서 이 노래를 듣고 있을 누군가를 떠올린다. 그 역시 가슴속 말하지 못한 사랑 하나를 품고 이 멜로디에 귀 기울이고 있지는 않을까.

사랑은 꼭 다시 만날 수 있는 약속이 아니지만, 기억이라는 이름으로 살아나는 감정이라면 이 노래 한 곡이면 충분하다. 오직 '너'만이 조용한 세상을 의미 있게 만든다. 진심 하나만으로도 이 밤은 더없이 따뜻하다.

디지털 시대에 LP 앨범으로 Old Pop을 듣는 경험은 단순히 음악을 듣는 행위 이상이다. 그것은 마치 시간을 거슬러 아날로그의 숨결 속으로 조용히 걸어 들어가는 의식이다. 요즘 음악은 빠르다. 클릭 한 번이면 수천 곡이 흘러나오고, AI는 취향을 읽어 추천을 쏟아낸다. 하지만 속도 속에서 음악은 어느새 배경이 되어 버린다.

노래는 들리지만, 마음에 남지 않는다. 그래서 나는 가끔 턴테이블 앞에 선다. 조심스레 판을 꺼내 먼지를 턴다. 손끝에 느껴지는 묵직한 감촉, 그리고 바늘을 올리는 순간 들려오는 '찌지직' 하는 소리가 감성을 자극한다. 이 아날로그적 침묵의 떨림 속에서 옛 추억 속 시간이 천천히 움직이기 시작한다.

다시 〈Only You〉가 흐르면 서재 안은 금세 오래된 카페처럼 변하고, 세상은 흑백의 질감으로 물든다. 사랑은 지금보다 훨씬 느리고, 고백은 손편지처럼 조심스럽다.

음악은 정직하고 숨김이 없다. LP는 완벽하지 않다. 잡음이 섞이고 음이 고르지 않다. 그러나 이 결함이야말로 진짜 사람이 부르는 음악의 증거다. 마치 오래된 연인의 목소리처럼 이 안에는 아픔과 기다림, 그리움이 조용히 묻어 있다. 바늘은 음원을 읽고, 나는 그 위에서 감정을 읽는다. "오직 너만이…" 이 오래된 멜로디는 지금, 이 순간 내 마음 속 어떤 이에게도 다시 들려주고 싶은 말이 된다.

　우리는 요즘 너무 빠르게 음악을 소비한다. 좋아하는 곡도 두 번만 들으면 다음 곡을 찾는다. 그러나 LP 앞에서는 서두를 수 없다. 노래 한 곡을 위해 판을 꺼내고, 먼지를 털고, 바늘을 올려야 한다. 의식 같은 준비 과정은 음악을 단순한 '소리'에서 하나의 경험으로 바꿔 놓으며, 음악을 더 사랑하게 만든다.
　디지털 음원은 맑고 또렷하다. 기능적이고, 깨끗하고, 빠르다. 하지만 LP는 서정적이고, 시적이며, 흐림 속에서 찾는 온기의 선명함이 있다. 음표 사이에 낀 숨결, 흐느끼는 듯한 떨림, 그리고 시간이 남긴 미세한 흔적이 있다. 이것이 바로 LP로 듣는 올드 팝 감상이 주는 감동이다.
　LP판으로 음악을 감상하는 일은 지나간 시절을 단순히 떠올리는 행위가 아니라, 그때 감정으로 다시 들어가는 짧은 여행이며, 기억을 되살리는 가장 정직한 감각이다. LP 음악은 늘 기다림을 요구한다는 점에서 더욱 그렇다. 바늘이 내려앉고 소리가 깨어나기까지의 시간 속에는 세상이 지금보다 훨씬 천천히 숨 쉬던 시절의 리듬이 고스란히 담겨 있다. 그래서 LP로 듣는 올드 팝은 과거를 추억하기 위한 수단이 아니라, 오히려 현재의 감정을 한층 더 선명하면서도 깊게 느끼게 된다.

봄의 왈츠

햇살이 창가를 살며시 두드리는 이른 아침, 발코니 커튼을 열며 봄이 왔다는 걸 느낀다. 산촌의 기온은 아직 차갑지만, 봄기운을 느끼기에 충분하다. 어디선가 꽃향기가 봄바람에 실려 살며시 흩날리고, 겨우내 움츠렸던 초목은 조심스레 새순을 틔운다. 이렇게 봄은 말없이 곁에 다가와 마음 깊은 곳에 보드랍게 떨림의 여운을 남긴다.

봄기운을 느끼려 리처드 클레이더만(Richard Clayderman)의 '봄의 왈츠(Spring Waltz)'를 듣는다. 진한 원두커피 향과 어우러진 피아노 선율은 봄이 오는 소리에 맞춰 봄바람 타고 흐른다. 눈부신 아침 햇살은 초목 위에 아른거리고, 정원에 핑크빛 꽃을 활짝 피운 패랭이 군락은 바람결에 꽃잎 살랑이며 살포시 춤사위를 펼친다.

봄의 왈츠 리듬에 맞춰 긴 겨울의 터널에서 벗어나 부드러운 봄기운에 흠뻑 젖는다. 봄은 춤으로 비유하면 왈츠다. 봄은 경쾌하지만 서두르지 않고, 한 걸음 한 걸음 부드럽게 춤추며 여름을 향해 나아간다. 봄은 자연이나 사람도 바람에 일렁이며 리듬에 맞춰 춤추는 계절이다.

'봄의 왈츠' 리듬은 새소리이기도 하고, 바람결이기도 하며, 산촌에 피는 벚나무 잎의 설렘이기도 하다. 산길을 걷다 보면 문득 발을 멈추게 하는 순간이 있다. 따스한 햇살, 얼굴을 스치는 바람, 옆 사람의 잔잔한 미소까지. 모든 것이 함께 어우러져 마치 오래된 클래식 음악처럼 마음속 깊은 곳을 두드린다. 이 순간을 온전히 느낄 수 있다는 것, 이것이 바로 봄이 주는 선물이다.

환경 파괴로 계절이 변하여 봄이 짧다. 그래서 더 소중하고 아름답다. 봄의 춤사위가 끝나기 전, 이 계절에 푹 빠져 사랑하고 싶다. 한 송이 꽃처럼 피어나, 흩날리는 꽃잎처럼 몸과 마음이 가벼워지고 싶다. 하지만 산 세월만큼 몸과 마음이 무거워진 것은 피할 수 없는 인생의 무게인 것 같다.

연주가 끝나고 진한 커피 향이 사라진다. 하지만 언젠가 또 봄이 찾아올 때, 왈츠 곡을 다시 듣게 될 것이다. 문득 마음속 깊이 흐르는 잊을 수 없는 봄의 선율 따라 산길을 조용히 걷는다. 이 왈츠를 기억하듯, 내년에도 황혼의 봄이 다시 찾아오길 기다린다.

'봄의 왈츠'로 알려진 곡의 원래 제목은 '사랑의 결혼식(Mariage d'Amour)'이다. 그리고 쇼팽의 곡이 아니라 프랑스 작곡가 폴 드 센느빌(Paul de Senneville)이 1979년 작곡한 것이다. 이 곡은 주로 피아니스트 리처드 클레이더만(Richard Clayderman)이 연주하여 '아드린느를 위한 발라드(Ballad pour Adeline)'와 함께 그의 대표 연주곡이 되었다.

곡 분위기가 서정적이고 섬세하여 쇼팽 스타일과 비슷하게 느껴졌기 때문인지, 음악 애호가들은 쇼팽 곡으로 잘 못 알고 있다. 실제로 쇼팽의 작품 목록에는 '고양이 왈츠(왈츠 제6번 D장조 Op.64-1)', '화려한 대왈츠(왈츠 제1번 E♭장조 Op.18)'는 있어도 같은 이름의 '봄의 왈츠'는 없다. 하지만 봄의 왈츠는 그만큼 곡이 아름다워 많은 사람이 착각할 만큼 깊은 인상을 준다.

어느새 삶의 리듬이 느려지는 길목에서 하루하루를 곱게 음미하는 황혼과 마주하고 있다. 어느덧 아침 햇빛처럼 찬란했던 젊은 날은 지나가고, 한낮의 분주함도 잦아들었다. 이제 남은 삶의 색채는 저물녘처럼 조금씩 붉고 부드럽게 변해 간다.

인생의 황혼은 어쩌면 가장 고요한 순간이다. 달려야 하는 조급함도, 무엇을 증명해야 하는 부담도 서서히 내려놓은 지 오래다. 자리에 남은 건 그간 살아온 날의 무게와 안에 담긴 따뜻한 기억뿐이다. 이처럼 황혼의 삶은 예전처럼 더 많은 것을 가질 필요도 없고, 대신 기억하고, 용서하고, 감사하는 것이다. 그리고 시간이 갈수록 소유의 의미보다는 존재의 의미로 다가온다. 무엇이 되었느냐보다 어떻게 살아왔느냐가 더 소중하게 느껴진다.

인생의 황혼이야말로 가장 사람다워지는 시간일지도 모른다. 지나온 길을 되돌아보고, 남은 길을 천천히 곁에 있는 사람과 온기를 나누며 이별을 준비할 시간이다. 문득문득 누군가와 다정하게 걷고 싶고, 오랫동안 잊은 이름을 떠올리며 말없이 추억을 곱씹는 시간이다. 하지만 봄은 황혼의 나이에도 불구하고 차분하게 봄기운을 느낀다면 분명히 삶을 변화시킬 것이다.

올해도 어김없이 찾아온 봄은 아지랑이처럼 자연의 교향곡이 아른 아른 퍼지고, 정원에는 연산홍·자산홍·철쭉이 봄을 예찬하는 꽃망울을 터뜨리며, 마음 한구석에는 이미 누군가의 미소처럼 살포시 봄이 앉아 있다. 봄기운을 듬뿍 받아 비발디의 사계 중 가장 부드러운 리듬으로 가득 찬 봄의 리듬을 타고 화창한 봄 길을 걷는다.

저물녘은 하루의 끝이 아니다. 내일이라는 또 다른 날을 준비하는 고요한 다짐의 시간이다. 인생도 마찬가지다. 지나온 세월 위에 지금의 나를 세웠지만, 비록 하늘이 어두워지더라도 마음만은 더욱 깊어지고 단단해질 것이다. 오늘도 주흘산 산정에 기우는 해 질 녘 석양을 바라본다. 그리고 속삭인다. "참 잘 살아왔구나, 이제 조금 느려도 괜찮아." 하며 삶의 속도를 늦추고, 한 걸음 뒤에서 나를 바라본다.

지난 청춘은 아침 햇살에 눈이 부셨고, 한낮 시간은 열정으로 가득 차 있었다. 지금은 정점 못지않게 아름다운 석양을 마주하며 다가올 밤하늘의 찬란한 별빛을 기다린다. 하지만 하루의 끝이기에 슬프기도 하나, 끝자락에서 비로소 살아온 세월을 진심으로 마주할 수 있다. 놓아야 비로소 보이는 것들이 있고, 멈춰야 들리는 소리가 있다. 모든 것이 모여 인생이라는 아름다운 서사시의 마지막 장을 수놓는다. 어쩌면 인생의 황혼이야말로 가장 사람다워지는 시간일지도 모른다.

오월의 봄비

한 해 열두 달 중, 오월은 단연코 '계절의 여왕'이라는 수식어가 붙는다. 오월은 자연과 인간에게 가장 아름답고 활기찬 시간일 뿐만 아니라 찬란히 빛나는 시기다. 긴 겨울 지나고 맞이한 오월의 봄기운은 만끽하여도 과하지 않다. 기온은 따뜻하나 숨 막히지 않을 정도로 몸에 알맞다 보니, 오월은 계절로도 절묘한 균형을 가지고 있어 신이 정성껏 빚은 기후의 선물이다.

오월은 눈부시게 푸르른 계절이다. 사월 꽃비가 지나고, 여름 숨결이 문턱에 닿기 전, 이 계절은 마치 세상과 인간 사이에 놓인 한 장의 자연이 보내온 연서(戀書) 같다. 봄비가 내리는 오월은 유난히 고요하다. 비는 아무 말 없이 내려와 세상의 모든 소리를 잠재운다. 새들의 지저귐도, 나뭇잎의 흔들림도, 사람들의 발걸음마저도 이 앞에선 마치 숨을 죽인 듯 잠시 멈춘다. 세상이 조용히 자신을 비워내고, 이 빈자리에 봄비의 숨결이 스며든다.

산촌의 봄은 느릿느릿 온다. 도시의 봄이 화려한 봄꽃의 찬란한 파노라마라면, 이곳의 봄은 연둣빛 고백처럼 조용히 스며들어 땅을 감싸고, 사람의 마음을 어루만진다. 이처럼 산촌의 오월은 조용히 스며드는 봄기운을 품는다. 꽃들은 수줍게 마치 조용히 첫인사를 하듯 경쟁적으로 꽃망울을 틔우고, 초목은 설렘을 더듬듯 연둣빛 물결을 펼친다.

동틀 녘, 하늘빛조차 깨지 않은 시간에 봄비가 고요히 보슬보슬 내리기 시작하며 살포시 초목을 적신다. 산방에 머물다 보니, 발코니에 앉아 비 내림을 바라보는 일마저도 여유로운 쉼이 된다. 초록 잎 위에 맺힌 빗방울은 고운 은구슬로 빛나고, 들풀은 빗소리에 귀를 기울이나 봄비는 말이 없다. 그저 조용한 계절의 연서처럼 감촉만으로 속삭일 뿐이다.

도시에서는 우산 쓰고 바쁘게 지나쳤을 봄비가 산촌에서는 모든 움직임을 멈추게 한다. 비가 언제 어디서 왔는지, 언제 그칠지 묻지 않아도 좋다. 지금 여기 있다는 것만으로도 충분하다. 봄비는 시간을 느릿느릿 흐르게 하고, 마음을 조용히 달랜다.

풀잎에 떨어진 물방울은 투명한 진주가 되어 반짝이고, 촘촘한 낙엽송 사이를 타고 내린 빗방울은 땅을 보시시 적신다. 산방 뒤편 비탈 정원엔 젖은 흙냄새와 풀 향기가 스며들고, 물기를 듬뿍 머금은 흙은 더욱 진한 빛깔을 띤다. 작은 잎새 하나하나에도 생기가 돌고, 봄비는 '잘 자라렴' 하며 속삭인다.

문득 잊혔던 기억이 떠오른다. 어릴 적 시골 외가댁에 심부름 갔다 오던 봄날, 갑자기 내린 비를 맞으며 밭두렁을 걸었다. 그때 비를 피해 뛰어갈 수도 없고, 어차피 온몸이 젖었으니, 그냥 뚜벅뚜벅 걸을 수밖에 없었다. 마냥 젖은 옷이 싫었지만, 오늘은 왠지 그때처럼 봄비를 맞고 싶다. 봄비는 기억을 꺼내는 열쇠인가 보다.

봄비는 여름 장마처럼 억세지 않고, 가을비처럼 쓸쓸하지 않으며, 겨울비처럼 냉랭하지도 않다. 마치 누군가 건네는 조용한 안부처럼, 혹은 잊고 지낸 이의 손편지처럼 조용히 가슴 깊은 곳에 스며든다. 산촌의 삶이 비록 단조롭고 고요할지라도 이런 봄비 하나만으로도 마음 한편에 따뜻한 불을 지펴준다.

2층 서재 발코니에 앉아 빗소리를 듣는다. 바람도 머물지 않고, 세상의 시간도 쉬어 가는 듯한 고요 속에서 나만 있을 뿐이다. 생각을 내려놓고, 감정을 가라앉히며, 비와 함께 천천히 스며든다. 봄비는 속삭인다. "괜찮아, 그대로 있어도 좋아", "아무것도 하지 않아도 지금 너는 충분해" 말 없는 위로가 이 계절에 가장 따뜻한 언어다.

빗소리 말고는 아무것도 들리지 않는 산방에서 조용히 봄비의 낭만을 음미한다. 누군가는 비를 귀찮아하고 우울하다고 느낄지 모르지만, 이곳에서는 오롯이 낭만에 젖을 수 있다. 젊은 날 연애할 때 아내와 빗속을 거닐었던 추억을 떠올리니, 오늘도 우산 없이 거닐 수 있을 듯하다. 봄비는 차가운 물방울이 아니라, 따뜻한 감성으로 마음을 적신다.

비는 삶의 격자 속에 스며들고, 속도를 늦추지 못한 마음에 조용히 제동을 건다. 도시에서는 젖지 않기 위해 피해야 했던 봄비가 이곳에서는 마음의 짐을 씻어내는 치유의 손길이 된다. 어떤 날은 사랑이었고, 어떤 날은 기다림이었으며, 지금, 이 순간은 모든 것을 포용하는 평화라는 이름의 시간이다.

세상살이 갈수록 거칠고 빠르게 흘러가는 요즘, 느린 순간에서 마음의 여유를 누리는 일은 더없이 귀하다. 오늘처럼 내리는 봄비는 이런 여백을 선물 받는 기분이다. 아무것 하지 않아도 괜찮은 날, 그저 바라보고 느끼는 날, 오래된 추억 한 조각 떠올리는 날. 이 속에서 조용히 위로를 받고 다시 앞으로 나아갈 힘을 얻는다.

봄비가 그치면 산기슭엔 엷은 안개가 피어오르고, 잎새는 더욱 투명한 초록으로 반짝일 것이며, 내일은 초록을 닮은 하루가 시작할 것이다. 나는 봄비에 담긴 말 없는 안부, 조용한 위로의 손길, 그리고 모든 것에 '괜찮다'고 말해 주는 넉넉한 품을 사랑한다.

계절의 여왕 오월의 봄비는 단지 물방울이 아니라 기억이자, 감정이며, 세상에 대한 가장 따뜻한 인사다. 이제 대지는 더욱 싱그러워지고, 초목은 더 푸른 향연을 펼칠 것이다. 산골짜기엔 고운 안개가 모락모락 피어오르고, 산촌의 아낙네들 웃음소리도 크게 들릴 것이다. 이렇듯 산촌의 오월은 봄비로 시작하여 봄의 낭만이 완성된다. 나이 들어서도 여전히 봄비에 담긴 조용한 낭만과 따스한 여운, 그리고 모든 것을 온전히 받아들여 나의 마음은 풍요롭다.

산촌의 바람 소리

60대 들어 은퇴 후의 삶에 대해 오래 고민했다. 한평생 바쁘게 일했고, 쉰다는 것이 막연하게 느껴졌던 시간 속에서 '나를 위한 삶'이라는 말은 늘 책 속에나 존재하는 문장 같았다. 그러나 결국 이 문장 따라 칠십에 문경 대미산 자락에 있는 조용한 여우목 산촌에 산방을 짓고 삶의 마지막 정착지로 여행을 떠났다. 큰 결심이라기보다는 한 걸음 뒤로 물러나고 싶다는 마음의 결정이었다.

도시에서의 삶은 늘 무언가에 쫓기듯 살았다. 커피 한 잔 마실 여유도, 창밖을 바라볼 틈도 없이 다람쥐 쳇바퀴 돌 듯 바쁘게 흘러가는 하루하루였다. 사람과 부딪히고 시간에 쫓기며 살다 보니, 어느 순간 마음 한구석이 메말라 가는 느낌이 들었다. 잃어버린 감정 위로 무심하게 시간이 덮여, 그저 흘러가는 풍경의 한 점처럼 살았다.

도시에서는 바람을 모르고 살았다. 살면서 수없이 바람을 맞았지만, 이것이 어떤 결로 불어오는지, 어디로 흘러가는지에 대해서는 단 한 번도 생각해 본 적 없었다. 도시의 삶이란 것이 대체로 그렇다. 듣는 소리는 대개 목적이 있고, 소리는 곧바로 판단이나 행동으로 이어진다.

시끄러운 자동차 경적에 고개를 돌리고, 휴대전화 진동에 손이 먼저 움직인다. 그 속에서 바람 소리는 무의미하게 밀려났다. '존재하되 들리지 않는' 배경이랄까. 하지만 은퇴하고 산촌으로 내려오면서 바람이 말을 걸기 시작했다.

소설 속 주인공처럼 거창한 결심을 하고 떠난 건 아니지만, 조용한 산자락에서 한 번쯤 살아보고 싶다는 생각이 마음속에 머물다 어느 날 소리 없이 실현되었다. 처음 이곳에 도착했을 때, 집 뒤편 산자락에는 한겨울 찬바람이 머물고 있었다. 이건 도시에서 느껴 본 적 없는 공기였다. 아무런 이유 없이 부는 바람이었지만, 누군가를 기다리는 것도, 무언가를 지나치는 것도 아닌, 그저 이 자리에 오래 머물러 있는 바람이었다. 바람에 처음으로 귀를 기울였다. 그리고 아주 천천히 닫힌 마음의 문이 조금씩 열렸다.

산촌의 아침은 다르게 시작한다. 알람 소리 대신 바람이 먼저 문을 두드린다. 나뭇잎이 바람에 스치는 소리와 비탈 정원에 자란 대나무 가지가 흔들리는 소리다. 침실까지 내려와 부드럽게 속삭이는 바람은 마치 오래전 기억 속 누군가가 들려주는 이야기를 닮았다. 이처럼 산촌 바람은 세월의 먼지를 털어내듯 조심스럽고 느리며 따뜻하다.

예전에는 바람 소리를 제대로 들어 본 적 없다. 늘 시계를 보며 살아야 했고, 마음은 늘 다음 일정을 향해 달리고 있었다. 그런 생활 방식에서 바람 소리는 단지 배경음에 불과하였다. 그런데 산자락에 산방을 지은 후에서야 바람 소리를 안다. 바람은 늘 나를 기다리고, 이 안엔 말로 표현할 수 없는 수많은 시간이 담겨 있다는 것을 깨닫는다.

이른 아침, 집 앞 정원에 나가면 바람은 내 곁으로 천천히 다가와 가만히 머문다. 언젠가의 후회와 미련, 고단했던 젊은 날이 하나둘 떠오른다. 그러나 이상하게도 이 바람 속 기억은 더 이상 날카롭지 않다. 부드럽게 닦은 유리처럼, 아련하고 조용히 스쳐 갈 뿐이다.

산촌의 하루는 늘 고요하다. 이층 서재에 올라 커피잔 들고 발코니에 앉아 있으면 바람은 다시 찾아온다. 새벽보다는 볕에 살짝 데워진 공기 속을 지나 몸을 감싸는 바람은 세상이 아직도 따뜻하다는 걸 가르쳐 준다. 흙 내음과 풀 향기, 뒷산에서 재잘거리는 산새 소리, 모든 것은 바람과 함께 스며든다. 살포시 눈을 감는다. 무엇을 보지 않아도 들리는 것만으로도 충분히 행복한 순간이다.

도시 빌딩 숲 사이에서 맞던 차가운 골바람과는 다르다. 산촌 바람이 세차게 한바탕 불어쳐도 산방을 한 바퀴 감싼 후 산 아랫자락으로 흘러간다. 아무 소란 없이 누구에게도 허락받지 않고 바람은 그저 존재한다. 그리고 바람의 존재감은 내 삶에도 조용히 들어와 자리를 틀고 앉는다.

젊은 날에는 바람 같은 것을 느낄 여유가 없었다. 삶은 늘 계획과 시간 안에 있어야 했고, 선택에는 결과가 따라야 했다. 일하며 가족을 부양하고, 앞서가는 동료를 보며 뒤처지지 않기 위해 애썼다. 그런 성취가 말없이 무너질 때, 나를 붙잡아준 것은 결국 아주 작은 소리, 바람 소리 같은 것이었다는 걸 시간이 지나고 나서야 알게 되었다.

산촌의 삶은 고요를 온전히 누리기에 더없이 좋다. 바람 소리가 귀에 직접 스치지 않아도 나뭇잎의 모양과 결이 흔들리는 방향을 알 수 있고, 한 뼘씩 자리를 옮기는 볕 그림자만으로도 바람결에 시간이 스쳐 지나갔음을 알게 된다. 이처럼 산촌에서는 도시에서 들을 수 없는 바람 소리도 느낌으로 듣는데, 이것만으로도 산촌의 고요를 누리기에 충분하다.

산촌에 산 지 어느덧 여러 해가 지났다. 바람은 계절마다 소리가 다르다. 봄바람은 새색시처럼 살포시 미소 지으며 새싹을 간질이고 생명을 깨운다. 여름 바람은 때로 거칠고, 태풍까지 겹치면 무섭다. 장맛비를 몰고 오기도 하나 무더위 속에서 잠깐의 숨을 틔워 준다. 가을바람은 풍성하면서도 담백하다. 익은 곡식 냄새를 데리고 다니며 마음을 차분히 가라앉힌다. 그리고 겨울바람은 짧고 날카로우나 이 속에도 묘한 따뜻함이 있다. 긴장을 툭 풀게 만드는 냉기, 몸은 움츠러들지만, 마음은 오히려 맑아지는 바람의 흐름 따라 조금씩 나 자신과 가까워진다.

저물녘 해가 주흘산 산정(山頂) 여인을 뒤로하고 천천히 넘어갈 때, 바람도 더 낮은 숨결로 바뀐다. 동쪽 산자락에 그림자가 스며들고, 계곡 마을에 저물녘 불빛이 바람결에 흔들린다. 사계의 바람 소리를 들으며 자주 자신과 마주 앉는다. "이제는 산촌의 삶이 좀 괜찮은가" 하고 물으면, 바람이 대신 대답해 준다. "충분히 잘 살아왔고, 지금도 괜찮아"

은퇴는 끝이 아니다. 오히려 나를 다시 발견하는 시작이다. 이곳 바람은 더 이상 그냥 지나치지 않는다. 잠시 머물다 가기도 하고, 때로는 내 안에 들어와 오래 머물기도 한다. 바람 소리를 들으며 이제야 진정한 쉼이라는 것을 깨닫는다.

　도시에서 시간은 어지럽고 빠르게 흘러가나, 산촌 시간은 바람처럼 유유자적 흐르고, 한순간도 헛되지 않게 조용히 가슴속을 스치며 지나간다. 오늘도 바람 따라 하루를 시작하다 보면 또 다른 하루가 되겠지만, 지금은 그저 바람 속에 머무는 것만으로도 충분하다.

무도회의 권유

- 음악으로 그린 이야기 -

늦여름 오후, 따가운 햇볕이 무애 산방 서재 창문 틈을 타고 길게 드리운다. 바람은 후끈거리나 조용하고, 한가로운 시간은 굳이 어딘가로 달려갈 생각이 없어 보인다. 이런 날엔 잠깐 먼 과거로 돌아가도 괜찮을 것 같다. LP 한 장을 꺼내 턴테이블에 올린다. 베버(Carl Maria von Weber)의 〈무도회의 권유(Aufforderung zum Tanz)〉이다.

바늘이 닿는 순간, 곡은 마음속으로 낯선 무도회장 문을 조용히 열어젖힌다. 왈츠(Waltz)는 왼손은 점잖고, 오른손은 정중하다. 음악은 처음부터 말이 많지 않다. 조금은 망설이며 그러나 분명한 의지를 담아 피아노는 첫걸음을 뗀다. 도입부는 짧은 대화 같다. 미남인 신사는 조용히 다가와 가녀린 숙녀에게 춤을 청한다. 그녀는 그의 손을 거절하지는 않지만, 그렇다고 수락도 빠르지 않다. 한두 걸음 침묵이 흐른다. 곧 두 사람은 천천히 움직이기 시작한다.

왈츠가 흐른다. 서두르지 않는 선율, 가벼운 회전 그리고 그 안에 담긴 알 수 없는 기대와 긴장이 흐른다. 사람의 마음이라는 게 꼭 이렇다. 멀리서 볼 땐 단순하지만, 가까이 다가서면 설명할 수 없는 아름다운 무늿결이 생긴다.

음악은 론도(Rondo) 형식을 갖췄지만 딱딱하지 않다. 왈츠 박자는 일정하지만, 그 속을 채우는 감정은 매번 다르다. 어떤 부분에서는 서로 발이 맞지 않는다. 조금 멈칫하다가 다시 리듬을 맞춘다. 마치 서로의 마음을 더듬어 가듯, 두 사람은 한 곡의 왈츠 안에서 익숙해지고, 어렴풋이 신뢰를 쌓아 간다.

그리고 어느 순간, 춤은 정점에 다다른다. 가장 높이 돌고, 행복하게 웃는다. 하지만 그 순간조차 오래 머물지 않는다. 음악은 곧 조용해지고, 선율은 서서히 퇴장할 준비를 한다. 다시 시작하였던 처음 테마로 돌아온다. 그는 그녀에게 고개를 숙인다. 짧은 춤, 짧은 인연, 정중한 작별이 다가온다.

LP판이 멈추고 바늘이 돌아온다. 나는 여전히 의자에 앉은 채 아무 말 없이 한참 머문다. 베버는 왈츠 곡을 단지 한 곡만 썼을 뿐이다. 하지만 이 안에는 한 사람을 향한 시선, 말보다 조심스러운 마음이 숨어 있고, 함께한 시간이 만들어 낸 조용한 감동이 담겨 있다.

〈무도회의 권유〉는 춤을 위한 음악이지만, 정작 춤은 마음속에서 이루어진다. 이것은 누군가를 향해 한 걸음 다가가는 용기이고, 상대의 리듬에 귀 기울이는 배려이며, 짧은 시간이라도 함께 있다는 것의 소중함이다. 나른한 오후, 음악이 건넨 초대를 받아들인다. 아무도 보지 않는 곳에서 아무도 듣지 못하는 음악에 맞춰 조용히 마음 한 자락을 흔들어 본다. 그러면 이 여운은 춤보다 오래 남는다.

클래식 음악의 아름다운 작품 중 하나인 〈무도회의 권유〉는 서양 음악사 최초의 '콘서트용 왈츠'로 알려져 있다. 베버 이전까지의 왈츠는 단순한 무도회용 춤곡으로만 여겨졌지만, 그는 이 곡을 통해 왈츠를 순수 예술 음악의 장르로 끌어올렸다.

곡은 연주용 왈츠로서 춤추기 위한 음악이 아니라, 감상할 수 있는 음악으로 작곡하였다. 극적인 전개와 섬세한 표현력, 작은 이야기나 연극처럼 구성된 이 곡은 베버가 무도회에서 남자가 여자에게 춤을 청하고 함께 춤을 추는 장면을 담았다고 밝혔다.

곡은 약 10분 정도 길이로 하나의 무도회 장면을 서사적으로 묘사한다. 도입부에서는 남성이 여인에게 다가와 정중하게 인사하며 춤을 청한다. 함께 왈츠를 추는 순간에는 피아노의 낮은 음역으로 시작되어 신중하고 조심스러운 분위기를 연출한다.

그리고 작별의 인사 부분에서는 다양한 왈츠 선율이 흐르며 두 사람이 함께 춤추는 모습이 그려지는데, 이때 음악의 흐름은 자연스럽게 변하면서 우아하고 로맨틱한 분위기를 전달한다. 춤이 끝나고 남성이 여인에게 아쉬운 작별 인사를 건네고, 처음 주제가 다시 나오며 곡은 마무리된다.

엑토르 베를리오즈(Hector Berlioz)는 이 곡을 오케스트라 버전으로 편곡했는데, 이 버전은 더 화려하고 극적인 느낌으로 사랑받는다. 특히 발레나 무용 공연에서 종종 사용되며, 오케스트라의 색채감과 섬세한 표현이 잘 살아 있다.

〈무도회의 권유〉는 클래식 입문자에게도 친숙한 곡 중 하나로 왈츠의 서정성과 우아함을 가장 잘 보여 주는 작품으로 꼽고, 영화·공연·애니메이션 등에서 종종 삽입곡으로 사용된다. 이 곡은 단지 우아한 왈츠곡이 아니라, 한 편의 시(詩)와 같은 서정적 이야기가 담겨 있다. 이 곡을 들을 때, 단지 음표를 넘는 것이 아니라 한 시대의 로맨스와 예술을 함께 느낄 수 있다.

이 곡은 1819년 베버가 야르(Friedrich Wilhelm Jähns)의 딸이자, 훗날 아내가 된 카롤리네 브란트(Caroline Brandt)를 위해 작곡했다. 곡은 단순한 무도회 음악이 아니라, 사랑하는 여인을 향한 음악적 헌사(獻詞)이자 로맨틱한 프러포즈의 상징이다. 카롤리네는 오페라 가수였고, 베버는 그녀를 진심으로 사랑했다. 이 곡은 두 사람 사이의 감정을 표현한 매우 개인적이고 서정적인 작품이다.

19세기 초, 왈츠는 다소 경박하고 천박한 춤으로 여겨졌다. 귀족 사회에서는 폴카(Polka)나 미뉴에트(Minuet) 같은 춤이 격식을 갖춘 것으로 인정받았고, 왈츠는 하층민들이 추는 춤이라는 인식이 있었다. 당시 유럽은 나폴레옹 전쟁 이후 문화적으로 다시 낭만주의가 꽃피던 시기라 예술가들은 감성과 개인적 내면을 중시했고, 음악에서도 단순한 기술보다 표현력과 상상력이 중요해졌다.

베버는 이 시기에 〈무도회의 권유〉를 통해 왈츠를 감상용 콘서트 음악으로 승화시켰고, 감정과 서사를 담은 하나의 예술 장르로 자리매김하게 했다. 그 결과 '왈츠 최초의 예술적 피아노 작품'이라는 찬사를 받게 되었고, 베버는 이 흐름의 선두 주자였으며, 〈무도회의 권유〉는 그의 낭만적 감성과 예술관이 잘 녹아 있는 대표작 중 하나다. 곡 발표 이후, 쇼팽, 슈트라우스, 그리고 다른 낭만주의 작곡가들에게도 깊은 영향을 주었다.

여름과 가을의 문턱에서

엊그제 '입추'가 지났다. 근래 들어 기상이변으로 해마다 여름은 유난히 뜨겁다. 불타오르는 한낮의 열기는 가만히 있어도 땀방울을 이마 위로 밀어 올리고, 땅은 열기를 식히지 못하고 뜨겁게 거친 숨을 쉰다. 하지만 뜨거운 숨결이 조금씩 누그러질 즈음, 달력 속 작은 글자 '입추(立秋)'가 마음에 잔잔한 파동을 일으킨다. 입추는 '가을이 서다', 혹은 '서늘함이 시작된다'라는 뜻이다. 아직 더위가 여전히 한창인 계절 한가운데에서 뜻밖의 서늘함이 한 걸음 앞으로 다가오는 기척을 느낀다.

산방의 이른 아침은 아파트 숲으로 덮인 도시와는 결이 다르다. 앞산 계곡은 깊은 안개 속에 묻혀 아직 잠에서 깨어나지 않고, 골짜기를 타고 불어오는 바람은 얇은 옷자락을 부드럽게 흔든다. 바람 속에는 여름의 뜨거움과 가을의 서늘함이 동시에 실려 있다.

풀잎 끝에 맺힌 이슬방울은 아침 햇살을 받아 작은 수정처럼 투명한 빛을 뿜어낸다. 여름 한복판의 바람이 뜨거운 숨을 몰아쉬는 청년의 기세였다면, 입추 무렵의 바람은 숨 고르기를 마친 가시아버지가 가다듬은 느긋한 호흡 같다. 계절은 이렇게 기운을 낮추며 성숙해지고, 바람 또한 사람의 나이처럼 제 목소리를 달리한다.

가는 여름이 아쉬운 듯 뒷산에서 밤새 울던 매미 소리가 점점 힘을 잃어 가고, 이른 새벽에는 귀뚜라미가 빈자리를 메운다. 낮과 밤의 울음소리가 바뀌는 것은 계절이 한 걸음을 옮기는 은밀한 방식이다. 변화는 종종 이렇게 눈에 보이지 않는 결에서부터 시작된다.

옛 어른들은 "입추가 지나야 진짜 가을이지"라고 말하곤 했다. 그 말 속에는 농사를 지으며 계절과 살아온 세대의 지혜가 담겨 있다. 논과 밭이 천천히 익어 가는 속도를 재촉하지 않고 겸허하게 기다리는 마음이 담겨 있다. 선조들은 기다림 속에서 변화의 조짐을 알아보는 눈을 가졌고, 자연의 리듬을 받아들이며 순응하는 일은 단순한 생활 습관이 아니라 세상을 살아내는 방식이었다.

입추는 단지 절기 이름이 아니라 여름과 가을이 어깨를 나란히 하고 잠시 멈춰 선 문턱이다. 짧은 순간, 자연이 우리에게 전하는 묵직한 메시지를 품고 있다. 뜨거웠던 여름도 결국 지나가고 모든 것은 변한다. 변화를 받아들이는 것은 곧 삶의 또 다른 국면을 맞이하는 일이라는 것을 입추는 고요하게 가르쳐 준다.

아침 일찍 뒷산 자락에 붙은 정원을 손질하다 문득 손길을 멈춘다. 눈앞에서 잠자리 몇 마리가 느릿하게 선회한다. 투명한 날개는 햇빛을 받아 유리 조각처럼 반짝이고, 가느다란 몸통은 붉그스름하게 물들어 있다. 어린 시절 여름방학 끝자락이 불현듯 되살아난다. 외갓집 논두렁과 풀숲을 맨발로 달리며 두 손을 뻗으면 녀석들은 손끝보다 한 뼘쯤 먼 곳에 앉는다. 간혹 어깨나 손등에 가볍게 내려앉으면 마치 오래

잊고 지낸 친구가 반갑게 인사하는 듯 느껴진다.

아이들은 붉은 몸빛을 보고 '고추잠자리'라 부른다. 하지만 이름 안에는 단순한 색채 이상의 의미가 숨어 있다. 잠자리는 여름 한가운데서 태어나 계절이 가을로 기울 무렵 몸빛이 붉어진다. 한 생의 절정을 지나 서서히 사그라드는 시간 속에서 오히려 빛이 짙어진다. 그래서 고추잠자리는 계절의 문턱에서만 만날 수 있는 한시적 존재다. "고추잠자리가 나오면 서늘한 바람이 곧 불 거야"라는 말은 여름의 끝자락에 울리는 작은 예고편이다.

산촌에서 만난 고추잠자리는 도시보다 느리고 오래 머문다. 그들의 큰 겹눈이 나를 향하는 듯 보일 때가 있다. 물론 그것은 내 마음이 덧씌운 상상이겠지만, 눈빛 속에는 계절을 오래 지켜본 자만이 가질 수 있는 묵묵함이 서려 있다. 바람이 불면 작은 몸이 흔들리지만, 고추잠자리는 날개로 미세한 균형을 잡는다. 이 모습은 우리네 삶과 닮았다. 우리네 세상살이는 바람 불 때마다 흔들리고, 때로는 중심을 잃을 듯하지만, 결국 다시 날아오를 힘을 찾아낸다.

초등학교 다닐 때, 담임선생님께 들은 말이 떠오른다. "잠자리는 봄에 물속에서 깨어나 허물을 벗고 하늘로 오르는 거야. 허물은 물가에 남기고, 하늘에서 짧게 빛나지. 그래서 잠자리는 땅과 물, 하늘을 모두 거친 존재란다" 그 말을 떠올리니 고추잠자리는 단순한 곤충이 아니라 세 가지 세계를 건넌 작은 순례자처럼 보인다. 물속에서 시작, 풀숲과 논두렁을 지나는 중간 삶, 그리고 하늘을 나는 마지막 여정은 인간의 생애 역시 이와 다르지 않다. 한 곳에서 태어나 다양한 환경과 시기를 거쳐 마침내 저마다의 하늘로 날아오르는 여정이 인생이다.

가을 하늘은 높고 맑다. 고추잠자리가 무리 지어 파란 허공을 가르는 모습은 붉은 점들이 바람 속에서 유영하는 듯하다. 이 장면은 마치 시간의 흐름을 눈으로 보는 듯하다. 잠자리는 오래 살지 않는다. 서늘한 기운이 더 깊어져 첫서리가 내리면 한 마리씩 자취를 감춘다. 그러나 사라짐은 쓸쓸함만 남기지 않는다. 오히려 '이제 또 다른 계절이 올 차례'라는 자연의 질서를 깨닫게 한다.

해가 주흘산 산정(山頂) 너머로 기울 무렵 장독대 앞에 선다. 아침에 보았던 고추잠자리가 같은 자리에 앉아 있다. 저녁놀 속에서 붉은빛은 더 짙어져 마치 하늘의 노을 조각이 날개 위에 내려앉은 듯하다. 순간 깨닫는다. 고추잠자리의 빛은 태양에서 빌려온 것이고, 그 빛을 되돌려주며 사라지는 것이 그들의 삶이라는 것을 말하는 듯하다. 빌려온 것을 돌려주는 일, 그것이 자연의 순환이자 생명의 예의다.

고추잠자리를 떠올리면 내 마음에도 묘한 균형이 찾아온다. 그들은 한자리에 머물면서도 결국 바람 따라 날아간다. 머무름과 떠남 사이의 완벽한 균형, 이것은 인간이 평생 배우고도 완전히 터득하지 못하는 삶의 기술일지 모른다.

입추 문턱에서 바람에 흔들리되 부러지지 않는 날갯짓, 머물되 집착하지 않는 시선, 그리고 빌려온 빛을 돌려주는 고요한 예의에서 삶의 이치를 배운다. 작은 날개로 계절을 건너는 그들 모습에서 이제 나 또한 한 계절을 떠나보낼 준비를 한다.

바위에 새긴 '침묵의 문양'

바위는 말하지 않는다. 그러나 침묵은 오래도록 기억을 품고 있다. 땅의 깊은 숨결이 응고되어 바위가 되었고, 이 바위에 인간의 손끝은 문양을 새겼다. 그리고 문양은 오랜 세월이 흘렀어도 꺼지지 않는 불꽃처럼 흔적으로 타오른다. 암각화(Petroglyph)란 결국 인간이 손으로 바위에 새긴 시간의 흔적이다. 이것은 문양이 아니라 선조의 몸짓이요, 목소리보다 오래 남는 그들 영혼의 흔적이다.

몇 해 전, 울산 반구대 암각화를 찾은 적 있다. 태화강 물길 따라 굽이굽이 걸어 들어가면, 바위 절벽 한편에 세월이 새긴 우주가 나타난다. 고래가 헤엄치고, 사슴이 달리며, 창 들고 사냥하는 선조의 모습이 거기 있다. 그림은 단순한 풍경이 아니라 삶의 방식, 세계를 인식하고 기술한 고대인의 정신 지도다. 지금 우리에게는 회화(繪畫)이지만, 당시에는 의식이고 기도였을 것이다.

반구대 암각화는 대략 BC6000년에서 BC1000년 사이에 그린 것으로 추정한다. 바위 높이와 강물 수위에 따라 온전한 감상이 제한되지만, 이 제약마저도 암각화가 품은 시간성과 닮았다. 고래 사냥하던 기억, 생존을 둘러싼 공동체의 지혜, 신과 자연에 대한 경외가 모두 이 안에 새겨져 있다. 과연 인간이 세계를 바라보며 남긴 가장 오래된 시선이 아니겠는가.

흔히 '장기리 암각화'라 불리는 고령 양전동 유적 또한 특별하다. 낙동강 지류인 예성강 주변 절벽에 새겨진 암각화는 반구대와는 다른 구도와 감정을 담고 있다. 여기는 기하학적 무늬와 추상적인 문양이 반복적으로 등장한다. 태양을 상징하는 원형, 음양의 교차를 암시하는 교차 선들, 그리고 무엇보다 놀라운 것은 이 안에서 어떤 신비로운 질서감이 느껴진다. '고령 암각화'는 사냥보다 '우주'를 그린 것처럼 보인다. 그것은 바위 위에 새긴 신화이자, 인간이 자연과 맺은 관계의 추상화이다. 인간의 삶을 그렸고, 동시에 이곳에 거주했음을 증명한다.

또 하나 인상적인 곳은 강화도 '북산 암각화'다. 이곳은 소박하지만, 단정한 선들로 이루어진 인물 형상이 있다. 사람은 손을 들고 있고, 그 앞에는 어떤 기호들이 줄지어 있다. 제사의 현장이었을까, 아니면 별자리를 관측한 결과일까. 모든 암각화가 해석할 수 있는 것은 아니나 명확한 것도 있다. 그것은 '기억의 몸짓'이었다는 사실이다. 이 형상은 모두 말과 글을 배우기 전, 인간이 남긴 첫 기호(記號)다.

문자는 언어의 그림자이지만, 바위에 새긴 암각화는 침묵의 음영이다. 사르트르(Jean-Paul Sartre)는 인간을 '던져진 존재(être jeté, thrown being)'라 했고, 하이데거(Martin Heidegger)는 인간이 '세계-내-존재(In-der-Welt-sein)'라 했다. 그러나 암각화 앞에서 또 다른 존재론이 떠오른다. 인간은 세계에 스며든 존재였고, 이 흔적은 마치 세월의 물결처럼 바위에 스며들었다. 이것은 자연과 인간의 경계가 모호했던 시절, 말 대신 몸과 손으로 남긴 '세계와의 대화'였다.

암각화를 두고 미술이라 하는 것은 어쩌면 현대인의 오만일지 모른다. 이것은 예술이라기보다 존재의 궤적이고, 세계에 각인된 살아 있음의 증거다. 우리는 흔적을 통해 고대인의 존재를 기억한다. 그러나 진정한 흔적은 자신을 설명하지 않는다. 오히려 보는 이에게 질문을 건넨다. '나는 누구인가', '세계는 무엇인가', 그리고 '우리는 어디에서 왔는가'.

암각화는 시선을 강요하지 않는다. 오히려 이 앞에선 오래 머물러야 한다. 문명의 눈으로는 쉽게 해독되지 않기 때문이다. 침묵의 문자 앞에선 속도가 의미를 잃는다. 반구대의 고래, 고령의 원형 무늬, 강화도의 인물상은 이 자체로 한 편의 시고, 말하지 않은 신화이며, 해독되지 않은 기억이다.

이 시대의 예술은 자아의 발산에 가깝지만, 암각화는 세계 속 자아를 소멸시켜 조화를 이뤘다. 이것을 '소멸의 미학'이라 부르고 싶다. 인간이 자신을 세계에 숨김으로써 오히려 더 분명히 존재하는 방식이고, 오늘날 과잉된 표현 속에서는 오히려 만날 수 없는 고요한 자연 속에 품은 존엄하고 거룩함이 깃든 숭고(崇高)다.

반구대에서 돌아오던 날, 석양이 태화강 위로 번져 바위를 붉게 물들였던 순간을 기억한다. 바위는 또 다른 그림자를 드리우며, 사라지는 해를 오래도록 붙잡고 있었다. 이날 인간이 세계에 새긴 첫 번째 서명이 아마도 암각화였을 것으로 생각했다. 암각화는 이름 없는 예술이자, 시간 위에 새겨진 무명의 미학이다.

세계 곳곳에는 고대 인류가 바위에 남긴 중요한 암각화 유적들이 존재하며, 이것들은 인간의 초기 문화와 의식, 신앙, 생존의 흔적을 간직하고 있다. 암각화에 관심이 있어 프랑스 라스코 동굴 벽화(Lascaux Cave Paintings)를 탐방하였고, 아제르바이잔 고부스탄 암각화(Gobustan Petroglyphs) 단지를 여행하였으며, 중앙아시아 키르기스스탄 촐폰아타 암각화(Cholpon-Ata Petroglyphs)를 둘러보았다. 최근에는 미국의 선사시대 원주민인 푸에블로(Pueblo)족이 남긴 페트로그리프 국립 기념지(Petroglyph National Monument)를 포함하여 신문 바위(Newspaper Rock) 등 다양한 선사시대 아메리카 원주민의 암각화를 감상하였다.

바위에 새긴 선(線) 하나, 점(點) 하나는 단지 예술이 아니다. 이것은 인간의 기원(起源)과 세계, 생명과 죽음을 하나로 엮는 존재의 문장(紋章)이다. 우리는 암각화를 통해 말 없는 고대인의 사유(思惟)를 읽는다. 언젠가 기억이 모두 사라진다 해도 바위에 새긴 오래된 흔적을 소중한 유산으로 길이 간직할 것이다. 왜냐하면 말보다 더 오래 남는 암각화는 '침묵의 미학'이고, 이 흔적이 진실이라는 것을 우리는 믿기 때문이다.

'암각화의 흔적 미학'은 예술적, 철학적, 인류학적 관점에서 매우 흥미로운 주제다. 이것은 남겨진 자국, 지워지지 않는 흔적, 혹은 존재의 증표로서 미(美)를 담고 있다. 암각화는 완성된 작품의 아름다움과는 다르게 시간의 누적, 지워지지 않는 흔적, 존재의 지나간 자리에서 느껴지는 미적 감수성을 갖추고 있다. 이처럼 암각화는 그 자체로 '표현'

이자 '기록'이고 '흔적'이다. 세계 곳곳에 분포된 암각화는 원초적 표현의 미이고, 시간의 흔적과 기억·서사의 압축이며, 완성도나 사실성과는 무관하게 자국(痕跡)의 감동을 통해 미적 의미를 드러낸다.

산촌의 사계

은퇴 후, 백두대간 대미산 자락 여우목 산촌에 산방을 지어 산 지 어느덧 6년이 지났다. 세월이 빠르다. 여섯 해 동안 사계를 겪고 보니, 시기마다 변하는 계절은 도시에서 느낄 수 없는 아름다운 자연의 변화와 더불어 황혼의 사유를 깊게 느낀다.

산촌의 봄은 언제나 느리다. 도시의 번잡함과 달리 이곳에서는 산비탈에 새싹이 자라나고, 꽃피는 모든 과정이 마치 시간을 아우르는 화음 같다. 겨우내 얼어붙었던 땅이 서서히 숨을 내쉬며 녹아내릴 때, 산촌 공기는 차갑고도 맑다. 해발 530미터 산자락 사이로 아침 안개가 천천히 걷히면, 안개 속에 숨어 있던 산촌 윤곽이 조금씩 모습을 드러낸다.

흐릿한 안개는 마치 무형의 베일 같다. 세상과 나 사이에 놓인 흐릿한 장막이다. 이것이 걷힐 때 비로소 자연의 진면목과 마주한다. 지난해 떨어진 낙엽 사이로 자그마한 새싹이 얼굴을 뾰족이 내민다. 새싹은 하나의 생명이 죽음을 넘어 다시 태어나는 신비를 보여 준다. 이는 자연이자, 삶의 순환이며, 시간의 흐름 자체다.

봄바람은 찬란한 햇빛과 어우러져 봄꽃의 향연을 펼친다. 뒷산 자락 복사꽃과 배꽃이 바람에 살랑이며 온 산에 부드러우면서도 화사한 미소를 흩뿌린다. 산새들은 새벽부터 노래를 부른다. 이 노래는 고요를 깨우는 찬란한 선율이며, 또한 새봄의 희망을 속삭이는 고요한 기도이기도 하다. 이렇게 산촌의 봄을 깊게 바라볼수록 '생명의 경이로움'이라는 단어가 무색하지 않음을 깨닫는다. 생명이 탄생하는 과정은 마치 미묘한 시간의 합주처럼 느껴진다.

무심한 듯 보이는 돌 틈에 자라나는 풀 한 포기가 얼었던 땅이 녹아내리는 순간 싹을 틔우고, 무애 폭포의 개울물이 부드럽게 흘러가는 소리가 모든 존재의 고요한 선언이다. 여기서 삶의 근본적 물음을 묻게 된다. '나는 어디서 와서 어디로 가는가', '시간이란 무엇인가', '변화와 영원은 어떻게 공존하는가' 등, 깊은 사유에 잠긴다. 이처럼 산촌의 봄은 시간의 미세한 호흡을 느끼고, 존재의 신비로움을 몸으로 체득하게 한다.

여름은 그야말로 생명의 무성함과 풍요로움이 절정에 이르는 계절이다. 산의 푸름은 초록으로 바뀌어 한 폭의 그림처럼 온 산을 감싼다. 나뭇잎은 햇빛을 받아 다양한 녹색 층위를 만들고, 바람이 스치면 잎사귀 사이에서 부드러운 속삭임이 자연의 세레나데처럼 흘러나온다.

무애 계곡의 맑은 폭포수는 숲 사이로 비추는 태양 아래 반짝이고, 바위에 부딪쳐 흰 물보라를 일으킨다. 시원한 물소리는 산촌 여름의 오랜 리듬이며, 사람과 자연을 연결하는 신성한 노래처럼 들린다. 한낮 햇살은 강렬하지만, 나무 그늘에선 서늘함이 감돈다. 서늘함은 여름 태양이 준 축복과도 같다. 숲속에서 들려오는 매미 소리는 여름의 열기를 증언하며, 또 한편으로는 무상함을 노래한다.

매미의 생은 짧고 강렬하다. 울음소리에는 찰나의 생애에 담긴 모든 것이 녹아 있다. 울음은 '존재의 순간'과 '죽음과 삶의 맞닿음'을 상징하는 듯하다. 산촌의 여름은 무성함과 동시에 덧없음을 이야기한다. 무성하게 자란 풀과 꽃들은 따가운 햇볕에 곧 시들고, 하루의 긴 낮도 결국 해 질 무렵엔 어둠에 스며들기 마련이다. 이처럼 산촌의 여름은 풍요와 무상이라는 두 가지 철학적 모순을 동시에 품는다.

한여름은 풍요 속에서 삶의 충만함을 느끼지만, 충만함이 언제든 사라질 수 있음을 잊지 말아야 한다는 깨달음도 함께 배운다. 한여름 열기와 그늘, 흐르는 물소리와 매미 울음소리, 모든 자연의 하모니 속에서 지금, 이 순간의 존재를 더욱 절실히 마주한다.

가을 기운이 산촌에 드리우면, 세상은 한 폭의 화려한 수채화로 변한다. 단풍은 불타는 듯 붉고, 노랗고, 주황빛으로 산허리를 물들이며 산길 따라 춤춘다. 단풍은 단지 '색'이 아니라, 자연이 한 해 동안 품은 빛과 바람, 그리고 시간을 담아내는 기억의 언어다.

잎사귀 하나하나가 여름 햇살과 비, 바람 이야기를 조용히 전한다. 가을바람은 서늘하지만 온화하다. 바람이 지나간 자리에는 바스락거리는 낙엽 소리가 남아, 마치 세상 끝자락에서 들려오는 노래 같다. 낙엽이 땅 위에 쌓이고 썩어 다시 흙으로 돌아가는 순환은 죽음과 재생의 비밀을 알려 준다. 자연의 순환은 삶과 죽음이 서로를 배제하지 않고 공존함을, 그리고 모든 끝은 새로운 시작임을 깨닫게 한다.

산자락 비탈밭 고랭지 사과는 붉게 물들어 수확을 기다리며 고개 숙여 무게를 견딘다. 마을 사람들은 수확의 기쁨과 한 해의 고단함을 묵묵히 품으며 손길을 나눈다. 가을밤은 더욱 길어지고, 하늘은 맑고 높아 무한한 우주를 한눈에 담을 듯하다. 높고 푸른 가을 하늘 아래 인간은 작고 연약한 존재임을 자각하면서도 동시에 우주의 일부임을 느낀다.

산촌의 가을은 완성과 이별의 계절이기도 하다. 모든 생명이 빛나는 절정을 맞고, 서서히 빛을 거두어 감추려 한다. 이 과정은 슬픔이 아닌 깊은 평화와 닮았다. 이처럼 산촌의 가을은 한 해 수확을 마무리하며 자연 일부로서 아름답고 숭고함을 가르쳐 준다.

산촌의 겨울은 침묵과 고요의 세계다. 하얀 눈이 산과 비탈밭을 덮어 모든 소리를 잠재운다. 고요는 때로 무겁고, 때로는 신성하다. 눈 덮인 나뭇가지 위에 쌓인 눈송이는 저마다 독특하나 한데 모여 무한한 조화를 이룬다. 이 모습을 바라보노라면 '개별'과 '전체'가 어우러져 하나 되는 신비를 체험한다.

차가운 공기가 코끝을 스치고, 얼어붙은 무애 계곡은 은빛 거울처럼 빛난다. 하지만 이 침묵 속에도 생명은 쉼 없이 흐른다. 멀리서 까마귀가 울고, 얼음 밑에서는 메마른 계곡물이 졸졸 흐르며, 마을 사람들은 모닥불 곁에서 따스한 정을 나눈다. 겨울은 죽음 같지만, 동시에 내면의 탄생과 희망을 품고 있다.

산촌의 겨울은 멈춤의 가치를 조용히 일깨운다. 멈춰 선 자리에서 비로소 자신을 돌아보고, 세상의 결을 다시 만지며, 오래 묻혀 있던 내면의 목소리에 귀를 기울이게 된다. 고요 속에서 진정한 '존재'와 '시간'의 얼굴을 마주한다. 눈이 서서히 녹아 봄을 부르듯, 겨울의 침묵은 언뜻 차갑지만 깊은 곳에서 새로운 시작을 준비한다.

　이렇듯 산촌의 사계는 삶의 축소판이다. 생명이 태어나 무성해지고, 결실을 이룬 뒤 다시 고요로 스며드는 끝없는 순환이 이어진다. 이 흐름 속에서 우리는 '변화'와 '불변' 사이를 헤엄치며, 존재라는 물음에 스스로 답하게 된다. 산촌의 사계는 단지 자연의 반복이 아니라, 삶의 심연에서 울려 나오는 한 편의 시(詩)다.

바람이 불 때마다 돌아오는 기억들

우리는 살아가는 동안 사실상 단 한 번도 '현재'에 완전히 존재한 적이 없을지도 모른다. 손끝으로 스쳐 가는 찰나를 붙잡기도 전에 우리는 이미 기억의 세계로 돌아가, 순간의 향기를 되새긴다. 향수(鄕愁)란, 잊어버렸던 과거를 우리가 잊지 않고 불러내는 것이다. 늦여름 무더위가 극성을 부리는 산방의 저녁, 창문을 스치는 바람결에 오래전 들은 노랫가락이나, 낡은 사진 한 장 속 묵은 색감의 시간은 다시 내 안에서 되살아난다.

나는 문득문득 어릴 적 살았던 집을 떠올린다. 지금은 흔적조차 남아 있지 않으나, 내 안에는 여전히 존재하는 장소다. 벽지는 햇살에 조금 바래 있었고, 겨울에는 장판 아래 따스한 온기가 감돌았으며, 여름에는 마당에 수박을 심었던 텃밭과 어머니의 손길이 있었다. 기억은 물질이 아니라 감각으로 남아 있다. 나는 이것들을 더듬으며 깨닫는다. 기억은 실체가 아니라 존재의 울림이다. 과거의 장면은 사라졌지만, 그로 인해 형성된 감정과 의식은 지금의 나를 구성하고 있다.

인간은 '잊어버린 것을 다시 기억하는 존재'라고 플라톤(Plato)은 말했다. 나는 이 말을 향수라는 감정의 정체로 이해한다. 과거를 그리워하는 이유는 이것이 아직도 우리 존재의 일부이기 때문이다. 이처럼 기억은 단지 지나간 시간을 불러오는 것이 아니라, 지금의 나를 더 깊이 이해하게 만드는 거울이다.

시간은 직선으로 흐르지만, 기억은 회오리바람처럼 원형으로 맴돈다. 매년 돌아오는 계절 속에서 비록 나이는 달라도 똑같은 바람을 맞는다. 벚꽃이 피면 어떤 봄날이 생각나고, 첫눈이 내리면 데이트가 떠오른다. 이처럼 알게 모르게 계절은 기억을 겹쳐 쌓고, 기억이 다시 계절을 되살린다.

향수는 시계열 선상의 시간 속 흐름을 이어 가는데, 시간은 되돌릴 수 없으나 기억을 통해 추억 속 향수를 되살린다. 이 점에서 향수는 철저히 인간적인 감정이다. 향수는 시간을 되찾는 독특한 방식이고, 단순한 회상이 아니라 존재의 재구성이다. 그리고 향수를 느낀다는 것은 단지 과거를 그리워하는 것이 아니라, 그때의 나를 그리워하는 것이다. 물론 그때는 지금보다 경험은 부족했지만, 생각은 더 선명하였고, 의욕도 강했다.

우리는 언젠가 모두 잊힌 존재가 될 것이다. 시간은 모든 것을 지우지만, 향수는 지워진 것을 꺼내 다시 손에 쥐게 만든다. 그래서 수집이 취미인 나는 가끔 오래된 물건을 꺼내 본다. 빛바랜 우표, 누렇게 변한 엽서나 첫날 발행한 봉투 등, 이 안에는 삐뚤빼뚤한 글씨체가 남아 추억 속 향수를 불러일으킨다. 사소한 조각 속에서 나는 '지금의 나'가 아닌, '기억 속의 나'와 조용히 재회한다.

이 조우는 어떤 감상도 후회도 아닌 존재의 층위를 확인하는 일이다. 지나온 시간은 단절되지 않는다. 모든 장면과 감정, 목소리와 냄새는 다른 모습으로 내 안에 살아 있다. 사실을 깨닫는 순간, 나는 과거가 끝나지 않았다는 것을 안다. 과거는 계속해서 현재의 감정과 언어 속에서 고요히 되살아나고 있다.

마르셀 프루스트(Marcel Proust)는 〈잃어버린 시간을 찾아서〉에서 한 조각 마들렌의 맛을 통해 온 생애의 기억을 떠올린다. 그것은 단순한 감정의 폭풍이 아니라, 존재의 깊은 통찰이다. 나는 그 장면을 떠올리며 생각한다. 그리워하는 것은 과거의 사건이 아니라, 그 순간에 느낀 감정의 진실함이라는 것을 깨닫는다.

지난 세월을 그리워한다는 것은 결국 우리가 얼마나 뜨겁게 살아왔는지를 증명하는 일로, 향수는 삶의 잔향이다. 지난 세월 속 향수는 완전히 사라지지 않고 우리 내면 어딘가에 남아 있다가 불현듯 울림으로 되살아나는 순간이다. 비로소 우리는 시간 속 순간을 사는 인간이라는 사실을 절실히 느낀다.

오늘도 늦장마가 끝난 여름 끝자락에 서서, 창밖에 비친 주흘산 노을을 바라보며 조용히 오래된 기억을 하나 꺼낸다. 잊었다고 생각했던 그날의 냄새가 문득 되살아난다. 그 안에는 그리운 얼굴도 있고, 말하지 못했던 감정도 있으며, 무엇보다 내가 나였던 어떤 진실한 순간이 있다.

향수는 시간을 소환하는 주문이다. 향수는 사라진 것들의 목소리를 다시 듣게 하고, 잊힌 것에 온기를 불어넣는다. 그리고 그 속에서 다시 살아가는 법을 배운다. 이처럼 향수는 기억 속 시간을 되돌릴 수 없지만, 기억은 되살릴 수 있다. 되살린 순간의 삶은 단순한 현재를 넘어선다.

향수는 지나간 시간이나 장소에 대한 그리움으로 단순한 감정의 여운을 넘어 인간 존재에 대한 깊은 성찰을 끌어내는 철학적 의미를 지니고 있다. 이는 과거를 단순히 잊지 못하는 마음이 아니라, 시간·정체성·존재·기억·상실과 같은 근원적 주제를 사유하게 하는 창으로 작용한다.

향수는 시간을 직선으로 인식하지 않는다. 과거는 끝났다고 생각하지만, 향수는 이 순간에도 과거가 여전히 우리 안에 살아 있음을 느끼게 한다. 갑작스러운 냄새나 음악, 풍경에 의해 과거로 순간이동을 하기도 한다. 이처럼 시간은 철학적으로 항상 현재에 의해 재구성된다는 것을 보여 준다.

시간은 양적으로 측정되는 것이 아니라, 의식 속에서 질적으로 경험되는 것이라는 점은 베르그송(Henri Bergson)의 "지속(durée)" 개념과도 연결된다. 그에게 지속은 질적이고 내적 시간을 경험하는 것을 의미하나, 단순히 시계로 측정되는 균일한 시간이 아니라, 의식 속에서 흐르고 겹치고 변주되며 살아 있는 시간이다. 따라서 지속은 연속적이지만 결코 균일하게 나눌 수 없는 흐름이다.

향수는 "나는 누구였는가, 그리고 지금 나는 누구인가"라는 질문을 던진다. 그리워하는 것은 장소나 시절 자체라기보다는 그 시절의 '나 자신', 그때의 감정과 세계를 받아들이는 방식이다. 이는 기억이 자아의 핵심을 구성한다는 데카르트(René Descartes) 이후 현대 철학의 흐름과도 연결된다.

루소(Jean-Jacques Rousseau)는 자서전 〈고백록〉에서 자신의 삶을 따라가며 자기 자신을 회복하려 했고, 프루스트는 감각을 통한 무의식적 기억 회귀로 자아를 복원하려 했다. 이처럼 향수는 곧 기억과 자아의 본질을 파고드는 철학적 과정이다.

향수는 사라진 것, 사라져가는 것에 대한 그리움이다. 결국 그리움은 존재가 끝난 것에 대한 인식, 즉 '없음'에 대한 예민함을 기반으로 한다. 우리는 사라진 장소, 잃어버린 관계, 지나간 감정을 떠올리며 존재가 더 이상 머물 수 없는 공간을 되새기고, 이것을 통해 삶의 유한성과 덧없음을 실감한다.

이때 향수는 단지 과거에 머무르는 감정이 아니라, 존재의 유한성을 자각하게 하는 깊은 성찰이 된다. 하이데거가 말한 '죽음에의 존재(Sein zum Tode)'처럼, 우리는 향수를 통해 존재의 불완전성과 순간성에 눈을 뜨게 되지만, 향수는 반드시 과거에 머물지 않는다. 오히려 이 감정은 예술·철학·문학·종교적 사유의 원천이 되며, 잃어버린 것에서 새로운 의미를 만들어 내는 창조적 힘을 발휘한다.

제3부

마음의 등불

황혼의 묵언

하루가 천천히 등을 돌리는 저녁 무렵, 산방 서재 발코니에서 주흘산을 넘어가는 노을을 바라본다. 지친 햇살이 산정(山頂)을 넘으며 말없이 물든다. 붉고 조용한 빛은 마치 누군가의 오래 참은 눈물 같다. 떠나야 한다는 걸 알면서도 한 걸음 늦추는 저 빛의 머뭇거림에 나도 모르게 손을 흔든다.

언제부터인가 하루는 이 장면을 마주하는 것으로 마무리하곤 한다. 황혼 녘 햇살이 조금씩 뒷걸음치고, 하늘은 금빛과 자줏빛 사이에서 잠시 머뭇거린다. 누군가 말했듯이 사랑은 늘 그렇게 남아 있는 자의 몫으로 남고, 노을은 그 자리에서 사라지기 직전 가장 아름답다.

우리는 언제나 끝에서야 배운다. 존재는 사라짐 속에서 비로소 자신의 깊이를 드러낸다. 오늘도 아무 말 없이 서서히 어두워지는 풍경은 늘 무언가를 말하지 않고도 많은 것을 들려준다. 시간은 말하지 않지만, 조용히 자취를 남긴다.

돌아보면 삶 또한 그렇게 저물어 간다. 햇살처럼 이름 없이 스며든 수많은 날이 이제는 기억의 노을로 남는다. 한때는 찬란했고, 때로는 눈물겹던 순간도 이제는 다 조용히 내 안의 풍경으로 물들어 간다. 지금은 '무엇을 이루었는가'보다 '누구를 사랑했는지'가 더 자주 떠오르는 저녁이다. 놓아야만 비로소 알게 되는 것, 잊어야 비로소 다다를 수 있는 자리가 있다. 노자(老子)는 '무위(無爲)'가 모든 것의 근원(根源)이라 했고, 침묵 속에서 진정한 앎은 온다고 하였다. 이제 하루를 보내는 하늘에게 묵언(黙言)의 방식으로 삶을 배운다. 어둠 앞에서조차 참 고운 빛으로 남는 방법을…

이제 인생의 황혼에 서 있다. 한때는 죽을 듯이 바쁘게 살았고, 하루하루가 벼랑 끝에 선 것처럼 팽팽했던 시절도 있었다. 젊음은 늘 '다음'을 향했고, 미래라는 단어는 늘 내 어깨 위에 새로운 짐을 얹었다. 그때는 '존재'보다 '성취'에 만족하며 살았다, 하이데거(Martin Heidegger)라면 아마 이 시간을 '잊힌 존재'라고 했을지도 모른다. 이렇게 달리고, 모으고, 이기고, 지며 살아왔다.

이제는 더 이상 무엇을 증명하지 않아도 되는 나이가 되었다. 모든 것은 지나온 시간으로 돌아가 고요히 가슴 한가운데 조용히 자리하고 있다. 치열함 때문에 때로는 너무 무거워 사랑을 놓치고, 자신과 하루를 놓친 날이 얼마나 많았는지 이제야 안다.

결혼하고 아내와 늘 시간에 쫓기며 살았다. 맞벌이하며 아이 둘 키우고, 양가 부모 챙기다 보니, 서로에게는 다정한 말을 건네기보다 일정을 조율하며 바쁘게 하루하루를 마쳤다. 감정은 자주 접어 두었고, 애정은 가끔 미루어 두곤 하였다. 지금 돌이켜 보면, 그 시절 평범한 일상이야말로 우리를 지탱한 유일한 기적이었다.

어느 날, 아내에게 조용히 말했다. "이제 같이 앉아 저녁노을 좀 보자" 이 말은 낯설지만 따뜻했다. 시간이 여유로워졌기 때문이 아니라, 마음이 이제야 이 말을 받아들일 준비가 되었기 때문이다. 말 없는 동행, 말보다 깊은 이해, 이것이야말로 오래된 사랑의 언어다. 산촌의 하루는 서로에게 많은 이야기 하지 않아도 그저 마주 앉아 있다는 사실만으로 우리는 충분히 공감한다.

아이들은 어느덧 다 자라 이미 불혹의 나이가 되었고, 손자 셋도 무럭무럭 자라고 있으니 걱정하지 않아도 각자의 길을 가고 있다. 가끔 명절이나 기념일에 찾아와 웃으며 이런 말을 한다. "옛날보다 더 부드러워지셨어요" 이 말이 꼭 칭찬처럼 들리지는 않지만, 이 말에 웃는다. 부드러워진 것이 아니라, 이제는 버려도 되는 것들을 알게 되었을 뿐이다.

젊은 시절엔 모든 것을 놓치지 않으려 꽉 쥐고 살았다. 성공·체면·말·자존심 등등을. 모든 것을 손에 잡고 있어야 무너지지 않을 것 같았지만, 인생의 황혼 앞에서 진짜 중요한 것은 오히려 가볍게 쥘수록 오래 남는다는 것을 알게 되었다. 파스칼(Pascal)이 말했듯, 인간은 '갈대'지만 '생각하는 갈대'다. 자신을 자각할 때 비로소 인간이 되고, 황혼은 이런 자각의 시간이 된다.

인생을 후회하지 않는다. 그러나 특별한 사건 없어도 사람은 시간 속에서 자신을 비추어 본다. 어떤 날은 회한이 밀려오고, 어떤 날은 감사가 밀려온다. 인생을 후회하진 않지만, 이 안에 덜어낼 수 있었던 분노, 더 많이 줄 수 있었던 사랑이 있었다는 사실이 때때로 나를 조용히 멈춰 세운다.

친구가 하나둘 세상을 떠나기 시작했을 때, 처음으로 '끝'이라는 단어를 진지하게 생각한다. 그들의 부재는 나에게 더 많은 시간을 주기보다, 남은 시간을 더 소중히 살아내라는 조용한 깨우침이다. 그래서 요즘 하루는 글 한 줄이라도 더 쓰면서 허투루 보내지 않는다. 그리고 고맙다는 말을 미루지 않으며, 눈앞의 사람에게 조금 더 따뜻하게 웃는다.

이제는 삶의 속도를 늦춘 채 조용히 황혼과 마주하고 있다. 젊은 날의 나를 안아 주고, 지금의 나를 받아들이며, 다가올 어둠을 두려워하지 않는다. 왜냐하면 하루를 충분히 살았고, 사랑했으며, 지금도 사랑할 수 있기 때문이다.

비록 해 질 녘은 하루의 끝자락이지만, 하루 중 가장 깊은 빛을 가진 시간이다. 이 빛은 화려하지 않지만, 오래도록 마음에 남는다. 오늘도 빛을 바라보며 삶이 참 고마웠고, 참 잘 살았다며, 조용히 그리고 솔직하게 말할 수 있을 것 같다. 모든 삶은 결국 황혼을 향해 가는 여정이니까.

일과 사랑, 그리고 음악은 하나

산촌의 이른 아침은 언제나 음악으로 시작한다. 창문을 열면 서늘하면서도 상큼한 공기와 함께 부드러운 바람결이 파고든다. 뒷산의 나뭇잎이 서로 스치며 내는 소리가 잔잔한 현악 연주처럼 창틈으로 들어와 서재에 퍼진다. 나도 질세라 작은 산새들이 화답하듯 재잘거린다.

누구의 작곡도 어떤 지휘도 없는 자연의 오케스트라가 새벽마다 열린다. 나는 이 순간을 가장 사랑한다. 인간이 만든 음악보다도 더 오래되고 원시적이며, 근원적인 선율이 하루를 열기 때문이다. 그뿐만 아니라 커피를 내리고 머그잔에서 향이 모락모락 피어오르는 것도 하나의 리듬처럼 느낀다.

하루의 일과는 이렇게 시작하나 반드시 해야 할 일이 있는 것은 아니다. 그런 가운데서도 소소하게 내가 해야 할 것들은 나의 삶을 구성하는 한 조각이고, 세상과 내가 맺는 대화이며, 사랑이 몸짓으로 이어지는 순간이다. 글을 쓰기 위해 컴퓨터 모니터 여백 위에 키보드를 두드릴 때, 그것은 단순한 노동이 아니라 사랑을 세상에 건네는 방법이고, 스피커에서 흘러나와 귀로 듣는 음악은 언어로 바뀌는 과정이다.

이렇듯 일, 사랑, 음악은 서로 떨어져 있지 않고, 나에게는 언제나 하나였다.

　처음 음악을 삶의 언어로 받아들인 것은 중학교 시절이었다. 누나는 늘 흥얼거림이 많았다. 어느 날 저녁, 부엌에서 설거지하면서 흥얼거리듯 부른 노래가 페티 페이지의 〈Changing Partners〉였다. 물소리와 접시 부딪히는 소리 사이로 흐르던 선율은 어린 나에게는 낯설면서도 묘하게 따뜻했다. 흉내 내듯 따라 불렀고, 발음이 서툴러 누나에게 놀림을 받기도 했지만, 그 순간이 오히려 음악을 좋아하는 소년으로 만들었다.

　고등학교 시절, 나는 '별이 빛나는 밤에'라는 라디오 프로그램을 즐겨 들었다. 불을 끄고 조용히 책상 위에 엎드려 있으면 라디오의 푸른 불빛 하나가 작은 등불처럼 빛났다. 진행자의 낮은 목소리와 함께 흘러나온 팝송은 공부하느라 시달린 하루의 피로를 견디게 하는 힘이었다. 공부에 지쳐 마음이 어지럽던 날에도 음악만큼은 내 편이었다. 팝송 가사는 잘 몰랐지만, 선율의 감정은 분명히 전해졌다. 이처럼 외로운 십 대의 밤, 음악은 말없이 내 어깨를 토닥여 주었다.

　대학 시절과 청년기에는 공부와 일이 삶을 가득 채웠다. 도서관의 분위기, 논문 더미, 마감 압박이 곁에 있었다. 그러나 늘 음악과 함께였다. 논문을 쓸 때, 한밤중 고요 속에 흘러나오는 피아노 연주곡이 마음을 달랬다. 바흐의 〈평균율 클라비어〉를 들을 때는 정신이 맑아지며, 문장의 구조가 정리되는 듯했다. 브람스의 〈인터메조〉에 귀를 기울이면 마음 깊은 곳 그늘까지 드러내며 글에 감정이 실렸다. 그 시절 음악은 논문을 작성할 때 나를 지탱하는 또 하나의 손길이었다.

박사학위 논문을 준비하던 어느 겨울밤, 창밖에는 눈이 소리 없이 내리고 있었다. 방 안에는 작은 전기난로가 켜져 있었고, 바흐의 선율이 흘러나왔다. 그 순간 시간은 멈춘 듯했다. 책상 위에는 미처 다 완성하지 못한 문장이 흩어져 있었지만, 음악은 늘 불완전함마저 감싸주었다. 글쓰기와 음악은 서로 닮아 있다는 것을 깨달았다. 반복과 변주, 긴장과 해소, 모든 것이 어딘가 닮아 있었다.

중년의 어느 시절, 삶이 갑자기 무겁게 다가온 적이 있었다. 할 일은 줄었지만, 마음은 지쳤고 몸은 자주 피로했다. 하루가 길게 늘어져 아무 일도 하지 못하는 날들이 이어졌다. 그럴 때마다 나는 피아노 연주곡을 감상하였다. 손끝에 닿는 차가운 건반을 느끼며, 잔잔한 음이 서재를 가득 채웠다.

선율 속에서 나는 비로소 안도했다. 음악은 내게 속삭였다. "괜찮아, 조금 쉬어도 돼. 너는 혼자가 아니야" 그 순간에는 음악이 있었다. 나를 일으켜 세우는 힘, 다시 살아나게 하는 힘이 바로 거기에 있었다. 삶의 고비를 건너는 동안, 내가 붙잡은 것은 다른 무엇도 아닌 음악이었다. 그리고 음악 안에서 사랑이 나를 다시 일으켰다.

지금 나는 은퇴 후 작은 산방 서재에서 글을 쓴다. 책상 위에는 컴퓨터 모니터가 놓여 있고, 키보드를 두드리는 소리가 잔잔한 리듬을 탄다. 창밖은 바람이 나무를 흔들고, 산새들이 지저귄다. 이것이 오늘의 음악이다. 음악은 더 이상 특별한 연주회나 음반에서만 나오는 것이 아니다. 일상의 소리 하나하나가 모두 음악이 된다.

하루의 작은 일을 통해 사랑을 배운다. 사랑은 정직하게 글을 쓰고, 마음에 있는 생각을 정리하며, 다른 이와 나누는 일이다. 이 모든 것이 사랑의 또 다른 이름이다. 음악은 사랑을 담아내는 언어이고, 일은 드러내는 무대다. 세 가지는 늘 하나로 이어져 있다.

삶은 거대한 교향곡과 같다. 서곡처럼 설레던 청춘이 있었고, 느린 악장 같은 중년의 고요한 시간이 있었으며, 때로는 빠른 스케르초(Scherzo)처럼 분주한 날도 있었다. 그리고 지금은 종결부를 향해 나아가는 시기, 모든 선율이 또 하나의 화음으로 모여든다.

내 삶이 화려한 협주곡은 아니었을지라도 작고 소박한 선율 하나하나가 모여 삶의 교향곡을 이룬다. '나'라는 작은 음표가 빠져도 곡은 완성되겠지만, 동시에 작은 음표 하나도 소중하다. 그것이 삶의 신비다.

니체는 "삶이 음악 없이 견딜 수 없다면, 사랑 없이도 마찬가지다"라고 했다. 음악과 사랑은 인간 존재의 본질이고, 일은 세상 속에 드러내는 무대다. 내가 글을 쓰는 것은 단순한 작업이 아니다. 그것은 사랑을 형태로 빚는 행위이며, 음악처럼 영혼의 진동을 세상에 옮기는 과정이다.

오늘도 책상 앞에 앉아 모니터에 하얀 여백을 펼치면, 창밖의 산새 소리와 마음속 선율이 나를 감싼다. 선율 따라 사랑을 품고, 나의 일을 조금 더 정직하게 해보려고 한다면 충분하다. 일과 사랑, 그리고 음악이 하나로 이어지는 순간, 살아 있음을 느낀다. 그리고 내가 지금 쓰고 있는 이 문장 하나도 결국은 삶이라는 거대한 삶의 교향곡 속에서 울리는 작은 음표임을 안다.

계절의 여왕, 성모 성월

햇살이 부드럽게 아무 말 없이 내려앉는 오월 아침. 산방 발코니 창가에 앉아 따끈한 모닝커피 한 모금을 마신다. 볼을 스치는 봄 바람결, 멀리서 흐르듯 들려오는 산새 소리, 이 모든 것이 조용하고 화사한 계절의 하모니다.

오월은 이상하리만치 마음 설레게 한다. 이 계절은 어쩌면 지나온 삶과 다가올 삶 사이 잠시 머무는 시간 같기도 하다. 하지만 화초들은 저마다 색깔로 조용히 꽃망울을 터뜨리며 자기 자리를 환하게 밝히고, 나무는 온몸에 싱그러움을 잔뜩 머금고 쑥쑥 자란다.

지난주일 시골 문경성당에 들어섰을 때, 한 자매님이 내게 다가와 가슴에 붉은 카네이션을 달아 주었다. "오늘이 어버이날도 아닌데…" 잠시 머뭇거리던 마음속에, 곧 깨달음이 스며들었다. 다가오는 어버이날을 미리 챙겨 주는 마음이었다.

순간, 어느새 카네이션을 달아 드렸던 손에서 받는 손으로 시간이 바뀌어 있음을 알았다. 불꽃 같았던 열정은 사그라들었으나, 마음 한편에는 여전히 푸른 바람이 머무른다. 격정과 안정, 시작과 완성 사이 그 어딘가에서 오늘을 바라본다. 묘하고도 아릿한 감정이 가슴 깊은 곳에 잔잔히 파고든다.

미사가 끝날 무렵, 초등학생 일곱이 작은 목소리로 어버이날 축가를 부른다. 저출산 시대, 인구 소멸 지역인 이곳에서는 참 보기 드문 장면이다. 축가를 듣는 순간, 돌아가신 아버지와 어머니 모습이 떠올라 그리운 감정이 순간 눈시울을 촉촉이 적신다.

오월은 생명이 가장 생명답게 존재하는 시기이다. 그래서일까. 사람들 얼굴도 봄꽃처럼 환하게 웃고 있는 듯 보인다. 어쩌면 내 마음이 지금 조용히 평온무사(平穩無事)하기 때문일지도 모른다.

나이 들며 계절을 바라보는 눈도 달라진다. 예전에는 그저 꽃이 예쁘다고만 생각했다. 지금은 꽃이 피기까지의 기다림, 찬란한 순간의 짧음, 그리고 이별까지의 여정을 안다. 그래서 오월에 피는 꽃은 더욱 아련하고, 더 깊은 울림을 안겨 준다. 오늘도 오월은 내게 속삭인다.

서두르지 말아요
지금, 이 순간을 바라보기만 하지 말고
기꺼이 누리세요
아직 늦지 않았답니다

나직한 속삭임에 귀를 기울이며, 나는 오늘도 조금 느리게 조금 더 다정하게 걸음을 옮긴다. 바람 한 줄기에도, 햇살 머무는 잎새 하나에도, 조용히… 고맙다는 말을 건넨다.

계절의 여왕 오월은 가톨릭교회에서 '성모 성월'이라 칭하며 성모를 기리고 예찬한다. 그분은 말씀보다 침묵을, 능력보다 겸손을, 미움보다 사랑을 선택하신 분이다. 세상의 소란과 어둠 속에서 늘 가장 밝은 빛이 되어 주셨다. 세상은 여전히 혼탁하고, 희망은 저만치 멀리 물러선 듯하지만, 오월의 하늘만은 푸르고 맑다. 신록의 봄바람 속에서 인자하신 그분 얼굴을 조용히 떠올린다.

가톨릭교회에서 5월 한 달 동안 성모 마리아를 특별히 공경하고 기리는 시기다. 교회는 성모를 단지 예수님의 어머니일 뿐 아니라, 교회의 모상(母像, Icon of the Church)으로 이해한다. 성모는 말씀에 온전히 '아멘'으로 응답하여 하느님의 뜻을 받아들이고, 이는 교회가 따라야 할 신앙의 표상으로 보여 준다.

20세기 가톨릭 신학에서 가장 영향력 있고 독창적인 인물 중 한 사람이자, '성 요한 공동체'의 사제인 발타사르(Hans Urs von Balthasar)는 마리아를 "교회보다 먼저 교회다운 존재"라 했다. 그는 성모 마리아를 교회의 원형(proto-type)으로 보며, 특히 "마리아는 교회보다 먼저 교회였다"는 유명한 말을 남겼다.

이처럼 성모 마리아는 하느님의 말씀이 사람이 되는 성육신(Incarnation)의 통로가 되었다. 그녀의 'Fiat(말씀대로 이루어지이다)'는 구원사의 결정적인 전환점이며, 이는 하느님과 인간 사이를 연결한 중재적 역할을 상징한다. 즉 성모 마리아 없이는 예수님의 성육신도, 인류의 구원도 있을 수 없다는 점에서 그녀의 존재는 신학적으로 매우 중심적이다.

　오월은 자연이 만개하는 계절로 생명·순수함·아름다움의 상징이다. 이는 성모의 존재와 깊이 맞닿아 있다. 그분은 '순결한 동정녀', '새로운 하와', '하느님의 정원'으로 불리며, 모든 피조물 가운데 가장 아름다운 생명의 그릇으로 여긴다. 신학자들은 마리아 안에서 "하느님의 창조 질서와 구원 질서가 완전히 만났다"라고 표현하기도 한다.

　교회 전통 안에서 5월을 성모성월로 지내는 전통은 중세 유럽에서 시작되어 18~19세기경 본격화했고, 20세기 들어 교황 비오 12세가 이를 공식적으로 격려했다. 성모는 단지 경배의 대상이 아니라, 하느님께 이끄는 믿음의 길잡이이자, 사랑의 모범으로 공경한다.

　이처럼 5월은 자연이 가장 아름답게 활짝 피어나는 달이기에, 가톨릭교회에서는 생명과 순결의 이미지를 지닌 공경하올 성모 마리아와 연계하여 '성모 성월'로 지내며 신심과 봉헌을 새롭게 하는 전통을 이어 가고 있다. 신학적으로도 성모 마리아는 교회의 어머니이자 공동체의 모범임을 상기시키며, 순명·겸손·사랑을 본받도록 권고한다.

시간의 깊이에서

칠십 나이에 산촌에 오두막을 짓고 살다 보니, 삶이 길었다는 생각보다 깊었다는 생각이 먼저 든다. 세월은 단순히 날 수를 더하는 것이 아니라, 무수한 경험을 거름 삼아 생각의 뿌리를 더 깊이 내리게 한다. 젊은 날에는 가야 할 길과 이루어야 할 목표가 시야를 가득 채웠지만, 이제는 발걸음이 멈춘 자리에서 피어나는 침묵과 침묵을 감싸는 바람까지 헤아리게 된다.

살다 보니 칠십에 이르러서야 비로소 알게 되는 것이 많다. 세월이 남기고 간 흔적 속에서 진정한 가치와 의미를 더듬어 찾는다. 젊음의 꿈과 열정을 뒤로하고, 지금, 이 순간은 '살아 있음'의 의미를 온전히 음미하는 시간이다.

아침 햇살에 번지는 커피 향, 정원 바위틈 사이에서 봄바람에 흔들리는 패랭이꽃, 대미산에서 들려오는 이름 모를 산새들의 재잘거림이 하루를 가득 채운다. 예전에는 크고 새로운 것만이 마음을 움직였지만, 이제는 눈앞의 사소함이 오히려 무한한 깊이를 품고 있음을 안다. 하이데거(Martin Heidegger)가 말한 '현존재(Dasein)의 충만함'은 바로 이런 일상의 결속에서 깨어나는 의식일 것이다.

하이데거가 존재를 망각한 상태를 비판하며, 오히려 지금 '여기'에서 존재감을 깊이 체험하는 상태를 "존재에 대한 열림(Die Offenheit für das Sein)"이라고 표현했다. 산촌에서 새소리를 들을 때마다 소리는 단순한 청각 자극이 아니라 순간 내가 이곳에 존재하고 있음을 깨닫는 체험이며, '현존재의 충만함'이다.

인생은 강물처럼 흘러가지만, 흐름 속에도 돌이킬 수 없는 깊이와 넓이가 있다. 지나온 세월이 모여 지금의 나를 만들었음을 깨닫는 나이이고, 작은 것들의 소중함을 알게 되는 시기다. 남아 있는 시간은 미래의 계획보다 지금의 체온을 붙드는 데 쓰여야 한다. 인생의 끝자락에서 나는 여전히 또 다른 시작을 꿈꾼다.

칠십의 시간은 마치 긴 강줄기의 마지막 굽이처럼 느껴진다. 세월이 남긴 자취 위에서 존재의 의미를 사유하며, 태초부터 이어져 온 인간의 질문과 마주한다. "나는 누구인가", "왜 이렇게 덧없이 흘러가는가" 시간의 무게를 견디며 살아온 만큼, 이 물음은 더욱 또렷하게 다가온다.

사람들은 나이 들어 무엇을 잃었느냐 묻지만, 나는 잃은 만큼 비워진 자리에 더 넓은 하늘을 얻었다고 말하고 싶다. 젊음이 가능성의 시간이었다면, 칠십 대는 본질의 시간이다. 남아 있는 날짜를 세는 것보다, 이미 살아온 날을 다시 읽어내는 일도 소중하다. 이것은 '삶의 재편집'이자, 과거의 파편 속에서 나를 관통하는 하나의 서사를 발견하는 작업이다.

니체(Friedrich Nietzsche)는 인생의 황혼기에 도달한 이가 '영원회귀(Ewige Wiederkehr des Gleichen)'를 긍정할 수 있다면 이것이 가장 큰 힘이라고 했다. 이제 나는 묻는다. "내 삶이, 지금까지 그대로 반복된다 해도 기꺼이 받아들일 수 있는가" 한때는 후회와 미련이 먼저 떠올랐지만, 이제는 고개를 끄덕일 수 있는 날이 조금씩 늘고 있다.

삶은 붙잡아야 할 것과 놓아야 할 것 사이에서 끊임없이 흔들리는 여행이다. 젊은 날의 가능성은 이제 하나둘 실타래를 놓았지만, 빈틈 속에서 오히려 진실의 조각이 선명해진다. 인간은 모두 일시적 존재이며, 결국 흙으로 돌아갈 운명을 안다. 그러나 연약함 속에서 의미를 찾으려는 노력이야말로 인간을 인간답게 한다.

철학자들은 삶의 의미가 외부의 거대한 목표 속에 있지 않고, 오히려 내면 깊숙한 곳에 숨어 있다고 했다. 깊은 자리에는 무한한 상념과 해석이 잠들어 있으며, 바로 그것이 다시 살아갈 힘이 된다. 칠십 년의 삶은 무심히 흐르는 시간 속에서 조금씩 의미를 깨닫는 과정이었으며, 깨달음이야말로 인생의 진정한 가치다.

이제 시간의 무게를 견디며, 모든 것의 일시성을 받아들이는 지혜를 배운다. 삶이란 결국 매 순간의 소중함을 아는 것이고, 순간순간에 자신의 존재를 깊이 새기는 일이다. 모든 것이 소멸할 것임을 알기에 오늘을 더 뜨겁게, 그러나 조용히 살아간다.

몇 장 남지 않은 인생의 페이지를 넘기며 깨닫는다. 진정한 자유는 집착과 욕망을 내려놓는 것이고, 자신이 경험한 모든 것을 포용하는 것이다. 삶의 의미는 끝에 있지 않다. 지금 여기서 느끼고 사랑하는 모든 것에 깃들어 있다. 그리고 나는 이 속에서 참된 평화를 찾는다.

　인생 황혼의 아름다움은 해가 저물어 가는 순간의 빛처럼 짧지만 깊고, 고요하지만 강한 데 있다. 황혼 녘은 낮과 밤의 경계선이다. 빛이 완전히 사라지기 전에 오히려 가장 아름다운 빛을 남기듯, 인생의 황혼 역시 시간의 끝자락에서만 드러나는 고유한 색채가 있다. 젊을 때는 앞으로만 향했지만, 황혼은 뒤돌아보면서 여기까지 온 길과 다가오는 어둠을 함께 품는다. 두 방향을 동시에 바라볼 수 있다는 것이 황혼만의 특권이다.

　이 시기의 아름다움은 완결과 수용에서 온다. 더는 끝없는 경쟁이나 증명에 매달릴 필요가 없고, 남겨진 관계와 기억, 그리고 자신과의 화해를 통해 삶을 온전히 품는다. 잃은 것보다 남은 것의 가치를 새롭게 발견하고, '속도'가 아니라 '깊이'로 삶을 살아가는 지혜가 깃든다. 무엇보다 인생에서 황혼의 아름다움은 빛이 사라지기 전, 마지막으로 주는 선물 같은 순간에 있다. 사랑했던 얼굴, 손에 남아 있는 온기, 하루를 마무리하는 저녁 하늘처럼, 이 모든 것이 덧없기에 더욱 눈부시다.

　바람은 여전히 분다. 그러나 이제 나는 바람이 가리키는 방향보다, 바람이 스쳐 간 자리의 여운을 더 오래 바라본다. 칠십 이후의 삶은 속도가 아니라 음영(陰影)의 예술이다. 어쩌면 삶의 가치는 달려가는 동안이 아니라, 멈추어 선 자리에서 '있음'을 자각하는 순간에 완성되는지 모른다. 산촌의 저녁 하늘은 오늘도 이 진리를 가만히 가르쳐 준다.

세월과 존재를 묻는 서정의 변주

젊은 날, 인생은 끝없는 들녘 같았다. 바삐 걸어도 저편 하늘이 좀체 가까워지지 않는 듯했다. 그러나 황혼의 언덕에 다다른 지금은 흰 망아지가 틈을 지나가는 것(白駒過隙)처럼 한순간이다. 하지만 끝이 불현듯 가까워졌다 해서 존재가 헛된 것은 아니다. 다만 매 순간을 절정처럼 살고자 했으나 번번이 미완에 그친 자신이 애석할 따름이다.

아파트 거실 벽에는 빛이 바랜 동양화 한 폭이 걸려 있다. 반세기 전, 수원여고에서 영어를 가르치던 평화봉사단원인 허치슨(Hutchinson)이 미국으로 돌아가며 내게 남긴 작별의 징표다. 잔잔한 호수 위, 노인이 고요히 낚싯줄을 드리운 풍경이다.

동양화나 산수화 속 노인은 깊은 계곡을 거닐고, 때론 고목 아래 앉아 사색하거나 정자에서 서책을 펼친다. 간혹 심부름하는 아이가 등장해 젊음의 희미한 여운을 떨궈 놓을 뿐, 화면은 거의 늘 '늙음'의 몫이다.

노인은 왜 이토록 자주 화폭에 소환될까. 동양에서 늙음은 욕망이 가라앉고 총명이 깃드는 완숙의 경지다. 시간의 마디마다 축적된 경험은 강물의 퇴적층처럼 깊고 두텁다. 그러니 늙음은 연약함이 아니라, 자연과 어깨를 맞댄 자유인의 상징이다. 즉, 늙음은 현실적 나이를 말하는 것이 아니라 존경받을 만하다는 경륜의 의미가 담겨 있다.

현실의 무대는 그러나 사뭇 다른 빛으로 얼룩져 있다. 그가 젊을 때, 노인을 비하하며 '뒷방 늙은이'라 조롱하던 정치인이 자신도 칠순을 넘기고 22대 총선에서 노욕(老慾)을 거두지 못한 채 금배지를 달고, 장관 자리까지 꿰찼다. 이처럼 나이라는 통계의 껍질로 늙음을 희생양 삼았던 거물 정치인도 있다. 그는 시시때때로 자신에게 유리한 방향으로 나이에 대한 가치관을 바꾸는 철새 같은 정치인이라 절망감을 넘어 환멸을 느낀다.

또 다른 젊은 정치인은 4호선 경마장역 이용자를 특정 시간대만 떼어내 '무임승차 노인'이 지하철 적자의 원흉이라 낙인찍었다. 내 안의 분노는 묵은 술처럼 쓰디쓰게 익어 간다. 그는 마치 노인의 무임승차 때문에 지하철의 적자가 눈덩이처럼 불어난다는 듯, 오해를 불러일으킬 수 있는 통계 수치를 언론에 발표하였다.

인용한 통계 오류로 노인들의 가슴을 후벼 팠다. 복합적인 적자 원인은 분석하지 않고, 외생변수(exogenous variable)도 보정(補正)하지 않은 체, 통계 수치가 언론을 타고 진실로 둔갑하는 광경을 보고 있노라면, 그 나물에 그 밥이라는 씁쓸함에 분노가 일렁인다.

은퇴 후 칠순에 산촌으로 낙향한 뒤, 무임승차 혜택을 누릴 일도 드물다. 그럼에도 침묵은 비겁한 변명이 될까 두려워 이렇게 글을 쓴다. 위선의 갑옷을 입은 정치인들이여, 인간의 이성을 짓밟고, 영혼에 상처를 내지 말라. 젊은 정치인들이여, 브룩 벤튼의 〈Think Twice〉를 들으며 '한 번 더 생각'하는 성숙을 배워라. 욕망이 아무리 조급해도, 숙성되지 않은 열정은 이내 독이 된다.

늙음은 혐오나 조롱의 대상이 아니다. 우리는 선대의 굳은 허리와 굳센 손아귀 위에서 풍요를 누려 왔다. 세대를 갈라치기 하는 언어는 부메랑이 되어 당신들의 내일을 겨눌 것이다. 그리고 젊은이들이여, 때가 되면 그대들도 가야 할 길임을 잊지 말아라.

문득 김홍도의 〈동리채국도(東籬彩菊圖)〉가 떠오른다. 고목 아래 선비가 현 끊긴 거문고를 가만히 무릎에 올리고, 옆의 다동(茶童)이 눈길을 맞추며 차물을 달인다. 그 정경은 중국의 전원시인(田園詩人) 도연명(陶淵明)의 시 〈음주(飮酒)〉 중 다섯째 수(首) "동쪽 울 밑에서 국화를 따며(采菊東籬下)"라는 구절이 화폭 속에 침잠해 있다.

거문고의 침묵은 차향의 온기와 어우러지고, 젊음과 늙음은 다툼이 아니라 서로를 비추는 거울이 된다. 한쪽은 고요를, 다른 한쪽은 훈훈한 기운을 건네며, 두 세대는 비로소 완전한 풍경을 이룬다. 이것이 장유유서의 본령인 위계적 강요가 아니라, 다름 속에서 상호 존중하며 조화를 이루는 질서이다.

젊은이와 노인은 다툼의 대상이 아니다. 노인은 젊은이를 자식이나 손주 대하듯 사랑해야 한다. 젊은이는 부모나 조부모 대하듯 노인에게 예를 갖추어 공경해야 세대 간 아름다운 하모니가 어우러지고, 세대 간 온정과 배려가 어우러져 우리 사회의 장래는 밝을 것이다. 그러나 작금의 혼란스러운 사회를 보면서 앞날을 걱정한다. 어떨 땐 가슴이 답답하여 저승에 있는 노스트라다무스(Nostradamus)에게 우리의 미래를 여쭙고 싶다.

우리나라 기대수명은 83.6세, 노인 인구 1,000만을 넘어섰다. 그럼에도 노년의 삼고(三苦)인 질병·빈곤·고독은 여전히 깊다. 제도는 방향을 잃고 표류하지만, 담장 밑 국화 한 송이는 찬 서리를 견디며 마지막 봉오리까지 틔우려 애쓴다. 그 떨림은 어느새 우리 모두의 초상이다.

황혼은 종착지가 아니다. 한 줌 남은 빛으로 세상을 물들일 기회이다. 젊은이여, 언젠가 당신도 이 길을 걷는다. 노인이여, 남은 향기를 아끼지 말라. 그리고 우리 모두 숫자가 아닌 마음으로 서로를 바라볼 때, 늦가을 국화처럼 맑고 은은한 향이 이 땅에 오래도록 배어 있을 것이다.

이성, 두 개의 거울

- 동양과 서양의 사유를 건너며 -

인간에게 '이성(理性, Reason)'이란 무엇인가. 이 질문은 단순한 지적 호기심을 넘어 인간 존재의 근본을 묻는 물음이기도 하다. 서양 철학은 오랜 시간 이성을 '세계와 나를 이해하는 합리적 능력'으로 정의하였다. 반면에 동양 철학은 이성을 논리적 계산 능력만이 아니라, 도덕적 성찰과 마음의 조화 속에서 이해하였다. 두 전통은 서로 다른 결을 가진 거울과 같다. 같은 인간을 비추지만, 반사되는 윤곽은 사뭇 다르다.

은퇴 후 산촌에 살면서 여러 철학서를 공부하다 보니 문득 눈앞에 펼친 혼란스러운 작금의 세태를 보면서 '우리나라 지도자들은 올바른 이성을 가지고 있는가' 하는 생각에 다다른다. 오늘도 '인간에게 이성이 무엇인가' 하는 생각에 빠져, 두 거울을 나란히 세워놓고 이성이라는 오래된 물음에 답을 구하고자 한다.

서양에서 이성의 기원은 고대 그리스 철학에서 찾을 수 있다. 플라톤(Plato)은 '감각의 세계를 불완전한 그림자로 보고, 변하지 않는 이데아(Idea)의 세계를 인식하는 능력'을 이성이라 불렀다. 즉, 이성은 지식과 깨달음의 날개처럼, 인간이 진리를 인식하도록 돕는 도구로써, 그에게 이성은 진리를 향한 영혼의 날개였고, 인간이 진리를 깨닫는 길이었다. 이처럼 플라톤에게 이성은 현실 너머 진리를 보는 '정신의 눈'이라 할 수 있다.

아리스토텔레스(Aristotélēs)는 이를 체계화하며 논리학(Logica, Organon)과 범주론(Categories)을 세웠다. 논리학은 사고를 올바르게 조직하여 추론을 검증하는 방법론이고, 삼단논법(syllogism)은 전제(前提)에서 결론을 도출하는 형식적 구조를 제시한다. 범주론(Categories)은 존재하는 것들을 종류별로 분류하고, 개념을 체계화하는 방법을 10가지 범주(실체, 양, 질, 관계, 장소, 시간, 위치, 상태, 작용, 수동적 상태)로 사물과 개념을 구분한다. 이처럼 그에게 이성은 단순한 직관이 아니라, 논리적 구조와 개념 체계를 통해 사유를 정밀하게 조직하고 세상을 이해하는 도구가 된다.

중세철학에서 이성은 신학과 결합했다. 가톨릭 교리 체계의 철학적 토대를 마련한 토마스 아퀴나스(Thomas Aquinas)는 중세 스콜라 철학(Scholasticism)의 핵심으로 '인간의 이성이 신의 질서를 이해하는 도구'라고 보았다. 그에게 이성은 단지 세속적 사유의 힘이 아니라, 신이 창조한 질서와 법칙을 이해하고, 이것을 삶에 구현(具現, Actualization)하는 도덕적·신학적 도구로써 신앙과 이성은 대립이 아니라 상호보완적 관계였다.

근대에 들어 데카르트(René Descartes)는 "나는 생각한다, 고로 존재한다(Cogito, ergo sum)"고 선언하며, 존재의 확고한 기반을 이성으로 옮겨

왔다. 그에게 이성은 존재를 확증하는 궁극적 근거였고, 인간은 사고하는 주체로서 자신을 규정하게 된다고 하였다. 이처럼 그에게 이성은 인간 존재를 확인하고, 사고의 중심으로 서게 된다.

칸트(Immanuel Kant)는 〈실천이성 비판(Critique of Practical Reason)〉과 〈도덕 형이상학 기초(Grundlegung zur Metaphysik der Sitten)〉에서 중심 개념으로 이성을 인간의 행위가 따라야 할 보편적이고 필연적 규범인 '도덕의 법칙(Moral Law)'으로 확장한다. 그는 실천이성(Praktische Vernunft)을 통해 인간이 보편적 도덕 규칙을 스스로 수립한다고 보았다. 즉, 그에게 이성은 인간이 스스로에게 부여하는 보편적 도덕의 입법자였다. 이처럼 그에게 이성은 단순한 지적 능력이 아니라, 인간의 자유와 책임을 동반하는 도덕적 권위가 된다.

20세기 하버마스(Jürgen Habermas)는 이성을 '의사소통의 합리성(Communicative Rationality)'으로 재정의하며, 사회적 합의를 형성하는 힘으로 보았다. 즉, 그에게 이성은 타인과의 대화 속에서 상호이해와 합의를 끌어내는 사회적 힘이었으며, 그는 이를 통해 근대 사회에서 여전히 합리적 대화와 민주적 합의가 가능하다는 점을 옹호했다. 그는 서양의 이성에 관한 개념을 개인 중심에서 공동체 중심으로 확장하였다. 이처럼 서양의 이성은 인식, 도덕, 사회적 합리성을 아우르는 개념으로 점차 확장되었다.

동양 철학에서 이성은 '마음과 덕성(德性, Virtue), 자연의 질서와 함께 작동하는 전인적 지혜(智慧, Wisdom)'로 이해된다. 단순히 분석적 판단력이 아니라, 삶과 도덕(道德, Morality), 자연과의 조화(調和, Harmony)를 아우르는 능력이다. 여기서 '이성'이 서양식의 단순한 논리·분석 능력에 한정되지 않고, 삶 전체와의 조화를 중시하기 때문이다.

유가(儒家, Confucianism)의 공자(孔子)는 〈논어(論語)〉에서 '배움과 성찰을 결합해야 올바른 앎(Knowledge)이 된다'고 했다. '앎'은 철학에서 인간이 세계와 자신, 진리와 도덕을 이해하고 인식하는 능력과 과정을 의미한다. 공자는 〈논어〉 위정편(爲政篇)에서 "배우기만 하고 생각하지 않으면 어둡고, 생각만 하고 배우지 않으면 위태롭다(學而不思則罔 思而不學則殆)"고 하며, 배우는 것(경험·지식 습득)과 깊이 생각하는 것(省察, Self-reflection)이 함께해야 참된 이해에 도달할 수 있다고 하였다. 이처럼 이성은 인(仁)과 의(義)를 실천하는 도덕적 판단력이자, 사회적 조화를 이루는 '길잡이'다.

맹자(孟子)는 네 가지 도덕적 마음인 '인간의 마음에 측은지심(惻隱之心), 수오지심(羞惡之心), 사양지심(辭讓之心), 시비지심(是非之心)이라는 도덕적 씨앗이 내재한다'고 보았다. 이 구절은 그의 성선설(性善說)의 핵심이자, 동양 이성관(理性觀, Conception of Reason)의 중요한 뿌리다. 이처럼 이성은 이 씨앗을 깨닫고 가꾸는 힘이며, 욕망(欲望, Desire)에 가려진 본성(本性, Human Nature)을 드러내는 거울이다.

도가(道家, Daoism)의 노자(老子)는 '지나친 분별과 인위적 행동이 도(道)의 흐름을 방해한다'고 보았는데, 이 사상은 〈도덕경(道德經)〉 전반에 흐르는 핵심 관점이다. 이성은 사물에 이름을 붙이고 구분하는 능력이 아니라, 자연과 하나 되어 '그대로(자연스러운 삶)'를 받아들이는 힘이어야 한다. 서양의 고전 이성관은 '세계에 질서를 부여하고 지배하는 힘'을 중시했다면, 노자의 관점은 '세계의 본래 질서에 자신을 맞추는 힘'을 중시했다.

장자(莊子)는 '시비(是非, Right and Wrong)의 분별심(分別心, Discernment)까지 버리고 만물과 하나 되는 무심(無心)의 경지를 강조'했는데, 이는 그의 철학에서 가장 자유로운 경지를 가리킨다. 분별심은 철학과 윤리에서 옳고 그름, 선과 악, 진실과 허위 등을 판단하고 구별하는 마음의 능력을 의미하며, 이는 현대 사회에서도 매우 중요한 키워드다. 장자의 무심은 서양 실존철학의 '자기로 존재하기(Self-Existence)'와 닮았으나, 전제가 다르다. 서양은 개별 주체의 자유를 강조하지만, 장자는 '나'와 '세계'의 경계가 사라진 자유를 강조한다. 이처럼 참된 지혜는 계산과 논증이 아니라, 바람에 흔들리는 나무처럼 자신을 맡기는 데서 나온다.

불가(佛家, Buddhism)에서는 일상적·분석적 지혜인 '분별지(分別智)'와, 집착을 끊고 깨달음을 향하는 지혜인 '반야지(般若智)'로 구분했다. 분별지는 옳고 그름, 좋고 나쁨을 판단하는 사고로 생존과 사회적 판단에 필요하지만, 진정한 지혜는 반야지에 있다. 반야지는 사물을 있는 그대로 보고, 사물의 참된 실상을 꿰뚫어 보는 지혜이다. 즉, 무상(無常)·무아(無我)·공(호)의 진리를 직관적으로 이해하는 능력으로 자아와 세계에 대한 집착을 벗겨낸다. 이처럼 불가의 이성은 마음의 등불이며, 자비(慈悲, Compassion)와 지혜를 함께 밝히는 힘이다.

이성에 대한 동서양의 틈을 살펴보면, 서양의 이성은 세계를 '분리'하고 '분석'하는 힘에서 빛을 발한다고 하였지만, 동양의 이성은 세계와 관계를 '연결'하고 '통합'하는 힘에서 빛난다고 하였다. 즉, 서양은 주체의 자율성을, 동양은 관계와 조화를 강조한다.

서양은 규칙과 법칙으로 세계를 설명하며 지배하려 하고, 동양은 자기 수양을 통해 세계와 함께 흐르려 한다. 하지만 두 전통은 완전히 대립하지 않는다. 칸트의 실천이성은 공자의 도덕 수양과 공명(共鳴)하며, 하버마스의 의사소통 이성(Communicative Reason)은 불교의 상호연기(相互緣起, Interdependent Origination)와 닮았다. 장자의 무위(無爲)는 서양 실존주의의 자기로 살아가기와도 연결된다.

오늘의 교훈으로서 이성을 살펴보면, 인류가 직면한 위기인 기후 변화, AI 등 기술 윤리, 정치적 편향에 따른 이념적·사회적 작금의 혼란스러운 갈등은 어느 한쪽만으로 해결할 수 없다. 서양의 분석적 이성과 동양의 조화로운 이성이 동시에 요구된다.

과학기술의 진보와 합리성, 도덕적 자기 성찰, 그리고 자연과의 공존은 서로 분리될 수 없는 하나의 윤리적 지평 위에서 함께 어우러져야 한다. 이성은 날카로운 칼이면서 동시에 어둠을 밝히는 부드러운 빛이다. 서양의 거울이 칼의 윤곽과 절단의 정확성을 비춘다면, 동양의 거울은 빛이 머무는 온기와 여운을 비춘다. 이 두 거울을 나란히 세워 그 사이에서 번져 나오는 빛 속에 서서 묻는다. '어떻게 살아야 하는가' 이 물음에 이르러 이성은 더 이상 동서의 구분에 갇히지 않고, 인간의 존엄을 지켜내는 보편적 지혜로 확장된다.

자아(自我)를 찾아서

어느 날, 나는 문득 나를 잃었다는 기분이 든다. 무수히 쌓인 시간과 무게 속에서 내가 누구인지, 내가 무엇을 원하는지, 모든 것이 희미해진다. 어릴 적에는 나를 알기 위해 무언가를 끊임없이 선택했다. 좋아하는 것, 싫어하는 것, 남들과 다르다고 느꼈던 작은 점들이 나를 정의하는 것처럼 느꼈다. 그럼에도 모든 것이 그저 겉모습일 뿐이라는 것을 알지 못했다.

고대 그리스 철학에서 가장 유명하고 오래된 격언 중 하나인 신탁(神託)과 예언(豫言)의 중심지 역할을 하였던 델포이 신전(Delphi Temple) 입구에 새겨진 문구 "너 자신을 알라"는 명언이 떠오른다. 소크라테스(Socrates)가 남긴 이 명언은 수천 년이 지난 지금도 여전히 우리 가슴을 울린다. 마치 소크라테스가 나에게 말하는 듯하지만, 여전히 나는 나를 모른다.

내가 정말 원하는 것이 무엇인지, 내가 진정으로 사랑하는 것이 무엇인지, 내 마음속 깊은 곳에서조차 어떤 대답도 떠오르지 않는다. 이 간결한 명령은 단순히 자신의 외적인 모습이나 역할을 알아내는 것 이상의 의미를 담고 있다. 이것은 '존재의 본질', 즉 '자아(自我)'를 찾아가는 여정에 대한 깊은 통찰(洞察)을 내포하고 있다. 그런데 정말 자아란 무엇일까. 나는 이 자아를 찾고자 하는 여정 속에 살고 있다.

자아를 찾는 일은 단지 개인적인 탐구일까, 아니면 세계의 근본적인 물음을 풀어가는 일일까. 고대 철학자들의 대화에서 특히 플라톤(Plato)의 이데아론(Theory of Forms)과 아리스토텔레스(Aristotélēs)의 실체론(Substance Theory)을 염두에 두면, 자아는 단지 '보는' 실체가 아니라, '이해하는' 내면의 세계이기도 하다.

플라톤은 보이는 세계는 현실의 그림자에 불과하고, 진정한 자아는 감각을 넘어서는 이데아의 영역에 존재한다고 말한다. 그러므로 자아는 일종의 깨달음으로서 외적 세계의 표면을 넘어 내면의 본질에 접근할 때 비로소 드러나는 것이다.

그러나 자아를 찾는 일은 단순하지 않다. "나는 누구인가"라는 물음 앞에서 종종 자신의 존재를 의심하게 된다. 사르트르(Jean-Paul Sartre)의 말도 생각난다. 그는 존재와 본질을 구분하며, 무엇이 되기로 결심하는 것 자체가 자아의 본질을 형성한다고 주장한다. 사르트르는 자아를 고정된 실체로 보기보다는 끊임없이 선택하고 행동하며 변화하는 존재로 이해한다. 자아는 어떤 외적으로 고정된 형상이 아니라, 우리가 내리는 선택과 결단을 통해 지속적으로 형성되는 존재인 것이다.

이처럼 자아는 단순히 정체성(正體性)을 찾는 일이 아니다. 자아는 세상과 관계를 맺고, 끊임없이 상호작용을 하는 과정에서 존재한다. 나 자신을 '알고자' 하는 순간, 이미 자아를 구성하는 다양한 경험과 만난다. 예를 들어 내가 어릴 적 좋아했던 것과 지금 나 사이에 큰 차이가 있음을 알게 될 때, 자아가 고정된 것이 아니라 끊임없이 변화하는 것임을 깨닫게 된다. 그런데도 여전히 나 자신을 찾고 있다. 과연 그 자아는 어떤 형태일까.

문학적으로도 자아는 중요한 탐구의 대상이다. 카프카(Franz Kafka)의 소설 〈변신(Die Verwandlung)〉 속 그레고르 잠자는 외적 모습이 변화하는 과정에서 '자아 상실'을 겪는다. 그는 몸이 변해도 여전히 자기 내면에 '나는 나'라는 생각을 유지하려 하지만, 결국 자아는 타인과의 관계 속에서 점차 무너진다. 카프카는 자아를 고립된 존재로, 또한 타인과 끊임없는 상호작용 속에서 성립하는 존재로 묘사한다. 자아는 외부의 시선과 사회적 기대, 그리고 자신이 처한 상황에 의해 끊임없이 재구성된다. 그의 작품 속 주인공은 자아의 혼란과 갈등을 통해 인간 존재의 복잡성을 드러내며, 자아가 항상 고정되어 있지 않음을 보여 준다.

자아는 그래서 단지 내가 '무엇을 하고 싶은가'에 대한 답만으로 규명되지 않는다. 내가 선택하는 방식, 내가 주어진 상황에서 어떻게 반응하고, 무엇을 느끼는가에 따라 자아는 끊임없이 형성된다. 이는 가히 '자기 창조'의 과정이라 할 수 있다. 나는 내 삶의 주인공이자, 또한 자아를 창조하는 작가이기도 하다. 나를 정의하는 것은 나만의 독특한 경험이자, 내가 내리는 선택이며, 그것을 통해 자아를 구축해 나간다.

그렇다면 자아를 찾는 여정에서 중요한 것은 무엇일까. 그것은 결국 '알고자 하는 욕망'이다. 자아는 결코 고정된 대상이 아니다. 하루하루 자신을 발견하고, 재발견하며, 그 과정에서 자신을 정의하고자 한다. 하지만 '정의'는 언제나 유동적이고, 변화하는 것이다. 자아를 찾는다는 것은 내가 존재하는 이 세계와 끊임없이 대화하고, 대화 속에서 내 존재의 의미를 찾는 일이다. 철학자 후설(Edmund Husserl)의 현상학(Phenomenology)적 접근은 이러한 여정을 잘 설명한다. 그는 자아를 단순히 외부에서 관찰할 수 있는 대상이 아니라, 내가 경험하고 인식하는 모든 것 속에 있는 '의식의 흐름(Stream of Consciousness)'으로 본다. 자아는 바로 이 인식의 과정에서 드러나는 것이다.

그렇다면 자아를 찾는 여정은 단순히 자기 이해의 문제일까. 그것은 결국 내가 어떻게 살아가고, 누구와 함께 살아가고 싶은지를 묻는 일이기도 하다. 자아를 찾는 것은 단지 내면 성찰에 그치지 않고, 삶의 방식으로 타인과의 관계 속에서 어떻게 실천하고 어떻게 존재할 것인지를 고민하는 문제라고 생각한다. 나는 자아를 찾기 위한 여정을 계속하며, 그 속에서 성장하고 변화해 나갈 것이다.

결국 자아는 고정된 실체가 아니다. 끊임없이 정진(精進)하며 자신을 정의하고, 또 새롭게 찾아 가는 여정이다. 자아는 주어진 것이 아니라, 방향과 태도 속에서 만들어지고 계속 변해 간다. 우리는 자아를 '발견'하기보다 '창조'하며 살아간다. 그래서 자아를 찾는 일은 단순한 탐색이 아니라, 곧 살아가는 방식이며 삶의 의미 그 자체가 된다. 걸음을 옮길 때마다, 머뭇거릴 때마다, 조금씩 다른 '나'를 만나고, 그 만남 속에서 진정한 '나'에 다가선다.

나는 오늘도 대미산 자락에 있는 산촌의 오솔길을 걷는다. 길 위에서 만나는 감정, 작은 기쁨과 슬픔을 조금씩 정의하는 중이다. 내가 무엇을 느끼고 무엇을 원하는지, 이 모든 것이 나를 만든다. 자아는 어쩌면 내가 살아가는 방식, 사랑하는 사람들, 이루고자 하는 꿈속에서 조금씩 모습을 드러낼 것이다. 그것은 하나의 대답이 아니라 계속해서 묻고 답하며 변화하는 여정일 뿐이다.

나는 나를 찾고 있다. 그것이 무엇인지는 아직도 알지 못한다. 하지만 여정 속에서 조금씩 내가 되어 간다. 어쩌면 그 길 끝에서 진정한 나를 만날 수 있을지도 모른다. 그때 나는 나를 안아 줄 것이다. 그리고 내가 그동안 찾고 있던 자아가 어떤 모습일지, 어떤 이름일지 알게 될 것이다.

중요한 것은 셀 수 없다

숫자는 명확하다. 수학은 정확하고, 물리적 세계는 측정할 수 있다. 인간은 시계를 통해 시간을 쪼개고, 화폐로 가치를 계산하며, 점수로 능력을 평가한다. 학교에서는 성적이, 사회에서는 연봉이, 병원에서는 수치와 지표가 건강 상태를 가늠하는 기준이 된다. 이처럼 인생은 숫자에 살고, 경쟁하며, 가치를 증명한다.

그러나 인생에서 진짜 중요한 것은 숫자로 셀 수 없다. 언제부터 인간은 하루를 '얼마나'로 따지기 시작했을까. 몇 시간 일했는지, 얼마를 벌었는지, 몇 명을 만났는지, 얼마나 앞섰는지 등등. 이렇게 '양(量)'에 집중하다 보니, '질(質)'은 뒷전이 되었다. 시간은 흘렀고, 사람은 스쳐 갔으며, 마음은 어느 틈엔가 놓쳐 버리고 말았다.

현대 사회는 이렇게 숫자와 수치로 이루어진 정량적 세계를 바탕으로 굴러간다. 효율과 생산성을 중시하는 구조 속에서 우리는 어느새 '얼마나'의 인간으로 살아가고 있다. 얼마나 일했는가, 얼마나 벌었는가, 얼마나 올랐는가. 질문은 끊임없이 우리를 따라다니고, 마침내 정체성마저 숫자로 요약해 버린다. 그러나 문득 어느 날, 정말 중요한 것들은 셀 수 없다는 것을 깨닫는다.

어머니의 따뜻한 손길은 몇 도쯤 될까. 아버지의 묵묵한 뒷모습엔 몇 킬로그램의 책임감이 실려 있을까. 친구와 나눈 한없는 웃음 속엔 몇 개의 위로가 담겨 있을까. 손자 녀석이 품에 안기며 '사랑해요' 하는 한마디는 어떤 숫자로 표현할 수 있을까. 이 모든 것은 단 한 번도 수치로 기록되지 않지만, 마음속에 가장 오래 그리고 깊은 곳에 새겨져 있다.

플라톤은 인간의 세계를 이데아의 그림자로 보았다. 인간이 수치화하고 분류하는 것은 일시적인 외형일 뿐, 참된 가치는 본질 속에 있다고 믿었다. 존재의 진실은 보이는 외형이 아니라 측정되지 않는 깊이에서 비롯되는데, 그의 사유는 오늘날에도 유효하다. 이처럼 사랑·슬픔·공감·용기·희생·우정·진심 등 셀 수 없는 것은 삶의 가장 깊은 결을 형성하고, 사람답게 만든다.

노자는 〈도덕경〉에 인용한 글귀에서 "큰 도(大道)는 형상이 없고, 큰 사랑(大愛)은 말이 없다(大道無形, 大愛無言)"고 하였다. 진정한 가치는 겉으로 드러나지 않고, 말로 설명되지 않는다. 즉, 무형(無形)과 무언(無言) 속에 숨은 가치야말로 숫자가 흉내 낼 수 없는 신비이며, 인간다움의 원형이다. 이처럼 '도와 사랑은 겉으로 드러나는 것이 아니라, 무형과 무언 속에 진정한 가치가 있다'는 철학을 담고 있다. 숫자가 만들어 낼 수 없는 신비와 따뜻함이 그의 가르침에 존재한다.

아인슈타인은 "중요한 것은 셀 수 없고, 셀 수 있는 것은 중요하지 않다(Not everything that counts can be counted, and not everything that can be counted counts)"라고 하였다. 프린스턴고등연구소 연구실 칠판에 쓰여 있다고 알려진 이 문장은 위인들이 남겼다는 숱한 명언처럼 정말 그가 쓴 문장인지 확실치 않다. 하지만 우주의 물리를 가장 먼저 깊이 헤아린 천재 물리학자의 말이어서 더 무게가 실린 것도 사실이다. 특히 이 명언은 아인슈타인의 뇌를 연구해 천재성의 비밀을 캐고자 한 여러 과학자에게는 예언적 진실이었다.

이처럼 진심은 측정할 수 없고, 감동은 환산할 수 없으며, 사랑은 계산할 수 없다. 우리가 눈물 흘렸던 순간도, 웃음이 터졌던 날도, 모두 숫자 밖에서 피어난 감정이었다. 이처럼 인생의 풍경은 계산된 숫자가 아니라 기억으로 남겨진 조각들로 이뤄진다.

오래된 사진첩을 넘기다 보면 떠오르는 기억은 숫자로 구성된 것이 아니라는 생각이 든다. 그 시절을 더 많이 가진 사람이 아니라, 더 많이 느낀 사람이 결국 더 풍요롭다는 생각이 든다. 눈부시게 빛났던 해변의 한낮, 나지막이 울리던 오붓한 시간 속 저녁의 대화, 손끝에 닿던 봄바람의 온기 등등, 이 모든 순간은 숫자로 기록되지 않아 셀 수 없어도 분명 존재했던 순간들로 숫자가 아닌 장면이고, 감정이며, 관계이다. 이처럼 인생의 풍경은 마음으로 그려진다.

문득 이런 생각을 한다. 내 인생에서 가장 소중했던 순간들은 어머니와 함께한 조용한 저녁 식탁, 몸이 아파 병실에서 나를 바라보던 아내의 따뜻한 손길, 내가 울고 있을 때 묵묵히 곁을 지켜주던 친구의 손길 등등⋯ 이 모든 순간은 계산되지 않았고, 또 계산될 수도 없었던 순간들이다.

인생은 숫자 너머에서 피어나는 것들로 더욱 진실해진다. 하루의 끝에서 나를 위로하는 건 은행에 맡긴 잔고가 아니라, 오늘 나눈 따뜻한 인사 한마디다. 오랜 시간이 지나 떠오르는 건 점수나 성적이 아니라, 그때 마음과 그 순간의 표정이다.

이제는 생각을 바꿔야 한다. '얼마나'가 아니라 '어떻게'로. 얼마나 멀리 갔는가보다, 어떻게 함께 걸었는가. 얼마나 오래 살았는가보다, 어떻게 살았는가가 중요하다. 삶은 길이가 아니라, 깊이의 문제다. 가진 것이 많아도 공허할 수 있고, 가진 것이 적어도 충만할 수 있다. 숫자는 외형을 담지만, 진실은 삶의 태도와 자세 속에 존재한다.

셀 수 없는 것들 속에서 인간다움을 되찾는다. 사랑·진심·고마움·공감·기억·침묵·웃음·눈물… 그것은 언뜻 하찮고 일상적으로 보일지 모르지만, 결국 우리를 사람 되게 하는 결정적인 요소들이다.

언젠가, 인생의 마지막 장면을 마주하게 될 날이 올 것이다. 그날 스스로에게 묻게 될 것이다. "나는 얼마나 살았는가"가 아니라, "나는 어떻게 살았는가"이다. 그때 남는 것은 수치로 쌓은 업적이 아닐 것이다. 오히려 누군가에게 남긴 따뜻한 말 한마디, 어느 날 우연히 건넨 작지만 진실한 미소, 말없이 손을 잡아 주던 순간의 기억일 것이다. 삶은 셀 수 없는 것들로 이루어진 아름다운 결이다. 숫자는 언젠가 사라지게 되지만, 본질은 남는다. 그래서 인생에서 중요한 것들은 언제나 셀 수 없다.

삶은 셀 수 없는 것들로 풍요로워지고, 이 모든 것은 조용히 사람답게 만든다. 이처럼 인생은 결국 마음으로 남는 것들의 총합이다. 눈에 보이지 않아도, 숫자로 헤아릴 수 없어도, 진짜 중요한 것은 언제나 그 자리에 고요히 머물러 있다. 흔히 놓치기 쉬운 삶의 본질적 가치인 중요한 것은 셀 수 없다는 것이다.

지금까지 너무 많은 것을 셀 수 있다고 믿으며 살아왔다. 그러나 진실은 언제나 셀 수 없는 곳에 존재한다. 삶의 진짜 가치는 눈에 보이지 않고, 손에 잡히지 않으며, 다만 마음에 새겨진 것들 속에 조용히 머물러 있다. 숫자를 뛰어넘는 마음의 언어로 이제는 삶을 다시 써 내려가야 할 때이다.

보이지 않는 당신을 향한 그리움[1]

- 존재와 부재 사이에서 피어나는 감정의 시학 -

정리된 시간 속에서 내가 놓치고 있는 건, 보이지 않는 그 무엇입니다. 이것은 사랑의 흔적일 수도 있고, 기억의 그림자일 수도 있으며, 끝내 다다르지 못할 이상일지도 모릅니다. 나에게 그것은 '당신'이고, '그리움'입니다.

가끔 스산한 바람이 마음을 스칩니다. 소리도 향기도 없지만, 바람 속엔 당신이 계신다는 것을 나는 압니다. 어디에서 왔는지, 무엇을 지나쳐 나에게 닿았는지 알 수 없지만, 이것은 분명 당신이 흘리고 간 숨결, 당신을 기억하는 나의 감각입니다.

당신은 내게 실체가 없는 형상입니다. 잡히지 않고, 설명되지 않으며, 이제는 완전히 그려낼 수조차 없는 존재입니다. 그리움은 늘 그런 얼굴을 하고 찾아옵니다. 기억이 아닌데 기억보다 선명하고, 감정이 아닌데 감정보다 더 오래 내 가슴에 머뭅니다. 내가 그리워하는 것은

---

1   이 글은 미국 오레곤주 포틀랜드에 있는 '성 김대건 안드레아 한인 천주교회'에서 개최한 '아버지와 아들을 위한 피정'에서 하늘나라에 계신 아버지에게 보낸 편지글을 수필 형식으로 재구성하였습니다.

단지 당신의 모습만이 아닙니다. 함께한 시간, 곁에 머물던 그 시절의 나 자신일지도 모릅니다.

그리움은 시선의 반대편에 있습니다. 마주 보지 못하기에 더 절실하고, 닿지 못하기에 더 깊습니다. 이따금 비 내리는 오후나 바람 부는 밤이면 당신의 이름조차 부를 수 없는 내 마음이 가만히 문을 두드립니다. 눈에 보이지는 않지만, 분명히 존재했던 순간이고, 잔상을 나는 지금도 조용히 꺼내 껴안습니다. 그리움은 단지 감정이 아니라 존재하지 않지만, 가장 선명한 그리운 얼굴입니다. 이것은 부재(不在) 속에서 더욱 선명해지는 존재의 흔적이고, 어쩌면 나를 존재하게 하는 결핍의 형식입니다.

나는 그리움을 회상의 감정이라 여깁니다. 그러나 나는 깨닫습니다. 그리움은 단순히 '과거에 대한 감상'이 아니라, 지금 이 순간 나를 지탱하는 나 자신일 수도 있습니다. 그리움은 사라진 무언가가 아니라 지금, 여기에 실재하는 부재이며, 내 삶의 텅 빈 중심에 놓인 존재입니다.

하이데거(Martin Heidegger)는 존재를 말하기 위해 먼저 '무(無, das Nichts)'를 사유하며, 존재는 언제나 부재와 함께 온다고 말하였습니다. 그에게 있어 '무'는 단순한 공백이나 부재가 아니라, 존재를 드러나게 하는 존재의 바탕이자 조건입니다. 즉, '무'가 있기 때문에 우리는 존재를 물을 수 있고, 존재의 의미를 사유할 수 있습니다.

나에게 당신을 향한 그리움은 바로 이런 존재론적 진실의 한 양태입니다. 당신의 부재가 나를 더욱 선명하게 만듭니다. 당신은 지금 여기 안 계시지만, 부재 자체가 내 존재를 흔들고, 지탱하고, 살아 있게 합니다. 당신을 향한 그리움은 욕망과 닮았지만 다릅니다. 욕망은 도달을 전제로 하지만, 그리움은 도달 불가능한 그 자체를 끌어안는 감정입니다. 이처럼 당신을 향한 그리움은 닿을 수 없음을 견디는 일이며, 거리를 두고도 사랑하는 법을 배우는 일입니다.

레비나스(Emmanuel Levinas)는 "타자의 얼굴은 책임으로 다가온다"고 하였습니다. "타자의 얼굴"은 단순한 물리적 '얼굴'이 아닙니다. 그에게 얼굴은 타자의 존재 자체를 상징합니다. 즉, 타자가 누구도 아닌 '나' 앞에 있는 존재로 나타나는 순간, 존재는 나에게 윤리적 요청을 보냅니다. 이것은 말로 표현하지 않아도, 그 자체로 "나를 향한 부름"이며, "너는 나에게 책임이 있다"고 묻는 도덕적 명령입니다.

당신을 향한 그리움도 그렇습니다. 이것은 단지 내 감정의 반추가 아니라, 당신의 존재를 기리고 감당하는 윤리적 긴장입니다. 당신이 이 자리에 안 계신다는 사실, 그 사실을 인정하면서도 끝내 당신을 놓지 못하는 마음입니다. 이것이 내가 살아가는 방식이며, 사랑의 다른 이름입니다. 당신을 위해 시 한 수 지어 올립니다.

보이지 않는 당신을

얼마나 오래 바라보았는지요

부재 속에서 피어나는 형상

그것은 당신이면서 아닌 그 무엇입니다

끝임없이 나를 흔드는 질문은

닿지 못할 당신에게로 가는 끝없는 여정입니다

그리움은 기억이 아니라

그것은 살아 있는 침묵이며

나를 존재하게 하는 공백입니다

나는 당신을 진정 사랑합니다

존재하지 않기에

존재보다 더 깊은 당신을 잊지 못합니다

그리움은 완성되지 못한 사랑입니다. 그러나 이것은 미완의 고통이 아니라, 끝내 도달하지 못해도 견디는 사랑의 방식입니다. 그래서 나는 당신을 향한 그리움을 사랑합니다. 이것은 나의 빈자리를 조용히 비추는 가장 깊은 현존의 형식이기 때문입니다.

나는 이미 떠나 버린 당신을 향한 그리움을 안고 살아갑니다. 그리고 나는 지금도 당신에게 배달될 수 없는 마음의 편지를 써 내려갑니다. 이 편지가 끝내 당신에게 닿지 않음을 나는 압니다. 그리움은 도달을 전제하지 않습니다. 그리움은 닿지 않음 속에서도 자라는 감정이고, 사라짐 속에서도 머무는 존재이며, 그리고 절대 잊히지 않을 사랑입니다.

그리움은 때로 나를 가장 깊은 곳으로 이끕니다. 세상 소음으로부터 멀어져, 오직 나의 내면만 울리는 순간입니다. 침묵의 공간에서 나는 보이지 않는 당신을 향해 꺼내 놓습니다. 이 글은 내가 이 세상 떠날 때까지 끝내 완성되지 않을 것입니다. 그러나 그리움이 완결되지 않기에 나는 오늘도 이 불완전한 글 속에 가장 진실한 나의 감정을 남깁니다. 그리고 이렇게 나는 여전히 당신을 향해 살아갑니다.

문득, 러시아 작가 이반 투르게네프의 소설로 세대 간 갈등을 파헤친 〈아버지와 아들〉을 떠올리며, 오늘날 우리 사회에서 아버지와 어른은 존재가 희박해지고, 때로는 비하되기까지 하는 현실 속에서 아쉬움과 그리움을 담았습니다.

신과 인간의 사유

어둠이 걷히지 않은 산촌의 동틀 녘, 한 줄기 산새 소리가 잠든 산골짜기를 깨우듯, "신(神)과 인간은 과연 무엇으로 서로를 호명(呼名)하는가"라는 물음에 사뭇 낯설고도 친근한 사유(思惟)를 일깨운다. 신을 부르는 인간의 목소리는 기도의 형식으로, 인간을 부르는 신의 목소리는 침묵의 형태로 드러난다. 기도는 갈망의 언어이고, 침묵은 초월의 언어다. 둘은 서로 닿지 못하는 듯하지만, 바로 닿지 못함이 오히려 만남의 장소가 된다. 인간은 여백 속에서 자신의 유한을 자각하고, 신은 여백 속에서 무한으로서 드러난다. 이처럼 두 존재가 나란히 놓이는 순간, 둘 사이 틈새에 펼친 경외(敬畏)와 갈망(渴望), 한계(限界)와 자유(自由) 속에서 어렴풋한 여백을 들여다보게 된다.

허무와 신의 침묵 사이

김시습은 〈금오신화(金鰲新話)〉에서 꿈과 현실, 인간과 신령(神靈)의 경계를 자유로이 넘나드는 이야기를 빚어내며, 일상의 유한성 속에 감추어진 초월의 기미(幾微)를 포착하였다. 그가 그려낸 세계는 냉엄한 유교 사회 한복판에서 "진정한 실재(實在)란 무엇인가"를 묻는다.

그에게 신성(神聖)은 불가사의한 환상(幻想)이라기보다, 세상과 직조(直照)되는 허무의 그림자였다. 초월은 현실에서 도피하는 미지의 공간이 아니라, 무상(無常)을 껴안은 인간이 자기 한계를 직면할 때 열리는 투명한 통로였다. 여기서 신이 인간을 부르는 목소리를 듣기보다 인간이 자신의 허무를 통하여 신성을 호명하는 역설을 목격한다.

이와 비견되는 서양의 사상가로는 파스칼(Blaise Pascal)을 들 수 있다. 그는 "인간은 생각하는 갈대"라 말하며, 인간의 초라함 속에서 신의 의미를 되묻는다. 파스칼에게 신은 증명될 수 없는 존재이며, 그에 대한 믿음은 계산적 확률이 아니라 깊은 성찰과 도약 속에서 가능하다. 그는 신이 침묵할지라도 인간은 내기(Wager)하듯 믿음을 던질 수 있다고 주장한다.

김시습과 파스칼 모두 신은 명료한 대상이 아니라 인간 내면의 한계(限界)와 절망(絕望)이 투영(投影)된 거울임을 보여 준다. 이처럼 신은 외부에 고정된 존재가 아니라, 허무를 건너는 인간의 결단 속에서 생겨나는 것이다.

보편 질서의 사유

퇴계 이황의 성리학(性理學)은 '리(理)'와 '기(氣)'의 구분 위에 서 있다. '리'는 만물에 두루 스며드는 보편적 법칙이자, 인간에게는 '성(性)'으로 현전(現前)하는 순수한 근원(根源)이다. 그는 "천명(天命)을 인식한다는 것"을 단순한 운명적 체념(滯念)이 아니라, '리'를 깨닫고 '기'를 다스리는 실천적 과제라 보았다. 그에게 신은 특정한 인격적 주체라기보다, '리'가 자신을 드러내는 사건이다.

그는 '리'를 만물(萬物)에 내재한 보편적 이치(理致)로 보았고, '리'를 실현하는 것은 인간의 도덕적 수양(修養)이라 여겼다. 신과 인간은 주종 관계가 아니라, '리'라는 동일한 수맥(水脈)을 공유하며 각자의 층위(層位)에 산다. 인간이 경(敬)과 성(誠)으로 내면을 닦을 때, 신성(神性)은 외부에서 강림(降臨)하지 않고 심중(心中)의 빈자리로서 자신을 증명한다.

이 사유는 칸트(Immanuel Kant)의 실천 이성(Praktische Vernunft) 개념과 유사한 깊이를 가진다. 칸트는 신의 존재를 인식론적으로 증명할 수는 없지만, 도덕적 실천의 전제로서 필연적으로 상정해야 한다고 보았다. 그는 "너는 네 행위가 마치 보편적 법칙이 될 것처럼 그렇게 행위하라" 는 정언명령(定言命令, Kategorischer Imperativ)을 제시하면서, 인간 내부의 도덕 법칙이 바로 신적 질서의 반영이라고 보았다. 이처럼 이황이 심중의 '리'를 자각하는 것을 통해 신성을 사유했다면, 칸트는 도덕적 자율성 속에서 신의 흔적을 읽었다. 그들에게 신은 외부의 지배자가 아니라, 인간 내면의 보편 질서로서의 실재(實在)이다.

현실 안의 신성(神性)

율곡 이이는 철저히 현실에 뿌리내린 철학자로 퇴계보다 더 땅에 발을 붙였다. 그의 경(敬)과 의(義)의 일상화는 신성의 거처를 먼 하늘이 아닌 밥 짓고 걸레질하는 마루 끝으로 옮겨 온다. 그에게 신은 초월적 실체가 아니다. 오히려 정의로운 제도, 올바른 실천, 타자에 대한 책임 안에서 신성은 자신을 증명한다.

인간이 마주한 사회적 난맥을 외면하고 오로지 개인의 구원을 도모한다면, 그것은 빈껍데기 신앙에 불과하다. 율곡은 이렇게 묻는다. "하늘이 선(善)하다면, 그 선은 왜 이 땅에서 구현되지 않는가"하는 물음에 대한 답은 간명하다. 하늘을 땅에 끌어내릴 책임이 인간에게 있기 때문이다.

헤겔(Hegel) 또한 "실재적인 것이 이성적이고, 이성적인 것이 실재적이다"고 말하며, 역사와 제도 속에서 이성의 실현을 강조했다. 그에게 신은 정적인 존재가 아니라, 정신(Geist)의 전개 과정에서 자신을 드러내는 존재였다. 헤겔에게 신은 인간 정신의 자각과 역사 속 진보를 통해 현세(現世)에 구체화한다. 율곡과 헤겔 모두 신성은 저 하늘에 고정된 절대가 아니라, 현실 안에서 형성되고 찾아가는 과정으로 보았다. 둘은 인간의 도덕성과 사회적 책임을 통해 신을 내려오게(降臨) 한다.

하이데거, 니체, 그리고 신의 죽음 이후

현대 철학은 신의 침묵을 넘어 신의 죽음을 선언했다. 니체(Friedrich Nietzsche)는 "신은 죽었다"라고 말하며, 인간이 더 이상 초월적 권위에 의존하지 않고, 스스로 가치를 창조해야 한다고 주장했다. 그는 허무주의의 심연을 직시하면서도 "초인(Übermensch)"이라는 새로운 가능성을 모색했다.

하이데거(Martin Heidegger)는 인간을 "현존재(Dasein)"로 규정하면서 존재에 대한 물음을 중심에 놓는다. 그는 신을 부정하기보다는 인간이 잊어버린 존재의 목소리를 다시 듣는 일을 철학의 과제로 삼았다. 그에게 신은 전통적 교리의 신이 아니라, 존재 그 자체를 여는 공간이다.

인간은 자기의 유한성과 죽음을 자각하면서 존재의 진동(振動)을 느낀다. 이 사유는 김시습이 허무 속에서 초월을 만난 자리와 묘하게 겹친다. 신의 부재조차도 인간에게 새로운 윤리적 긴장을 요구한다. 부재는 끝이 아니라 새로운 물음의 시작이다.

이 물음에서 신은 침묵 속에서도 끈질기게 인간 내면에 머문다. 신이 존재하든, 부재하든, 인간은 자신에게 이 물음에 대한 윤리적 욕구를 갖는다. 하이데거가 "현존재는 자신을 초월한다"라고 했듯이 우리는 끝없이 자기 바깥을 꿈꾸며, 동시에 '지금-여기'라는 명제에 책임을 진다. 초월은 저 먼 하늘의 층계가 아니라, 무(無)와 유(有)가 맞닿는 경계의 불확실성과 선택의 순간 사이에서 매 순간 갱신된다.

경외와 연대의 두 겹 울림

신과 인간 두 단어 사이에는 경외와 연대라는 두 겹의 울림이 공명(共鳴)한다. 경외는 인간이 자신을 넘어서는 질서를 감지할 때 피어나는 떨림이며, 연대는 떨림을 타인과 나누며 현실을 빚어 가는 실천이다. 김시습은 허무 속에서, 퇴계는 '리'의 광맥에서, 율곡은 세속의 먼지 위에서 이 두 울림을 들었다.

우리나라에서 퇴계가 말한 자기 수양의 내면성, 율곡이 강조한 현실 정치 속 윤리, 김시습의 허무와 환상의 조형성(造形性)은 서양에서 파스칼의 "신앙적 도약", 칸트의 "도덕률", 니체의 "초인", 하이데거의 "존재 사유"와 나란히 놓일 수 있다.

신은 여전히 존재한다. 그것이 유일신이든, 존재의 틈이든, 혹은 인간 내부의 윤리적 자율성이든 간에 신은 인간 내면의 깊은 침묵 속에 머물며, 인간이 자신을 초월하려는 순간마다 희미하게 현전(現前)한다. 희미한 빛을 따라 우리는 묻고 또 걷는다. 그리고 이 물음 속에서 신과 인간은 서로를 향해 끝없이 낯설고도 친숙한 이름을 부른다.

오늘날 과제도 다르지 않다. 경외 없는 실천은 공허하고, 연대 없는 경외는 독선이다. 신적 차원을 향한 시선이 인간의 고통을 외면한다면 그것은 맹목이며, 인간적 연대가 초월에 대한 감각을 잃는다면 그것은 방향 없는 노력이 될 뿐이다.

결국 신은 인간에게서 멀리 떨어져 있지 않다. 신성은 우리가 서로를 비추는 눈빛, 자신을 성찰하는 침묵, 그리고 고통 앞에 머무는 손끝에서 비로소 빛난다. 순간 신과 인간은 둘이면서도 하나가 되고, 시간의 틈새에서 짧은 영원(永遠)을 맛본다. 영원의 기미를 붙잡아 매일 숨쉬고 움직이는 걸음 속에서 "경외의 연대"를 새기는 일로, 바로 거기에 신과 인간이 함께 적시는 서늘한 물빛의 철학이 있다.

나가기

21세기 빛의 속도로 발전하는 과학 기술 시대에 접어들면서 종교 지도자와 신학자들은 신의 자리를 재배치하고 있다. 언뜻 보기에 초연결 사회와 인공지능(AI) 분야의 급류 속에 전통적 신관(神觀)은 점차 쇠퇴하는 듯 보이나, 근원적 물음은 사라지지 않는다. "나는 왜 여기 있는가", "죽음 이후에도 의미가 남는가", "타인의 고통 앞에서 나는 무엇을 할 수 있는가" 하는 물음은 현대라는 자리에서도 끊임없이 이어진다. 따라서 도래한 AI 과학 기술 시대, 신에 대한 인간의 지향점을 사유하는 일은 단순히 종교적 신념의 문제가 아니라, 인간 존재의 의미·윤리·자율성·초월에 대한 갈망을 아우르는 철학적 과제이다. 현대 과학은 '어떻게(how)'에 답하지만, '왜(why)'에 대한 궁극적인 질문에는 한계가 있다.

인간은 AI 기술을 활용하여 단순한 정보 이용과 생산기술의 효율성 이상의 의미·가치·목적·관계·사랑·초월 등을 추구하려고 한다. 하지만 기술이 과학적 혁신은 추구할 수 있으나 신을 대체할 수 없고, 신의 초월적 의미에 대한 인간의 질문에 대답하지 못한다. 따라서 신의 개념은 '과학적 설명의 공백'이 아니라, '존재의 깊이'로 옮겨 이해해야 한다. 그리고 신은 자연법칙을 설명하기 위한 수단이 아니라, 우리가 마주하는 경외와 도덕의 심연(深淵) 속에서 만나는 존재다. 그러므로 현대사회에서는 신을 존재의 기반 또는 도덕적·초월적 이상으로 사유할 필요가 있다.

제4부

고전의 울림

인간의 집착이 부른 파멸

- 하먼 멜빌의 〈모비 딕〉

들어가며

유년 시절, 고래는 나에게 단지 신기한 바다 동물 중 하나였다. 선친은 밤이면 가끔 흰고래(白鯨) 이야기를 들려주시곤 했다. 검푸른 파도를 가르며 솟구치는 거대한 그림자, 바다를 가득 메운 숨소리, 그리고 어느 뱃사람의 운명을 뒤바꾼 괴수에 대한 전설 같은 이야기였다.

어린 마음에 바다에는 흰고래라는 특별한 종이 있구나 하고 단순히 생각했다. 세월이 흘러 성인이 된 후, 아이들과 함께 TV 명화극장에서 그레고리 펙(Gregory Peck)이 에이해브 선장 역을 맡은 영화 〈모비 딕〉을 보았을 때도 그것은 다만 스펙터클한 모험담 영화로 남았다. 그러나 고전 읽기 모임에서 하먼 멜빌(Herman Melville)의 장편소설 〈모비 딕(Moby-Dick)〉을 정독하고 나서야 이 소설의 정수를 깨달았다.

소설은 단순히 고래를 사냥하는 뱃사람의 이야기나 스릴 넘치는 모험담이 아니다. 작품은 인간의 집착이 부른 파멸을 기록한 서사(敍事)이고, 더 깊이 들어가면 존재의 근원을 탐구하는 심연(深淵)의 기록이다.

〈모비 딕〉은 출간 당시 미국에서 고작 3,200부가 팔려 큰 성공을 거두지 못했다. 그 후 멜빌은 평생 잊힌 작가로 살아야 했다. 그러나 20세기 들면서 이 작품은 전혀 다른 위상을 얻었다. 엘리엇(T. S. Eliot), 로렌스(D. H. Lawrence), 포크너(William Faulkner)와 같은 문인들이 멜빌의 위대성을 언급하며, 〈모비 딕〉은 성서와 셰익스피어를 잇는 대서사로 자리매김했다. 로렌스는 이 소설을 두고 "세계에서 가장 위대한 바다의 책"이라 평했으며, 포크너는 멜빌을 "미국의 셰익스피어"라 불렀다.

무엇보다 작품은 인간이 어떻게 '집착'이라는 이름으로 자신과 공동체를 파멸로 이끄는가를 보여 준다. 선장 에이해브의 광기, 모비 딕이 상징하는 자연과 신의 미지성, 그리고 살아남은 이스마엘의 시선을 통해 인간의 오만과 겸손, 광기와 구원, 존재와 부조리(不條理, absurd)의 갈림길을 보게 된다.

멜빌의 시대와 〈모비 딕〉의 배경

멜빌이 작품을 집필하던 19세기 중반, 미국은 고래잡이 산업의 중심지였다. 고래기름은 당시 산업화의 밤을 밝히는 귀중한 자원이었으며, 포경선은 제국주의적 팽창의 상징이었다. 대서양에 접한 뉴베드퍼드(New Bedford)와 넌터킷(Nantucket) 항구는 세계 경제의 심장이었고, 두 항구의 포경 산업은 막대한 부를 창출했지만, 바다는 인간이 결코 정복할 수 없는 거대한 타자(他者)였다.

멜빌은 젊은 시절 실제로 포경선에 승선해 남태평양을 항해했다. 그는 바다에서 인간이 얼마나 무력한 존재인지 몸소 체험했다. 이 경험은 단순한 모험담이 아니라 철저한 실존적 체험이었고, 〈모비 딕〉에는 그의 항해일지와 경험이 생생히 녹아 있다. 그래서 작품 속 고래에 관한 묘사, 선원들의 삶, 항해 중 만나는 여러 선박 이야기는 단순한 허구가 아니라 사실적 경험에 뿌리를 둔 기록이다. 〈모비 딕〉은 산업화와 제국주의 욕망, 신 앞에서 인간의 무력함, 그리고 자연과 존재를 둘러싼 철학적 성찰을 집약한 작품이라 할 수 있다.

인물과 상징

에이해브(Ahab) 선장은 작품의 중심축이자 집착의 화신이다. 그는 모비 딕에게 한쪽 다리를 잃은 뒤 복수심에 사로잡혀 자기 삶과 선원들, 그리고 피쿼드호 전체를 희생시킨다. 그의 집착은 니체(Friedrich Nietzsche)가 말한 '운명애(Amor Fati)'와는 정반대다. 운명을 긍정하기보다 운명에 도전했고, 그 끝은 파멸이었다. 하이데거(Martin Heidegger)의 말대로 "죽음을 향한 존재(Sein zum Tode)"가 인간의 본질이라면 에이해브는 죽음을 끊임없이 거슬러 싸우며, 결국 죽음에 이른다.

이스마엘(Ishmael)은 화자이자 유일한 생존자다. 세상과 거리를 두고 바다를 향한 그는 바다 위에서 인간 존재의 불확실성을 체험한다. 이스마엘은 끝내 살아남아 '말하는 자'가 된다. 카뮈(Albert Camus)의 〈시지프 신화〉처럼 부조리한 세계 속에서 끝내 이야기를 전하는 행위 자체가 구원될 수 있음을 보여 준다.

퀴퀘그(Queequeg)는 타자의 화신이다. 남태평양 출신의 문신한 이방인으로 겉으로는 야만인 같지만, 오히려 가장 인간적이고 신뢰할 수 있는 인물로 묘사한다. 그가 미리 만든 관은 결국 이스마엘을 살리는 구명정이 된다. 이는 레비나스(Emmanuel Levinas)가 말한 '타자에 대한 응답'의 윤리와도 맞닿아 있다. 즉, 타자의 죽음이 생존을 가능케 한다는 역설(逆說)이다.

스타벅(Starbuck)은 이성적이고 신앙적인 항해사다. 그는 에이해브의 광기에 경계심을 품지만 끝내 침묵하고, '도덕적 양심가'이지만 동시에 현실 속 다수의 인간을 대변한다. 그의 무력한 침묵은 공동체가 광기에 굴복하는 과정을 드러낸다.

거대한 흰고래 '모비 딕'은 실체이면서 동시에 소설의 상징이다. 단순한 바다 동물이 아니라 자연·신·운명·악·부조리·인간 내면의 심연으로 해석할 수 있다. 흰색이라는 상징은 순수와 동시에 공포를 불러일으키고, 모비 딕은 버크(Edmund Burke)가 말한 심미적 감정의 숭고(Sublime)를 구현한 실체다. 즉, 인간 이성이 감당할 수 없는 초월적 현현(顯現)으로서의 자연이 모비 딕 안에서 구현된다.

줄거리 요약

"나를 이스마엘이라 부르라(Call me Ishmael)" 이 유명한 문장으로 시작하는 이야기는 단순한 포경 항해가 아니라, 존재와 진리를 향한 순례다. 이스마엘은 세상과 거리를 두기 위해 바다로 떠나고, 퀴퀘그를 만나 운명적 우정을 맺는다. 두 사람은 피쿼드호에 승선하여 의족을 한 에이해브 선장을 만난다. 에이해브는 모비 딕을 단순한 고래가 아니라 '악의 본질'로 규정하고, 복수의 항해를 선포한다.

항해 도중 피쿼드호는 여러 선박과 만난다. 아들을 잃고 모비 딕을 찾아 헤매는 레이철호, 이미 고래에게 불구가 된 뱃사람들로 가득한 젤라호 등은 각기 다른 운명과 세계관을 드러낸다. 이 만남은 마치 셰익스피어 희곡처럼 인간 운명의 다양한 초상을 펼쳐 보인다.

에이해브는 주변의 경고를 무시한 채 집착의 항해를 계속한다. 마침내 모비 딕과 세 번의 대결 끝에 자신이 던진 밧줄에 다리가 감겨 바다로 끌려 들어가고, 피쿼드호는 침몰한다. 이 과정에서 살아남은 사람은 이스마엘뿐이다. 그는 퀴퀘그의 관 위에서 표류하다 구조된다.

들여다보기

〈모비 딕〉은 단순한 소설이라기보다 거대한 사유의 바다다. 성서적 언어와 셰익스피어를 닮은 문체, 희곡적 대화와 설교적 문장이 교차한다. 고래에 관한 백과사전 같은 지식이 장마다 포함되어 있고, 전문적이고 복합적인 서술은 독자에게 도전적이지만 동시에 무한한 해석의 지평을 연다.

자연과 인간관계에서 모비 딕은 인간이 지배할 수 없는 존재다. 에이해브의 무모한 도전은 자연에 대한 인간의 오만을 드러내고, 이는 오늘날 기후 위기 같은 환경 재앙의 실체와도 맞닿는다. 자아와 운명의 관계에서 에이해브는 자신의 의지로 운명을 개척하려 하지만, 의지는 곧 자신을 옭아매는 족쇄가 되고, 그의 파멸은 인간이 신과 자연을 넘어설 수 없음을 상징한다.

광기와 구원 측면에서 에이해브의 광기는 공동체 전체를 파멸로 이끌지만, 광기에서 한발 물러섰던 이스마엘만 끝까지 살아남아 구원받는다. 집착보다 겸손, 독선보다 성찰이 인간을 구원한다는 메시지가 작품 전반을 교차한다.

〈모비 딕〉은 19세기 작품이지만, 21세기에도 여전히 살아 있는 질문을 던진다. 기후 변화와 생태 위기, 과학기술 발전의 오만, 인공지능 시대 인간성 상실 문제는 모두 에이해브의 집착과 닮은듯하다. 멜빌은 이미 19세기 한복판에서 인간중심주의를 넘어서는 사유(思惟)를 주장했다. 자연은 정복 대상이 아니라 이해 불가능한 타자이며, 인간은 그 앞에서 겸손해야 한다. 심층 생태학자 네스(Arne Næss)가 말한 것처럼, "인간은 자연의 한 부분일 뿐이지 주인이 아니다."

나가며

에이해브는 단지 고래를 쫓은 것이 아니라 세상의 불합리함, 자신의 고통, 신의 침묵과 맞서려 했다. 그러나 싸움은 결국 공동체의 파멸로 귀결되었다. 혼자 살아남은 이스마엘은 이야기의 전승자가 되어 우리에게 성찰과 겸허의 가치를 전한다.

그는 부조리한 세계 속에서 여전히 화자로 남는다. 벤야민(Walter Benjamin)의 말처럼 "파괴의 순간에도 구원의 파편은 빛난다" 이스마엘은 그 파편을 건져 올려 오늘의 독자에게 건넨다. 이처럼 〈모비 딕〉은 단순한 해양 모험담이 아니라 인간 존재의 본질을 묻는 문학적 성전이다. 인간의 무지와 오만, 운명과 자유의지, 광기와 구원이라는 문제를 던지며 독자에게 근원적 질문을 남긴다.

'우리는 무엇을 향해 나아가는가'
'그 끝에는 무엇이 있는가'
'그리고 그 끝에서 살아남을 자는 누구인가'

부조리의 심연 속 인간 의지
- 알베르 카뮈의 〈시지프 신화〉

카뮈(Albert Camus)의 〈시지프 신화(Le Mythe de Sisyphe, 1942)〉는 인간 존재의 부조리(absurde)를 탐구한 철학적 에세이이다. 책의 중심부에서 그는 "부조리의 추론(le raisonnement absurde)"이라는 개념을 체계적으로 전개한다. 이는 카뮈의 철학 전체를 가로지르는 핵심 개념인 "인간 존재와 세계 사이의 불일치로부터 발생하는 부조리"를 인식하고, 거기서부터 어떤 삶의 태도가 가능할지를 탐구하는 사유(思惟)의 과정이다.

부조리의 추론

카뮈에게 부조리는 '의미를 갈구하는 인간'과 '의미 없는 세계의 침묵(le silence déraisonnable du monde)'이라는 두 요소의 충돌에서 비롯한다. 의미를 갈구하는 인간은 세상에 대한 이해·삶의 목적·질서·영원한 진리를 갈망하나, 세계는 이런 질문에 아무 대답도 주지 않는다. 즉 무관심하고, 불합리하며, 무의미만 존재할 뿐이다. 이처럼 '의미를 갈구하는 인간'과 '의미 없는 세계의 침묵'의 충돌이 바로 부조리이다. 카뮈는 "부조리는 인간과 세계 사이의 관계에서 생겨난다. 그것은 둘 중 어느 한쪽이 아니라, 그들의 맞부딪힘이다"라고 하였다.

카뮈는 부조리의 인식 이후 인간이 흔히 선택하는 세 가지 해결 방식으로 철학적 자살(Philosophical Suicide)·신체적 자살·희망이나 형이상학적 위안을 분석하나, 이것은 진정한 '부조리의 충실한 추론'이 아니라고 말한다.

철학적 자살을 주장한 키르케고르(Søren Kierkegaard), 도스토옙스키(Fyodor Mikhailovich Dostoevsky), 하이데거(Martin Heidegger), 플라톤(Plato)은 인간 이성으로 이해할 수 없는 부조리를 '신앙', '초월', '존재의 깊이' 같은 관념으로 극복하려 하였다. 그러나 카뮈는 이것이 진리를 향한 도약(le saut)이며, 부조리 앞에서의 도피라고 비판하였다. 즉, 철학적 자살은 '존재(leap of existence)의 도약'이다. 이것은 진실을 받아들이는 것이 아니라, 진실을 회피하며 도망치는 행위(진실 회피)라고 역설하였다.

신체적 자살은 삶의 무의미함을 자각한 끝에 스스로 생을 끊는 극단의 선택이다. 그러나 카뮈는 이것이 부조리를 극복하는 길이 아니라, 단지 그것을 종결시키는 행위에 불과하다고 말한다. 그는 오히려 "삶이 정말 자살할 만큼 무가치한가"라는 질문을 피하지 말고 정면으로 응시하라고 요구한다. 카뮈에게 중요한 것은 죽음을 택하는 결단이 아니라, 부조리와 더불어 살아가는 의지였다.

카뮈는 희망이나 형이상학적 위안을 부조리로부터의 도피 수단으로 비판했다. 이 수단은 예술, 종교, 이상주의 등으로 무의미한 세계에 인위적으로 '의미'를 부여하는 태도를 말하며, 카뮈는 이 또한 부조리에 정면으로 맞서는 것이 아니라, 자기기만이라고 본다. '희망'은 미래에 어떤 의미가 있을 것이라는 약속에 매달리며 현재의 부조리를 직면하지 못하게 하고, '형이상학적 위안'은 종교·신·영혼불멸(靈魂不滅, Immortality of the Soul) 같은 초월적 해답으로 인간의 불안을 덮는 장치며, 카뮈는 이를 철학적 자살이라 불렀다.

카뮈는 "부조리는 극복하는 것이 아니라, 살아내는 것이다"라고 말한다. 그의 철학은 부조리를 인식할 것, 그에 대한 도피나 초월적 해석 없이 직면할 것, 그런데도 불구하고 삶을 살아갈 것을 요청한다. 즉, 삶의 무의미함을 안고 계속 살아가는 인간이야말로 진정한 부조리의 인간이라고 주장한다.

카뮈는 〈시지프 신화〉에서 이러한 부조리의 논리를 구체적인 형상으로 보여 주는 것이 바로 '시지프'라고 한다. 그는 돌을 굴려 올리고 다시 굴러떨어지는 것을 반복하며 무의미하고 끝없는 노동을 하지만, 이 무의미함을 있는 그대로 받아들이며 거기에 저항적 자유를 부여한다. 그리고 "시지프는 반항하는 인간이고, 행복한 인간이다"라고 카뮈는 선언한다.

결론적으로 부조리의 추론이란, 부조리는 인간의 조건이고, 그것을 초월하려 하지 말고 직면한 채로 살아가는 것이며, 삶의 무의미 속에서도 살아간다는 것이야말로 가장 인간다운 반항이라고 주장한다.

부조리한 인간

카뮈가 〈시지프 신화〉에서 말하는 부조리한 인간(l'homme absurde)은 단순히 세상의 부조리를 인식한 인간이 아니라, 부조리를 끝까지 살아 내는 인간이다. 그는 삶의 무의미함과 불합리함을 깨닫고도 초월이나 희망에 의존하지 않고, 죽음조차 도피로 여기며, 끝끝내 지금 여기에 머무는 존재이다.

부조리한 인간은 세 가지 전제를 받아들인다. 즉, 삶은 근본적으로 무의미하다는 것, 세계는 침묵하며 이 안에는 어떤 절대적 진리도 없 다는 것이다. 그리고 인간은 끝없이 의미를 갈구하지만, 욕망은 언제 나 좌절된다는 것이다. 카뮈는 부조리의 조건을 끝까지 직시한다. 그 러나 그가 말하는 "부조리한 인간"은 단순히 냉소적이거나 허무주의자 (nihiliste)가 아니다. 그는 부조리를 살아내는 방식으로 삶에 긍정을 던 진다.

카뮈는 부조리한 인간이 취할 수 있는 실존적 삶의 양식인 의식 (conscience), 반항(révolte), 자유(liberté)의 세 가지 실천 태도를 제시한 다. 의식에서 부조리한 인간은 현실과 존재의 무의미함을 끝까지 인 식하며 살아가고, 어떤 신적 질서나 형이상학적 위안으로도 위로받지 못하며, 눈감지 않고 세상의 부조리함을 있는 그대로 바라본다고 주장 한다.

반항은 단지 체념하지 않은 채 절망하지 않고, 무의미함에 '반항'한 다. 이때 반항이란 "그래도 나는 살아간다"는 존재의 선언이며, 이 표현은 그의 부조리 철학을 가장 압축적으로 보여 주는 말 중 하나이다. 그리고 그의 부조리 철학에서 가장 근본적이고 실존적 선언인 죽음 앞에서도 "그런데도 불구하고"를 외치는 삶의 윤리이다. 즉, 카뮈는 〈반항하는 인간〉에서 "반항하는 것만으로 나는 존재한다"고 주장한다.

자유에서 부조리를 받아들인 인간은 더 이상 외부의 의미나 진리에 얽매이지 않기 때문에 오히려 자유롭고, "삶에 본래의 목적이 없다면, 나는 내가 원하는 대로 살아도 된다"고 하였으며, 그는 이제 '어떻게 살 것인가'를 스스로 창조한다고 주장하였다.

카뮈는 부조리한 인간을 가장 잘 상징하는 존재가 바로 시지프라고 하였는데, 그는 끝없는 노동이라는 형벌을 받지만, 반복의 무의미함을 받아들이고, 그 안에 주체적인 태도와 자유를 부여한다.

시지프의 침묵은 반항이다. 그는 자신의 운명을 알고 있으며, 그것을 부정하지 않는다. "그의 돌이 그의 일이며, 그의 삶이다"라고 한다. 결국 시지프는 운명에 저항하면서도 그것을 사랑할 줄 아는 인간이다. 그래서 카뮈는 마지막에 "우리는 시지프를 행복한 사람이라고 상상해야 한다"고 말한다.

결론적으로 부조리한 인간은 어떤 존재인가. 그는 진리나 구원으로 도피하지 않고, 죽음조차도 부조리 일부로서 껴안으며, 오히려 이 세계에 남아 의식적·반항적으로 자유롭게 산다. 따라서 카뮈에게 있어 부조리한 인간이란, "신 없는 인간, 그러나 기도하지 않고 살아내는 인간"으로 의미 없는 세계에서 무릎 꿇지 않는 존재이다.

부조리한 창조

왜 부조리한 창조인가. 부조리한 창조란, 삶은 본질적으로 무의미하다. 그러나 그 무의미 속에서도 인간은 창조를 멈추지 않는다는 두 조건 속에서 이루어지는 창작이다. 즉, 어떤 영원한 진리나 초월적 목적 없이도 인간은 글 쓰고, 연기하고, 조각하고, 사랑하고, 행동하며 삶을 꾸려 나간다. 바로 이 창조가 부조리한 창조인데, 카뮈는 "부조리는 예술의 죽음이 아니라, 오히려 그것의 해방이다"라고 하였다.

카뮈는 부조리한 창조가 지켜야 할 부정의 원칙을 먼저 제시하는데, 그는 형이상학적 창작으로 즉, 세계 너머의 진리를 향하는 예술을 거부하며, 그 기준으로 세 가지를 제시한다. 첫째, 부조리한 창작은 세상을 설명하거나 해석하려 하지 않고, 철학자의 역할도 아니며, 신의 대변자가 되어서는 안 된다고 한다. 둘째, 부조리한 창작은 종교·초월·신비·운명·진리·영원 등의 관념으로부터 도피하지 않고, 오직 지금의 세계, 보이는 세계, 살아 있는 현존재에 집중해야 한다. 셋째, 부조리한 창작에서 예술은 무엇을 위해 존재하는 것이 아니다. 메시지를 전달하거나 계몽하려 하지 않고, 순간의 창조 그 자체에 머물러야 한다.

그렇다면 부조리한 창조는 무엇을 수행하는가. 첫째, 묘사한다(describe). 부조리한 예술은 세계에 의미를 부여하려 하지 않는다. 세계가 '있다'는 사실 그 자체를 가장 정직한 방식으로 드러내는 것, 보이는 것을 덧칠하거나 해석으로 압박하지 않고 그대로 기술하는 데서 출발한다. 묘사는 진실을 밝히는 것이 아니라, 세계의 '무의미함'을 가리는 장막을 하나씩 걷어내는 행위이다.

둘째, 형식을 창조한다. 의미가 부재한 세계에서 인간은 자신의 양식, 자신의 언어, 자신의 리듬을 만들어 낸다. 이것은 세계를 정돈하거나 질서화하려는 시도가 아니라, 무의미 속에서 자신이 살아 있음을 증명하는 '형식의 탄생'이다. 부조리한 창조는 질서가 아니라 리듬, 해석이 아니라 존재의 체험을 남긴다.

셋째, 반복 속에서 충만함을 찾는다. 시지프가 매일 같은 돌을 굴리며 그 무한한 반복에서 오히려 충만함을 발견하듯, 예술가 역시 반복과 무의미의 사이에서 자신의 리듬을 구축하고, 그 리듬 속에서 삶을 긍정한다. 의미를 찾는 대신 리듬을 만드는 것이 바로 부조리한 긍정이다.

카뮈는 말한다. "예술가는 세상을 해석하지 않고, 다만 그것을 복제할 뿐이다. 그러나 그 복제는 곧 반항이 된다" 세계를 해석하지 않으려는 태도, 그 단순하고 고집스러운 복제가 바로 부조리에 대한 예술가의 가장 근원적인 반항이며 창조다.

카뮈는 부조리한 창조를 구현한 인간형으로 네 가지 유형을 소개했다. 돈 후안, 배우, 정복자나 전사, 예술가의 다양한 양상을 구체적으로 보여 준다. 돈 후안은 무한한 사랑을 추구하지만, 그 어떤 사랑에도 영원성을 부여하지 않고 오히려 순간의 충만함을 사랑하는 자이다. 배우는 무대 위에서 수많은 삶을 살며, 단 하나의 본질에도 안주하지 않고, 존재를 연기하며 소진하는 자이다. 정복자나 전사는 삶의 강렬함 속에 던져져 의미 없는 싸움을 택하는 자로 결과가 아닌 행위 자체를 통해 존재를 증명한다. 그리고 마지막으로 예술가는 의미 없는 세계에 의미를 던지는 행위자이나, 그들은 작품 너머의 세계를 초월하려 하지 않고 창작 행위 자체에 머무른다고 하였다.

결론적으로 '부조리한 창조'란 무엇인가. 요약하면 의미 없는 세계에 대한 반항적 형식의 창출이고, 설명이나 목적 없는 순수한 묘사와 형식의 탄생이며, 초월을 거부하면서도 삶을 충만하게 경험하려는 인간의 자유로운 창조 행위이다. 이러한 창조는 우리에게 삶의 무의미를 가리거나 회피하지 않고, 무의미 속에서도 계속 살아가고자 하는 용기와 자세를 부여한다.

시지프 신화

〈시지프 신화〉의 마지막 장(제4부)은 책 전체의 철학적 사유를 하나의 상징으로 응축한 시지프의 신화 내용을 다룬다. 이 장에서 카뮈는 부조리한 삶의 운명과 그것을 받아들이는 인간의 태도를 그리스 신화의 시지프를 통해 설명한다.

시지프(Sisyphe)는 그리스 신화 속 인물로 신들을 기만하고 인간의 운명을 농락한 죄로 무거운 형벌을 받는다. 그의 벌은 거대한 바위를 산꼭대기까지 밀어 올리는 일인데, 바위는 정상에 다다르면 다시 굴러 떨어지고, 그는 이 일을 영원히 반복해야 한다.

이 신화가 왜 중요한가. 카뮈는 무의미하고 반복되는 형벌을 부조리한 삶의 상징으로 해석한다. 인간도 시지프처럼 명확한 목적이나 보상 없는 세계 속에서 반복적인 삶을 살아간다. 우리는 살아야 하는 이유를 완전히 알지 못한 채, 매일 출근하고, 일하고, 자고, 다시 살아가는 삶을 반복한다.

〈시지프 신화〉에서 중요한 것은 '산을 오르내리는 시간'이다. '바위가 다시 떨어진 것을 안다'는 의식 속에서 시지프는 자신의 운명을 인식한다. 그리고 인식의 순간, 그는 자신의 벌을 선택한 사람처럼 바위를 다시 굴린다. 이때 시지프는 굴복한 인간이 아니라, 반항하는 인간이다.

카뮈의 결론은 '시지프는 행복해야 한다'이다. 이 장에서 가장 유명한 문장은 "우리는 시지프를 행복한 사람이라고 상상해야 한다(Il faut imaginer Sisyphe heureux)"이다. 왜냐하면 그는 자기 운명을 인식하고도 굴복하지 않고, 의미 없는 노동 속에서도 의식과 자유를 지키며, 부조리한 삶을 있는 그대로 받아들이고 살아가는 인간이기 때문이다.

이 장을 요약하면, 신화적 상징은 바위를 굴리는 시지프의 반복과 무의미함이고, 부조리의 은유는 인간의 삶도 본질적으로 반복적이고 무의미함이며, 철학적 해석은 부조리를 인식하고도 삶을 살아가는 자가 진정한 인간이라고 볼 수 있다. 그리고 인간의 태도는 도피하지 않고, 고통과 무의미를 의식적으로 받아들이는 자유이며, 결론은 시지프는 반항하는 인간이며, 행복한 인간이다.

순수와 금욕 사이의 문

- 앙드레 지드의 〈좁은 문〉

'성숙의 감성은 통찰로 이어진다'고 하였는데, 고등학교 다닐 때 읽었던 고전 소설을 은퇴 후 다시 읽으니, 그동안 바쁘게 살면서 잊었던 감성의 씨앗에 다시 물을 주는 듯한 느낌이다. 이 씨앗은 성찰과 공감, 그리고 이해라는 감성을 꽃피운다.

청소년 시절에는 등장인물의 사랑·갈등·희생에 대해 감성적으로 몰입하고 순수하게 이상을 동경하였다면, 나이 들어 다시 읽다 보니, 그 당시 이해하지 못하였던 인물의 심리, 사회적 배경과 철학적 질문이 돋보인다. 즉, 사랑보다 더 깊은 자기 정체성, 책임, 소통의 실패 같은 복합적인 주제가 가슴에 와닿고, 감성적 감동은 지적이고 인상적인 공감으로 바뀌며, 때로는 비판적인 시선도 갖게 된다.

처음 읽었던 때와 시기를 달리하여 다시 읽어도 소설에는 같은 문장과 같은 인물이 등장한다. 하지만 세월이 지나 삶의 경험, 상실, 선택과 관계 속에서 더 많은 것을 경험하다 보니, 달라지는 것은 자신임에도 그만큼 더 다르게 다가오는 것은 어쩔 수 없는 것 같다. 그래서 문학은 삶의 거울이고, 나이 들수록 거울이 더 많은 삶 속 주름과 그림자를 비추는 듯하다. 즉, 책은 변하지 않지만, 독자는 변한다.

늦봄이 지나고 이미 초여름의 초입에 들어섰다. 산방 서재에서 지난 세월을 반추하며 신약 성경 루가복음 13장 24절 "좁은 문으로 들어가기를 힘쓰라"는 담론이 담긴 앙드레 지드(André Gide)의 〈좁은 문(La Porte étroite, 1909)〉을 다시 읽는다. 작품은 인간 내면의 도덕과 욕망 사이 갈등을 섬세하고 고통스럽게 그려낸 심리 소설이다. 겉보기엔 단순한 사랑 이야기처럼 보이지만, 실상은 인간 존재의 깊은 본질과 신앙, 윤리, 자아 성찰이라는 무거운 주제를 품고 있다.

등장인물을 살펴보면, 이야기의 화자이자 주인공인 제롬(Jérôme)이 있다. 그는 어릴 적부터 알리사(Alissa)와 깊은 유대감을 나누며 자란 인물이다. 그는 알리사에게 순수한 사랑을 간직하고, 그녀의 선택과 내면을 이해하려 애쓰는 인물로 앙드레 지드의 자전적 인물이 반영된 것으로 평가한다.

제롬의 사촌이자 사랑의 대상인 알리사는 지적이고 신앙심이 깊으며, 도덕적 완전함을 추구하는 인물이다. 가족사에서 어머니의 불행한 사랑(불륜)을 목격한 뒤, 자신은 육체적 사랑이 아닌 '영적인 사랑'을 추구하며, 결국 제롬의 사랑을 거절한다.

알리사의 여동생인 줄리에뜨(Juliette)는 제롬에게 호감을 보이기도 하며, 알리사와는 대조적으로 더 감정적이고 현실적인 인물이다. 그녀는 이야기의 윤곽을 드러내는 조연 역할을 하며, 알리사의 결정을 더욱 극적으로 부각시킨다.

불륜으로 인해 가정이 무너진 과거를 가지고 있는 알리사의 어머니가 등장하는데, 그녀는 알리사의 정신적 가치관에 큰 영향을 미쳤으며, 알리사가 사랑에 대해 회의적인 태도를 갖게 된 원인을 제공한다.

소설은 주인공 제롬이 어린 시절을 회상하는 방식으로 시작한다. 제롬은 사촌 알리사, 그녀의 여동생 줄리에뜨와 매우 가까운 관계로 자란다. 세 사람은 함께 여름을 보내며 서로에 대한 애정을 쌓아 가고, 제롬은 알리사에게 깊은 사랑을 느낀다. 알리사 역시 제롬에게 애정을 가지고 있으며, 서로에게 특별한 존재다.

하지만 알리사는 이 시기부터 이미 내적으로 도덕적, 종교적 갈등을 품고 있다. 즉, 어머니가 외도를 저질러 가정이 무너지는 것을 목격한 알리사는 '사랑은 죄가 될 수 있다'는 불안감을 품게 된다. 그녀는 자신이 제롬의 사랑을 받아들이면, 어머니처럼 타락할 수 있다는 두려움을 가지게 된다.

청소년기가 되면서 제롬은 알리사와의 관계가 더 깊어지기를 원한다. 그는 자신이 성공하여 알리사와 결혼할 수 있기를 꿈꾸며, 학업과 삶에 열정을 쏟는다. 그러나 알리사는 그와 달리 점점 제롬을 의도적으로 멀리하기 시작한다.

어느 날 알리사는 제롬에게 자신은 당신을 사랑하지 않고, 다른 사람과 결혼할 생각이라고 말하면서 마음을 숨긴다. 그녀는 실제 제롬을 너무 사랑하기에 자신의 도덕적 신념과 충돌하는 감정을 억누르려고 일부러 거리를 둔다. 알리사는 '영적인 순결'을 지키고자 하며, 신 앞에서 완전한 존재가 되기를 바라고 있다.

두 사람은 한동안 편지를 주고받기도 하지만, 알리사는 점점 더 냉담해지고 연락을 끊는다. 그녀의 이런 태도에 상처를 받으면서도 제롬은 끝까지 그녀를 사랑한다. 그는 알리사가 자신을 시험한다고 생각하며 그녀를 기다린다. 한편, 알리사는 줄리에뜨나 주변 사람들과 달리 감정을 숨기고, 자신을 철저히 절제하며 살아간다. 그녀는 신앙과 자기희생이라는 이름 아래 사랑을 포기하는 길인 '좁은 문'을 선택한다.

오랜 시간이 흐른 후, 알리사는 병으로 사망한다. 제롬은 큰 충격을 받고 그녀의 죽음을 애도하던 중, 알리사의 일기장을 우연히 읽게 된다. 일기에는 알리사의 진심 어린 고백이 담겨 있었다. 그녀는 제롬을 누구보다 사랑했지만, 그 사랑이 자신에게 너무 커서 감당할 수 없고, 사랑이 제롬의 삶을 방해할지 두려워 의도적으로 멀리했다고 고백한다. 그녀는 자신이 '좁은 문', 즉 신이 인도하는 고통스러운 길을 선택했으며, 이것이 두 사람 모두를 위한 길이라고 믿었다.

제롬은 알리사의 일기를 통해 그녀의 고뇌와 사랑을 이해하게 되지만, 그녀는 이미 세상에 없고, 두 사람의 사랑은 이루어지지 못했다. 제롬은 알리사의 죽음 이후, 그녀의 이상을 이해하려 노력하며 살아가지만, 그 사랑은 평생 그의 가슴 속에 남게 된다.

소설을 들여다보면, 〈좁은 문〉은 사랑의 절제와 자기희생, 그리고 신앙과 도덕의 이상을 좇으려는 한 여성의 고뇌를 그린 이야기가 중심이다. 성경 속 '좁은 문'을 선택하여 자기희생을 감수하고, 도덕적으로 완전한 삶을 살고자 한 알리사의 선택은 세속적인 관점에서는 비극이지만, 그녀에게는 진정한 구원의 길이었다. 제롬과 함께 그녀의 선택을 이해하고 받아들이는 여정을 따라가다 보면, 인간 내면 깊숙한 곳에 존재하는 순수성과 고통, 그리고 신념에 대해 성찰하게 된다.

앙드레 지드의 〈좁은 문〉은 20세기 초 프랑스 사회의 복합적인 변화를 배경으로 쓰였다. 시대적 맥락을 이해하면, 작품의 주제 의식과 인물들의 내면 갈등이 더 깊이 와 닿게 된다. 소설이 쓰였던 1909년은 프랑스 제3공화국(1870~1940)의 중반기로, 정치적으로는 상대적 안정기를 맞고 있었다. 그러나 사회적으로는 보수적 부르주아 도덕이 지배하던 시기로 가톨릭적인 가치와 금욕주의, 전통적인 가족 윤리가 여전히 강한 영향력을 행사하고 있었다. 이 시기의 도덕규범은 특히 여성의 성 역할, 사랑, 결혼에 있어 억압적이었으며, 알리사의 선택은 이러한 시대적 도덕과 매우 밀접한 관련이 있다.

그리고 1905년에는 프랑스에서 '정교 분리법'이 제정되어, 국가는 더 이상 특정 종교(주로 가톨릭)를 지원하지 않게 되었다. 이에 따라 기독교의 권위가 흔들리는 가운데, 개인의 신앙과 자유, 종교적 이상과 인간적 욕망 사이의 갈등이 사회 전반에서 주요한 주제가 되었다. 이 시기를 배경으로 한 〈좁은 문〉은 종교적 이상주의와 개인의 감정 사이의 충돌을 집중적으로 다루고 있으며, 알리사의 내적 고뇌는 이런 시대적 상황의 반영으로도 볼 수 있다.

19세기 후반과 20세기 초 프랑스는 문학과 예술에서 개인의 자유, 내면의 진실성, 자기 고백이라는 주제가 떠오르던 시기다. 앙드레 지드는 바로 이러한 '개인의 진실을 찾는 문학'을 대표하는 작가 중 한 명으로 도덕과 종교, 관습적 가치에 의문을 던졌다. 〈좁은 문〉은 이러한 문제의식이 내면화된 작품으로 알리사의 결단을 이상주의로 존중하면서도 동시에 비극성을 조명하는 방식으로 시대에 응답하고 있다.

바로 이 시기의 프랑스 문학은 상징주의(19세기 말)에서 벗어나, 심리주의적 경향으로 이동하던 때이다. 프로이트(Sigmund Freud)의 정신분석 이론도 유럽 전반에 영향을 주었다. 당시 작가들은 인물의 외적 행동보다 내면의 동기와 감정, 무의식적 선택에 주목하기 시작했고, 〈좁은 문〉의 심리적 묘사, 내면 독백, 일기라는 서술 방식은 이러한 문학적 흐름과 정확히 맞닿아 있다.

이처럼 〈좁은 문〉은 단순한 비극적 사랑 이야기가 아니라, 20세기 초 프랑스 사회가 안고 있던 도덕, 종교, 자아, 사랑의 문제를 문학적으로 응축한 작품이다. 앙드레 지드는 시대적 틀 속에서 인간이 어떻게 진실하게 살 수 있는가, 고통스러운 여정을 보여 주며, 우리에게도 동일한 질문을 던지고 있다.

앙드레 지드의 〈좁은 문〉은 20세기 초반의 시대적 맥락 속에서 태어난 작품이지만, 21세기 오늘날에도 여전히 문학적으로나 철학적으로도 깊은 울림을 전하고 있다. 20세기 초를 배경으로 다룬 갈등은 종교적 이상과 개인적 욕망, 금욕과 사랑 사이의 충돌이었다면, 21세기에는 비록 종교적 금욕은 사회적 영향력을 많이 잃었더라도 자기 이상과 현실 사이의 충돌, 사회적 기대와 자아 사이의 갈등은 여전히 유효하다.

제롬과 알리사가 신념과 감정 사이에서 고민하였다면, 현대 젊은이들은 직업 안정성과 자아실현 사이에서 고민하고 있다. 즉 시대가 달라져도 인간은 여전히 '어떻게 살아야 하는가', '자신에게 충실한 삶이란 무엇인가'라는 질문을 던진다.

앙드레 지드는 〈좁은 문〉에서 진실성과 자기 성찰의 가치를 통해 인간의 내면을 정직하게 드러내며, 감정과 도덕의 충돌을 회피하지 않으려 했다. 21세기 문학 역시 SNS, 정체성, 젠더, 정신 건강 등 다양한 주제를 통해 자기 자신이 있는 그대로 바라보는 것에 주목한다면, "나는 나에 대해 거짓말하지 않겠다"는 앙드레 지드의 말은 오늘날의 자전적 에세이·심리 소설·웹툰 등의 중심 메시지와 유사하다.

오늘날은 감정의 솔직한 표현과 심리적 치유가 중요하게 여겨지기 때문에 알리사의 침묵은 비판적으로 재조명되기도 한다. 알리사의 선택은 순결과 고결함이라는 가치 아래 사랑을 억제한 것이었다면, 21세기 독자는 이 선택을 존엄한 희생이라기보다는 소통의 단절, 자아 억압으로 받아들일 수도 있다. 즉, 〈좁은 문〉은 시대마다 다른 사랑의 정의와 가치관의 변화를 성찰하게 만드는 거울이다.

마지막으로 20세기 초에는 종교, 가족, 성 역할 같은 전통적 가치가 절대적이었다면, 21세기에는 개인의 다양성과 자유가 강조되나 여전히 사회적 규범과 압력은 존재한다. 즉, 알리사가 성경 속 '좁은 문'을 선택한 이유처럼 현대인도 내면의 자유와 사회적 기대 사이에서 갈등하고 있다.

앙드레 지드의 〈좁은 문〉은 과거의 이야기이자, 여전히 오늘의 이야기이다. 그 안에 담긴 사랑·신념·자기 억제·진실을 향한 고통스러운 여정은 시대를 초월하여 오늘날에도 깊은 울림을 준다. 그렇기에 〈좁은 문〉은 지금도 고전으로 읽히며, 21세기 독자에게도 여전히 "나는 어떻게 살 것인가?"라는 질문을 던지며, 질문에 대한 깊은 사유를 제공한다.

결론을 도출하면 〈좁은 문〉은 개인의 도덕적 이상이 사랑이라는 인간 감정과 충돌할 때, 어떤 내면적 비극이 발생하는지를 치밀하게 묘사한 소설이다. 앙드레 지드는 이 작품을 통해 종교적 가치와 인간 본연의 감정 사이의 틈을 비판적으로 성찰하며, 진실한 삶이란 무엇인가에 대한 질문을 던진다.

따라서 〈좁은 문〉은 시대를 초월해 오늘날에도 여전히 독자적 가치와 철학적 깊이를 지니고 있다. 하지만 알리사는 자신의 감정을 억누르고 제롬과의 사랑을 포기함으로써 '좁은 문' 즉, 진정한 구원의 길을 선택할 수밖에 없었는지에 대한 의문은 남는다.

결국 〈좁은 문〉은 사랑이란 무엇인가, 인간은 자신의 욕망을 어디까지 억제할 수 있는가, 도덕적 순결이 과연 행복을 보장하느냐는 철학적 질문을 던지는 데, 현대를 살아가는 우리에게도 유효한 이 질문은 시대를 넘어 여전히 울림을 준다.

사랑과 삶에 대한 철학적 성찰

- 레프 톨스토이의 〈안나 카레니나〉

19세기 러시아 문학의 정점이자, 인간 본성과 사회관계를 정교하게 탐구한 걸작 톨스토이의 〈안나 카레니나(Anna Karenina)〉는 흔히 '비극적인 불륜 이야기'로 요약되곤 하나, 이는 작품의 표면적인 이유에 불과하다. 톨스토이는 소설을 통해 인간의 내면, 러시아 사회의 위선, 결혼제도의 억압, 종교와 도덕의 복잡한 관계 등을 심층적으로 탐색한다.

주인공 안나는 남편 카레닌과의 무미건조한 결혼 생활에서 벗어나 젊은 장교 브론스키를 만나 사랑에 빠지지만, 이 사랑은 결국 그녀를 고립과 파멸로 이끈다. 그녀는 사회적으로 배척받고, 내면적으로는 점점 불안과 질투에 잠식되어 비극적인 결말에 이르는 소설로 가정의 위기와 비극적인 사랑의 종말을 담고 있다.

안나가 브론스키를 사랑한 것은 분명 순수한 열정에서 비롯되었으나, 사랑은 점차 의존·소유·의심·질투라는 얼굴로 변해 간다. 처음엔 카레닌이라는 형식적 남편과의 관계 속에서 도피처처럼 보였던 사랑은 시간이 지나면서 브론스키의 욕망과 안나 자신의 자기애가 얽힌 심리적 거래로 변질된다.

브론스키 또한 사랑을 가장한 욕망 속에서 안나를 향한 자신의 헌신을 점점 철회한다. 그는 사회적 지위를 잃지 않으려 하고, 안나를 진정한 동반자가 아닌 일종의 감정적 짐으로 느끼게 된다. 이는 사랑이 얼마나 쉽게 간계(奸計)로 위장될 수 있는지를 보여 준다.

소설의 두 중심축인 안나와 레빈은 삶과 죽음, 혼란과 질서, 절망과 희망이라는 큰 축 안에서 서로를 비추면서 작품 전체 구조를 균형 있게 이룬다. 안나가 사랑과 욕망에 흔들리는 인간의 파멸을 상징한다면, 레빈은 고뇌 끝에 신앙과 삶의 조화를 찾아 가는 인간의 구원을 상징한다.

〈안나 카레니나〉는 단순한 러브스토리가 아닌 인간 존재에 대한 깊은 성찰의 문학이다. '사랑이란 무엇인가', '결혼이란 제도는 과연 인간을 구속하는가', '진정한 삶의 의미는 어디에 있는가' 등등. 작품은 이런 질문을 제기하며 오늘날 독자에게도 여전히 유효하게 울림을 주는 고전 명작이다.

등장인물을 살펴보면, 주인공이자 상류 사회 귀부인 안나 카레니나는 지적이고 아름답다. 그녀는 감정에 충실한 인물로 정부 고위 관료인 나이 많은 남편과 결혼했으나, 젊은 장교 브론스키를 만나 사랑에 빠진다. 안나는 당시 여성에게 허용되지 않은 자유를 추구하며 '자기 해방'을 시도한다. 하지만 그녀는 사회적 배척·심리적 고립·질투와 불안·자살로 이어지는 비극의 주인공으로 개인의 욕망과 사회적 제약이 충돌하는 상징적 인물이다. 그녀는 제도적 압력에 대한 최후 항변으로 달리는 기차에 뛰어들어 삶을 마감한다.

안나의 남편 알렉세이 카레닌은 이성적이고 냉정하며. 사회적 체면을 중시하는 성격으로 원칙주의 성격을 가진 정부 관료다. 카레닌은 정교(正敎)·법률·체면을 중시하나 인간적 공감 능력이 모자라고, 제도의 '공허한 껍데기'가 빚는 비정한 도덕성을 상징하는 인물로 인간적 따뜻함보다는 권위와 규범에 얽매인다. 그는 안나의 불륜을 알게 되자, 이혼 대신 체면과 질서를 유지하려 하나 결국 감정적 거리감과 체면 문제로 갈등을 겪는다.

젊고 잘생긴 장교 알렉세이 브론스키는 처음에는 키티 셰체르바츠카야에게 구애하지만, 안나에게 매혹되어 사랑에 빠져 그녀의 삶을 송두리째 흔든다. 사랑과 야망의 이중성을 가진 브론스키는 초반에는 순정적 구애를 하였고, 안나와 동거하며 그의 사회적 목표인 군에 복귀한다. 이는 사랑의 열정조차 체면·출세·논리로 압축되는 귀족 남성의 위선을 드러내고, 안나와 함께 사회에서 멀어지며 점차 둘 사이 관계의 균열을 겪는다.

지주이며 철학적 사고가 깊은 콘스탄틴 레빈은 톨스토이 자신을 반영한 자전적 캐릭터이다. 그는 해방 이후 농민과 새로운 관계 모색하며 농촌과 노동을 통하여 신앙적 구원을 추구하는 인물로 도리가 있으며, 고뇌가 많은 인물로 삶의 의미를 끊임없이 탐구한다. 소설에서 안나의 비극적 삶과 대비되어 건전하고 성찰적인 삶을 보여 준다.

귀족 아가씨 키티는 레빈을 사랑하지만, 잠시 브론스키에게 마음을 두었다가 상처를 입는다. 이후 성숙한 그녀는 레빈과 결혼하여 가정적이고 헌신적인 삶을 살아간다. 안나와는 대조적으로 키티는 사랑과 결혼이 구원과 성숙의 길이 될 수 있음을 보여 주는데, 두 사람의 가정은 서구 속 전통 가족의 상징이다.

안나와 키티 자매의 오빠인 스테판 오블론스키(스티바)가 등장하는데, 그는 쾌활하고 사교적이지만 바람둥이에다 책임감이 부족하다. 레빈의 친구인 스티바는 러시아 상류 사회의 위선과 가벼움을 상징하는 인물이다. 스티바는 아내에게 불륜이 발각되어 가정에 위기가 닥쳐오지만, 돌리와 주변의 관대함 덕분에 위기를 넘긴다.

안나의 올케인 다리야 오블론스카야(돌리)는 남편 스티바의 외도에 상처를 받으면서도 아이들을 위해 가정을 지켜내려는 헌신적인 인물로 그려지고, 그녀는 여성으로서의 희생과 사회적 제약 속에서 끝내 가정을 유지한다.

소설 줄거리는 오블론스키 가문의 가장 스티바는 아내 돌리와의 불륜 문제로 갈등을 겪던 중, 여동생 안나가 이를 중재하기 위해 상트페테르부르크에서 모스크바로 여행하다 그녀의 운명을 바꾸는 계기가 생긴다.

모스크바에서 안나는 젊은 장교인 브론스키와 우연히 만나 서로 강하게 끌리나 안나는 이미 카레닌의 아내이며, 아들도 한 명 두고 있는 유부녀다. 바람둥이 브론스키는 원래 키티에게 구애 중이었으나, 안나에게 빠지면서 키티를 거절한다.

레빈은 키티에게 청혼했다가 거절당하여 좌절한다. 그는 시골로 돌아가 농민들과 함께 농사를 짓고 내면을 탐구하며 삶의 의미를 고민하던 중에 키티와 재회하고, 서로의 진심을 확인한 두 사람은 결국 결혼

한다. 레빈의 서사는 안나의 파국적 사랑과는 대조적으로 안정된 삶을 그리는 윤리적 대안이 된다.

안나와 브론스키는 불륜 관계를 시작하자, 상트페테르부르크 사교계에서 소문이 돌고 비난을 받는다. 그리고 안나는 남편 카레닌에게 불륜을 고백하고, 카레닌은 체면 유지를 위해 이혼을 거부한다. 그 후 안나는 브론스키의 아이를 출산하나 건강이 악화되고, 브론스키는 자살을 시도한다. 카레닌은 순간적으로 종교적 감화를 받아 안나와 브론스키를 용서하지만, 안나는 결국 남편을 떠나 브론스키와 함께 유럽으로 떠난다.

유럽에서의 삶은 곧 무료하여 권태에 빠져들고, 둘은 외롭고 불안정해진다. 러시아로 돌아온 후, 안나는 브론스키의 냉랭함과 자신이 사회에서 배제된 현실을 더 의식하게 된다. 안나는 점점 질투·불안·고립·자괴감에 시달리며 브론스키와 다툼을 겪다가 결국 극심한 정서적 고립 속에서 열차 선로에 몸을 던진다.

안나의 죽음 이후, 브론스키는 자원입대하며 무의미한 삶을 회피하려 하고, 레빈은 아내 키티와 아이, 일상에서 삶의 의미를 찾는 내면의 여정을 계속한다. 최종적으로는 '선하게 살아야 한다'는 단순하지만, 도덕적·영적 깨달음에 도달하며 소설은 끝난다.

불륜이라는 치명적 선택을 통해 인간의 감정, 도덕, 사회 제도의 복잡한 얽힘을 조명한 〈안나 카레니나〉는 어떤 이야기인가. 비극적 결말을 통해 도덕적 구원 혹은 자멸의 기로에 선 인간 존재를 고찰한 도덕적·사회적 서사극으로 사랑과 욕망, 도덕과 종교, 사회와 여성을 다룬 이중 서사 구조의 작품이다. 즉, 소설은 안나의 파멸적 서사와 레빈의 구원 서사가 서로를 비추는 거울과 같다.

〈안나 카레니나〉는 종종 '사랑에 실패한 여인의 비극'으로 축소되지만, 현대의 비평적 시선은 그 너머에 있는 사랑과 제도의 충돌, 여성의 주체성과 자유 의지, 사회적 도덕의 허위성 등을 적극적으로 발굴해낸다. 이것은 안나를 다시 바라보며 그녀가 단순한 피해자가 아니라, 위험을 감수하고 사회의 금기를 넘은 주체였음을 밝히고 있다.

그러면 안나의 욕망은 타락인가 해방인가. 19세기적 독법(讀法)에서 그녀는 '윤리적 실패자'로 비쳤다. 그러나 현대 페미니즘적 비평에서 보면, 그녀의 선택은 비도덕성이 아닌 도덕이라는 허구적 구조에 대한 저항으로도 볼 수 있다. 어머니·아내·숙녀라는 고정된 정체성으로부터의 탈주로 볼 수 있고, 남성 주체인 카레닌과 브론스키의 관계에서는 정서적 주도권을 쥔 보기 드문 여성상으로 볼 수 있다. 이런 재구성은 보부아르(Simone de Beauvoir)의 〈제2의 성(Le Deuxième Sexe)〉이나 애트우드(Margaret Atwood)의 〈시녀 이야기(The Handmaid's Tale)〉에 등장하는 여성 인물과 맥을 같이 한다.

레빈은 "러시아판 실존주의자"로 종종 언급된다. 그는 근대의 도덕적 공허에 맞서 노동·가족·신앙을 통해 의미를 회복하려 한다. 카뮈(Albert Camus)의 〈이방인(L'Étranger)〉에서 뫼르소는 부조리에 무관심하지만, 레빈은 부조리를 인식하고도 삶에 가담하려는 존재이다. 즉, 톨스토이는 파멸된 인간 안나와 회복된 인간 레빈을 병렬 배치하며, 실존의 가능성과 한계를 동시에 제시한다.

안나는 사회적으로 "살해된 존재"다. 그녀는 법적으로는 이혼할 수 없었고, 종교적으로도 용인되지 않았다. 즉, 제도가 부정한 사랑을 심판했지만, 동시에 정당한 삶의 가능성마저 봉쇄했다. 당시 결혼제도는 여성에게 "사회적 신분증"이었으며, 이 신분을 포기한 여성은 존재 자체를 부정당했다. 이런 측면에서 안나는 현대 문학의 '타자화된 여성'의 전형이기도 하다.

〈안나 카레니나〉는 고전 문학의 틀 속에서 현대의 핵심 문학적 문제인 정체성·제도·자유·관계의 본질을 미리 사유한 작품이다. 안나는 체제에 순응하지 않고 사랑과 생존의 방식 자체를 질문한 최초의 문학적 여성 주체 중 한 명이며, 그녀의 파멸은 오히려 현대 문학에 큰 가능성을 열어 놓았다. 따라서 작품은 단지 과거의 문학이 아니라, 오늘의 문학이 끊임없이 대화하는 살아 있는 언어로, 죽음으로 이끈 자유 혹은 자유를 위한 죽음이다.

〈안나 카레니나〉는 사랑과 불륜이라는 개인의 서사를 통해 인간 자유의 조건, 도덕의 의미, 제도의 모순을 파헤친다. 안나와 레빈의 대비는 파멸과 구원, 절망과 의미의 양극단을 제시하며, 톨스토이는 이를 통해 삶의 본질에 대한 존재론적 질문을 던진다. 소설은 단지 러시아 현실에 대한 고발이 아니라, 모든 시대와 사회에 유효한 인간의 도덕적 조건에 대한 통찰을 담고 있다.

〈안나 카레니나〉의 시대적 배경이었던 19세기 후반 제정 러시아는 특히 알렉산드르 2세((Александр II, 재위: 1855~1881)의 통치 시기였다. 이때 겉으로는 개혁이 이루어졌지만, 실제로는 사회적 혼란과 가치 체계의 충돌이 매우 격렬했던 시기였다. 이 시기는 소설을 이해하는 데 중요한 러시아의 시대적 맥락으로 농노 해방령(Emancipation of the Serfs, 1861)과 그 여파가 사회 곳곳에 영향을 미쳤다. 소설 속에서 레빈의 농촌 개혁 실험은 시대적 맥락을 반영한다. 그는 토지를 어떻게 나누고, 농민과 어떤 관계를 맺어야 할지 고민한다.

19세기 후반 러시아 귀족층은 여전히 화려한 생활을 즐기고 있었지만, 그들의 사회적 정당성은 점점 약화되었고, 서구 사상과 산업화가 점차 확산되면서 귀족 계급은 점점 도덕적으로 무기력해졌으며, 정치적으로는 보수적인 존재로 인식되었다. 톨스토이는 레빈이라는 인물을 통해 러시아의 전통 가치와 도덕을 지키면서도 어떻게 새로운 시대에 적응할 것인가 고민하는 것을 느낄 수 있다.

19세기 러시아 여성은 법적으로나 사회적으로 매우 제한된 지위에 있었다. 결혼은 경제적 계약이었으며, 이혼이나 자유로운 연애는 여성에게 사회적 죽음을 의미했다. 즉, 안나는 자신이 선택한 사랑으로 인해 사회에서 추방당하고, 남성과는 다른 이중적인 도덕 잣대로 고통을 받는다. 이 점에서 소설은 여성의 자유와 정체성 문제를 선도적으로 제기했다고 평가받는다.

소설 배경의 끝자락인 1870년대 말은 점차 지식인 계층 중심의 농민 계몽·사회주의 운동인 '나로드니키 운동(Народничество, 민중주의)', 정부나 권위의 강제적 지배를 부정하고, 자유롭고 자율적인 인간 공동체를 추구하는 '아나키즘(Anarchism)', 마르크스주의(Marxism)가 형성되던 시기로, 혁명의 불씨가 곳곳에 피어나고 있었다. 톨스토이는 당시의 급진주의에는 비판적이었으나, 현 체제의 부조리에 대한 인식은 깊었다.

소설에서 안나의 파멸, 레빈의 고뇌는 모두 이러한 체제의 전환기적 위기감을 문학적으로 형상화한 것이라 볼 수 있다. 소설에서 이러한 시대적 배경을 고려하면, 〈안나 카레니나〉는 단순한 비극적 로맨스가 아닌, 러시아 사회와 인간 정신의 분열을 통찰한 사상 소설로도 읽을 수 있는데, 톨스토이 자신이 "완전한 예술 작품"이라 칭할 만큼 문학적으로도 높은 평가를 받는 작품으로 세계 문학사에서 가장 위대한 소설 중 하나로 꼽힌다.

무거운 감정의 이면

- 프랑수아즈 사강의 〈슬픔이여 안녕〉

프랑수아즈 사강(Francoise Sagan)의 데뷔작 〈슬픔이여 안녕(Bonjour Tristesse)〉은 그녀가 18세였던 1954년에 발표한 첫 작품으로 출간 즉시 프랑스 문단과 독자들에게 강렬한 반향을 불러일으켰다. 당시 프랑스 사회의 도덕적 금기와 정면으로 맞서며 감정의 섬세한 결을 날카롭게 포착한 소설은 지금까지 청춘의 감정과 인간관계의 모순을 통찰력 있게 드러낸 작품으로 평가한다.

소설은 화자인 17세 소녀 세실이 아버지 레몽과 함께 여름휴가를 보내는 남프랑스 해변에서 시작한다. 자유분방하고 쾌락주의적인 아버지와의 관계, 그의 애인 엘자, 그리고 돌연 나타난 어머니의 친구 안느 라르센의 등장으로 세실은 내면의 혼란과 질투, 두려움을 불러일으킨다. 세실은 자신이 그동안 누려온 자유로운 삶이 위협받는 것을 견디지 못하고, 어린 나이에도 불구하고 엘자와 자신의 연인 시릴과 치밀하게 모의하여 안느의 감정 조작을 일으켜 사건을 유발한다. 그 결과는 어딘가 필연적인 것처럼 보이나 참담하다.

소설에 등장하는 주요 인물을 살펴보면, 화자이자 주인공인 세실은 열일곱 살 젊은 소녀로 지적이지만 감정적으로 미숙하고 충동적인 인물이다. 자유와 쾌락을 중시하며, 아버지와 관계는 무책임하나 자유로운 삶을 당연하게 여긴다. 질투심이 강하고 이기적인 면모를 보이며, 아버지의 애정이 다른 여성에게 쏠릴 때 위기감을 느낀다.

세실의 아버지이자 중년의 미남 레몽은 바람둥이로 가볍고 책임감 없는 삶을 산다. 여성 편력을 거리낌 없이 드러내며, 도덕적 기준보다는 개인적 즐거움과 편안함을 중시한다. 딸과 친구처럼 지내며, 그녀의 자유로운 삶을 묵인하거나 권하기도 한다. 하지만 그는 애인 엘자를 차버리고 안느와의 관계에서 안정을 추구하는 새로운 모습을 보이려고 하나, 결국 자기중심적인 성격에서 벗어나지 못한다.

세실 어머니의 오랜 친구이자, 존경받는 안느 라르센은 지적이고 품위가 있으며, 도덕적 균형 감각을 지닌 인물이다. 레몽과의 관계를 통해 가정의 틀을 회복하고자 하나, 세실에게는 이 변화가 위협적으로 다가온다. 그녀의 냉정하고 이성적인 태도 뒤에는 깊은 외로움과 불안이 감춰져 있다. 안느는 세실이 파놓은 계략에 빠져 자신이 통제할 수 없는 소용돌이에 휘말려 비극적인 결말을 맞게 된다. 세실에게 안느는 어른스러운 이상이자, 동시에 넘을 수 없는 장애물처럼 느껴진 존재다.

레몽의 가벼운 애인인 엘자는 겉모습과 매력을 무기로 삼는 여성이다. 단순하고 세속적인 성격으로 세실과 안느에 비해 지적 깊이나 감정의 복잡성은 부족하다. 엘자는 세실의 계략에 이용되어 사건의 도화

선 역할을 하지만, 자신은 스스로 어떤 변화도 만들지 못하는 피동적 존재이다.

시릴은 세실의 여름 연인으로 낭만적이고 순수한 청년이다. 세실에게 현실적인 연애보다는 여름날의 흥미로운 감정으로 다가온다. 그는 세실의 계략에 휘말리지만, 계략의 경위나 결과에는 크게 관여하지 않는다. 그는 소설에서 깊은 인상을 남기지 못하는 서브플롯 배경 같은 인물이다.

등장인물 다섯 명의 특징을 살펴보면, 세실은 화자이자 중심인물로 충동적·이기적·감정에 민감하여 성장과 죄책감의 서사이다. 자유주의자 바람둥이인 아버지 레몽은 세실의 삶에 큰 영향을 주는 인물이다. 이성적이고 냉정과 품위를 지키는 안느는 변화의 상징으로 비극의 중심인물이다. 단순하면서 감정에 솔직한 엘자는 세실의 계략에 이용되는 존재이다. 순수하며 낭만적 청년 시릴은 세실의 사랑을 통한 감정의 실험 대상이다.

소설 줄거리는 17세 소녀 세실이 아버지 레몽과 그의 애인 엘자와 함께 남프랑스 해안 별장에서 여름을 보낸다. 레몽은 자유롭고 경쾌한 성격의 중년 남성으로 여러 여성과 가볍게 사귀며 책임감 없는 삶을 산다. 세실은 그런 아버지와의 자유로운 삶을 따라 즐기며, 같은 해변에 머무는 청년 시릴과도 가벼운 연애를 시작한다.

그러던 어느 날, 세실의 어머니 친구였던 지적이고 냉정한 여성 안느 라르센이 별장에 합류하게 된다. 안느는 엘자와는 전혀 다른 분위기를 지녔고, 금세 레몽과 가까워져 그와 결혼까지 약속하게 된다. 그녀는 세실에게 공부를 다시 시작하라고 요구하며, 자유롭던 그녀의 삶에 규율을 부여하려 한다. 세실은 자신이 누려 온 쾌락과 무책임한 자유가 위협받는 것을 느끼고 불안해한다.

세실은 안느가 자신과 아버지를 통제하려 하자, 자신의 자유로운 삶을 지키기 위해 아버지와 안느의 관계를 깨뜨리려 계략을 꾸민다. 세실은 엘자와 시릴을 끌어들여, 아버지가 엘자와 다시 가까워지게 만들어 안느가 둘 사이를 질투하게 한다. 이 계략은 효과를 발휘하고, 안느는 레몽의 배신감을 느끼며 점점 불안해진다.

그러던 어느 날, 세실이 짠 계략에 따라 레몽이 엘자를 만나러 갔을 때, 안느는 레몽의 배신을 눈치채고 큰 충격을 받아 감정적으로 무너진다. 안느는 홀로 차를 몰고 나갔다가 의문의 교통사고로 사망하게 된다. 자살인지 사고인지는 명확히 드러나지 않지만, 세실은 자신이 벌인 일의 결과임을 직감하고 깊은 죄책감과 슬픔을 느낀다.

시간이 지나면서 세실은 죄책감과 슬픔 속에서도 결국 현실로 돌아가 예전과 같은 일상으로 복귀한다. 세실의 계략을 알지 못하는 레몽도 다시 이전처럼 무책임하고 가벼운 삶으로 돌아간다. 소설은 세실이 그런 일상에서 가끔 안느를 떠올리기는 하나, 자신의 감정을 가감 없이 받아들이는 모습으로 소설은 끝난다.

〈슬픔이여 안녕〉의 문학적 가치를 살펴보면, 사강은 18세의 나이에 이 작품을 발표하며, 당시 프랑스 문단에 신선한 충격을 안겼다. 전통적인 도덕과 감정의 규범에서 벗어나 솔직하고 냉정한 시선으로 인간의 심리를 그려냈다. 그리고 프랑스 현대문학의 새로운 여성 서사의 장을 열었다.

소설에서 세실의 내면을 따라가면, 독자가 인물의 불안정하고 모순된 감정을 그대로 체험하게 만든다. 감정의 세밀한 변화인 질투·두려움·쾌락·죄책감이 교차하는 심리 상태의 흐름을 탁월하게 표현함으로써 심리 묘사의 정교함을 느낀다.

소설의 문장은 짧고, 묘사에는 군더더기가 없어 매우 깔끔하다. 이것은 등장인물들의 감정적 냉소와 허무함을 효과적으로 전달하게 만든다. 동시에 대사와 묘사 사이의 긴장감이 뛰어나며, 보이는 것과 감춰진 것 사이의 문학적 아이러니를 형성한다. 간결하고 세련된 문체는 사강 문학의 정수를 느낀다.

〈슬픔이여 안녕〉은 단순한 성장 소설이나 사랑 이야기로 볼 수 없고, 청춘의 본질적 고독과 자기중심성을 파헤친 작품으로 깊은 심리적 여운을 남긴다. 소설은 10대 소녀의 시선으로 도덕적 판단이 유예된 세계를 보여 주며, 문학에서 '청춘'을 바라보는 시각을 변화시킴으로써 청춘 문학의 새로운 정의를 세웠다.

〈슬픔이여 안녕〉은 철학적으로도 세실과 레몽 두 사람이 자유로운 삶을 즐기지만, 결국 그 자유가 타인의 고통을 초래한다. 사강은 이들을 통해, "자유는 무책임으로부터 구별되어야 한다"는 철학적 질문을 던진다. 안느의 죽음을 통하여 자유가 타인에게 미치는 영향을 무시할 때, 도덕적 책임이 어떻게 현실로 돌아오는지를 보여 주며, 자유와 책임 문제를 제기한다.

소설에서 사랑·질투·죄책감·자기혐오 같은 감정은 선과 악, 옳고 그름으로 나눌 수 없음을 드러내는데, 사르트르(Jean-Paul Sartre)가 말한 '인간 존재의 모순성'과도 맞닿아 있다. 세실은 자유롭지만 동시에 그 자유로 인해 불안과 공허를 겪으며, 인간 감정의 이중성과 불확실성을 보여 준다.

안느의 죽음 이후, 세실은 슬픔을 느끼지만, 곧 다시 일상으로 복귀한다. 이는 실존주의적 허무를 보여 주는 장면이다. '슬픔이여 안녕'이라는 제목은 역설적으로 감정의 둔화, 혹은 감정과의 결별을 의미하는데, 이것은 현대인의 감정적 무관심에 대한 철학적 성찰이기도 하여 존재의 공허와 허무를 느낀다.

소설에는 뚜렷한 선악 구도가 없다. 모든 인물은 이해할 수 있으나, 동시에 비판받을 수 있다. 사강은 인간의 행동이 윤리적으로 얼마나 모호하고 복잡한지, 그리고 도덕적 판단이 얼마나 상대적인지를 보여 주며 윤리적 회색 지대를 탐색한다.

〈슬픔이여 안녕〉은 문학적으로는 여성의 새로운 청춘 서사, 세련된 문체, 탁월한 심리 묘사, 청춘의 이면을 파헤쳤고, 철학적으로는 자유와 책임, 감정의 이중성, 실존적 허무, 윤리의 모호성을 제기한다.

사강은 짧고 간결한 문체로 세실의 심리 변화를 집요하게 추적한다. 세실은 때로는 무심하고 냉정하며, 때로는 후회에 잠긴다. 그녀의 모순된 감정은 성숙함과 미성숙함, 쾌락과 죄책감, 자유와 책임 사이에서 갈팡질팡하는 인간 내면의 민낯을 보여 준다. '슬픔이여 안녕'이라는 제목은 결국 감정이 무뎌진 상태의 인사처럼 들리기도 하며, 모든 것을 겪고 난 뒤에도 남는 허무와 회한을 암시한다.

이 소설이 가진 힘은 단순히 도발적인 주제나 당시 사회에 대한 반항에만 있지 않다. 인간의 감정, 특히 청춘기 특유의 자기중심성과 감정의 격렬함을 사실적이면서도 문학적으로 풀어낸 데 있다. 등장인물 모두가 도덕적 결함을 지니고 있지만, 바로 이 점이 소설을 더 현실적이고 설득력 있게 만든다.

〈슬픔이여 안녕〉에서 사강은 작품을 통해 인생의 어느 순간, 우리가 마주하게 될 '슬픔'이라는 감정을 예민하게 그려내며, 그것과 화해하는 법이 아닌 그 존재를 받아들이는 태도를 제안하고 있다.

인간 존재와 가치의 재발견

- 니체의 〈선악을 넘어서〉

때로 한 권의 책은 독자 손에서 읽히기 전부터 존재 자체로 시간을 향해 저항한다. 이 한 권의 책은 무엇인가. 이것은 단지 지식의 집합이 아니라, 어떤 사람에게는 한 시대를 꿰뚫는 화살이 되고, 또 어떤 이에게는 삶의 신념을 꿰뚫는 칼이 된다. 바로 니체(Friedrich Nietzsche)의 〈선악을 넘어서(Jenseits von Gut und Böse, 1886)〉가 그런 책이다.

이 책은 단순한 철학 이론서가 아니라, 삶과 사유의 오래된 허위에 맞서는 선언이자, 고독한 정신이 써 내려간 저항의 미학이다. 이 책을 읽는다는 것은 거대한 도덕과 철학이란 유적 앞에서 조용히 망치를 드는 일이다. 책에서 니체는 유럽의 2천 년 동안 형이상학적 위선과 도덕적 자기기만을 향해 "우리는 선과 악을 넘어서야 한다"고 단호히 말한다.

〈선악을 넘어서〉는 니체의 대표 철학서 중 하나로 기존 도덕 체계와 서양 형이상학 전통에 대한 급진적 비판을 담고 있다. 책은 철학이라는 이름의 두루뭉술한 외피를 벗기고, 밑에 감춰진 권력의 본능, 도덕의 정치성, 철학자의 욕망을 낱낱이 드러낸다.

니체는 철학자들이 말하는 '보편적 진리'와 '객관적 가치'가 얼마나 이들 자신의 신념과 체질, 혹은 몸의 기질에서 비롯되었는지를 책에서 통렬히 폭로한다. 니체는 철학이란 "철학자의 무의식적 자서전"이라 말하며, 사유(思惟)마저 피할 수 없는 삶의 고백임을 드러낸다.

니체가 책에서 주장하는 핵심은 제목 그대로 기존의 '선과 악'이라는 도덕적 이분법을 넘어설 필요가 있다는 것이다. 〈차라투스트라는 이렇게 말했다〉 이후에 출간된 〈선악을 넘어서〉는 니체가 자신의 사상을 좀 더 논리적이고 철학적인 언어로 정리하려던 책이다. 내용은 시적이고, 상징적인 표현보다 분석적이며, 직설적인 문체로 기존 유럽의 도덕과 철학에 대해 통렬한 해부를 시도한다.

니체에게 '선'과 '악'은 절대적인 가치가 아니며, 이것은 특정한 권력 조건과 감정 구조 속에서 탄생한 상대적 산물에 불과하다고 말한다.[2] 인간이 진리라 믿어온 것과 선하다고 여긴 것 뒤에 숨어 있는 비철학적 충동을 드러내는 것이 이 책의 본질이다.

니체의 통렬한 해체는 자신의 존재론적 투쟁에서 비롯된 것이다. 말년의 니체는 육체적으로 쇠약했으며, 정신적으로도 극단적인 고독을 견뎌야 했다. 그러나 이 고통이 그의 사유를 날카롭게 벼리고, 기존 세계관에 균열을 일으켰다. 그는 단순히 진리를 해명하지 않으며, 진리

---

2   니체는 도덕을 보편적이거나 신적 기원의 것으로 보지 않는다. 그는 『도덕의 계보』에서 이러한 가치들이 권력 관계와 감정 구조, 사회적 필요에 따라 형성되었다고 분석한다.

의 근원을 묻고, 기원을 해부한다.

〈선악을 넘어서〉는 기존 철학자를 향한 날 선 비판으로 시작한다. 칸트(Immanuel Kant), 쇼펜하우어(Arthur Schopenhauer), 데카르트(René Descartes) 등 이름 높은 철학자라 하더라도, 니체에게 그들은 모두 자신만의 도덕적 전제와 체질에 따라 철학을 구성한 자들에 불과하다.[3] 이처럼 철학은 결국 철학자의 고백이며, 기질과 의지의 표현일 뿐이다.

특히 니체는 기독교 도덕에 대한 통렬한 비판을 거듭한다. 그는 기독교가 강자의 생명력과 본능을 억압하고, 약자 중심의 노예 도덕을 미덕으로 삼았다고 주장한다.[4] 이 도덕은 삶에 대한 긍정이 아니라, 복수와 억눌림의 감정이 윤리로 포장된 결과물이라는 것이다.

이 점에서 니체는 새로운 인간형을 상상한다. 그는 기존의 도덕을 넘어 자기 가치를 스스로 창조하고 책임지는 존재, 곧 '초인(Übermensch)'을 말한다.[5] 초인은 결코 영웅적 이상이 아니다. 오히려 이것은 모든 무의식적 편견을 뚫고 자기 삶의 주인이 되려는 사유(思惟)의 모험가를 말한다.

이런 니체의 사유는 고정된 진리나 도덕을 믿는 이에게는 불편할 수 있다. 그의 문장은 절도도 없고, 때로 거칠며, 어떤 구절은 혐오를 유

---

3 그는 특히 칸트의 '선의지' 개념이나 쇼펜하우어의 '의지 부정'을 신체의 허약함과 연관 짓는다. 철학자는 자신의 체질과 기질에 따라 철학을 구성한다는 것이 그의 분석이다.

4 니체는 기독교의 '이웃 사랑'이나 '겸손' 같은 미덕이 강자에 대한 복수심에서 비롯된 것으로 본다. 이를 '노예 도덕(Sklavenmoral)'이라 부르며, '귀족 도덕(Herrenmoral)'과 대비시킨다.

5 초인(Übermensch)은 『차라투스트라는 이렇게 말했다』에서 본격적으로 등장하지만, 『선악을 넘어서』에서도 초인의 윤곽은 철학적으로 정련된다. 초인은 자기 극복과 자기 가치 창조의 상징이다.

발하기도 한다. 그러나 이 속에는 인간 정신의 자유에 대한 진지한 탐색과 투쟁의 흔적이 묻어난다. 니체는 세상을 향해 진리를 강요하지 않고, 오히려 해체된 틈 사이에서 깨어날 '나 자신의 사유(Mein eigenes Denken)'를 요청한다.

문학적으로도 이 책은 매혹적이다. 정연한 논증보다 단문적 파편과 격정적 문장이 더 많으며, 때로 시적이기도 하다. 이는 니체의 철학적 언어가 경직됨을 넘어, 삶의 리듬을 따라가는 사유의 형식을 의도했기 때문이다.[6] 그는 철학자이면서도 시인이고, 심리학자이자 예언자다.

〈선악을 넘어서〉를 읽는다는 것은 철학이라는 이름의 낡은 궁전으로 들어가 벽에 숨어 있는 욕망과 두려움을 들여다보는 일이다. 그리고 마침내 벽을 무너뜨리고, 새로운 창을 내는 작업이다. 이는 철저히 내면의 용기와 지성의 모험을 요구하는 일이다.

니체는 말한다. "우리는 진리를 견딜 수 있을 만큼 강한가(Sind wir stark genug für die Wahrheit)" 이 질문은 단순한 수사가 아니다. 이것은 독자를 향한 도전이며, 동시에 시대를 향한 외침이다. 우리가 여전히 관습적 도덕 속에 안주하며 자신을 속이고 있다면, 이 책은 차라리 폭력처럼 다가올 것이다.

그러나 만일 우리가 낡은 언어와 도덕을 벗어던지고 자기 자신을 새롭게 구성하려는 의지를 품었다면, 〈선악을 넘어서〉는 이 여정의 가장

---

6 니체는 자신의 철학을 "망치로 두드리는 철학"이라 불렀다. 그의 글쓰기는 전통 철학의 형식적 논증보다는 리듬과 정서, 상징과 반어를 적극 활용하는 서사적 철학이다.

아름답고 냉철한 길잡이가 되어 줄 것이다. 마치 상처 입은 사자가 마지막 남은 힘으로 세계를 응시하며 포효하듯, 이 책은 살아 있는 철학의 증거다. 삶과 사유를 진정으로 넘어서고자 하는 이들에게 이보다 더 불편하고, 이보다 더 찬란한 동행은 없다.

주요 내용과 주제를 살펴보면, 니체는 도덕의 상대성과 권력 의지를 설파하는데, 그는 우리가 일반적으로 받아들이는 '선'과 '악'이 절대적인 가치가 아니라, 역사적이고 권력적인 조건에서 생겨난 산물이라고 본다. 그리고 니체는 기존의 도덕은 약자들이 강자를 억압하기 위해 만든 노예 도덕이라고 주장하며, 이에 반해 '귀족 도덕'은 창조적이고 삶을 긍정하는 태도에서 비롯된다고 말한다. 즉 핵심 개념 중 하나인 '권력 의지(Wille zur Macht)'는 생명체가 단순히 생존을 넘어 자기 자신을 넘어서려는 본능이자 원동력이라고 본다.

니체는 철학자에 대해 비판한다. 전통 철학자들은 자신의 전제나 가치를 숨기고 그것을 객관적 진리인 양 말한다는 것이 니체가 비판하는 요점이다. 특히 칸트와 쇼펜하우어 같은 사상가를 언급하며, 그들의 철학이 실제로는 도덕적 편견에 근거한 것이라고 폭로한다.

니체는 진리와 인식에 대한 회의를 나타낸다. 그는 진리란 언제나 해석되는 것이며, 어떤 순수하고 객관적인 진리란 존재하지 않는다고 말한다. 언어와 논리는 현실을 정확히 포착하는 도구가 아니라, 인간이 세계를 편리하게 이해하기 위해 만든 허구적 장치에 불과하다고 주장한다.

니체는 여성과 종교, 문화를 비판한다. 〈선악을 넘어서〉는 여성과 유대교, 기독교, 독일 문화에 대한 도발적인 언급으로도 유명하다. 특히 기독교적 도덕은 "생을 부정하고 약자의 복수를 정당화하는 체계"로 간주하며, 그는 새로운 도덕적 이상을 제안한다. '삶의 긍정(Affirmation of Life)'은 약함이 아닌 강함과 창조성, 자기 극복의 도덕이 중심이라고 말한다.

니체의 '삶의 긍정'은 삶 전체를 있는 그대로 받아들이는 태도를 말한다. 즉, 삶의 고통·모순·불합리·고난조차 부정하지 않고, 운명까지 사랑하라(amor fati)는 자세로 단순히 쾌락적인 긍정이 아니라, 비극적 요소마저 포괄하여 긍정하는 깊은 수용을 의미한다.

책에서 제시한 몇 가지 핵심 명제를 살펴보면. 니체는 "철학자는 자신의 신념을 증명하지 않는다. 그는 자신의 신념을 고백(confessio)한다"고 말한다. 철학은 논증이 아니라 한 존재의 내면이 드러나는 고백이라는 것이다. 그래서 니체는 "모든 철학은 무의식적인 자서전이다"라고 덧붙인다. 사유는 결국 삶의 흔적이며, 철학은 삶이 남긴 언어적 초상화다. 또 "진리란 우리가 오랫동안 거짓말이라 부르며 잊어버린 것"이라 했고, "도덕은 강자에 대한 약자의 복수"라며 기존의 가치 질서를 뒤집는다. 그의 말은 진리와 도덕의 절대성을 해체하고, 삶의 본질적 역동을 드러내려는 도전이었다.

책에서 니체가 말하는 '도덕 너머(Beyond Good and Evil)'란, 새로운 인간상 곧 '초인'의 탄생을 위해 기존의 도덕과 가치를 재평가(Umwertung aller Werte)해야 한다고 주장한다. 이것은 단순한 도덕 폐기가 아니라,

더 높은 수준의 가치 창조의 길로 들어서야 한다는 것이다.

니체가 말한 '도덕 너머'의 의미는 기존의 선과 악이라는 도덕적 이분법 자체를 넘어서려는 태도다. 선과 악이라는 기준은 절대적이지 않고, 역사적·사회적 산물이다. 따라서 도덕을 절대적 진리로 여기지 말고, 새로운 가치 창조의 장으로 보아야 한다. 요컨대, '도덕 너머'란 주어진 도덕의 틀을 초월해 자기 삶을 긍정하고 새로운 가치를 창조하는 것이다.

이처럼 니체의 〈선악을 넘어서〉는 현대 철학, 특히 실존주의·포스트모더니즘·심리학·문학 등 여러 분야에 심대한 영향을 미쳤다. 도덕의 기원을 철학적으로 고찰한 이 책은 개인의 자유와 주체적 삶을 추구하는 사람들에게 여전히 강한 울림을 준다.

책을 읽다 보면, 문득 삶 전제가 뒤집히는 순간을 맞는다. '도덕이란 과연 누구를 위한 것이었는가', '내가 믿는 선과 악은 누구의 시선으로 구축된 것인가', '나는 나로서 살고 있는가'라는 질문이 독자의 심연을 건드린다. 이는 니체의 사상이 지닌 문학적 힘이자, 철학을 삶의 예술로 끌어올린 그의 위대함이다.

〈선악을 넘어서〉는 사유의 무덤 위에서 춤추는 책이다. 낭만도 없고 위안도 없지만, 그 대신 한 인간이 진실을 향해 벼린 언어의 칼날이 있다. 이것은 읽는 이의 심장을 찌르면서, 동시에 머리를 맑게 한다. 니체는 "진리는 단순하지 않다. 진실은 피 흘린 끝에만 얼굴을 드러낸다"라고 말한다. 결국 이 책은 익숙하게 기댄 선과 악의 편안한 울타리에

서 나와 불확실하고 외로운 진리의 황야를 걷게 만든다. 니체는 이 황
야의 입구에서 우리를 기다린다. "자, 이제 당신은 나를 따라올 수 있
는가"

사랑은 음모를 견딜 수 있는가

- 프리드리히 쉴러의 〈간계와 사랑〉

시작하기

프리드리히 쉴러(Friedrich Schiller)의 희곡 〈간계와 사랑 (Kabale und Liebe, 1784)〉은 독일 고전주의 문학을 대표하는 시민 비극(Bürgerliches Trauerspiel)의 백미다. 작품은 귀족 사회의 부패와 위선, 순수한 사랑의 파괴를 통해 신분사회 속 인간성의 갈등을 날카롭게 파헤친다. 그리고 비극을 강렬하게 드러낸다.

〈간계와 사랑〉은 탄탄한 5막 구성과 사건의 극적인 전개가 치밀하게 짜여 있어 희곡 작법의 교범이라 불리며, 오늘날까지도 무대와 서재에서 살아 숨 쉬는 고전으로 자리매김하고 있다. 쉴러는 괴테(Goethe)와 더불어 독일 고전주의의 쌍두마차로 그와 문학적 색은 달랐지만, 함께 독일 문학을 황금기로 이끌었다.

〈간계와 사랑〉은 흔히 '독일의 로미오와 줄리엣'이라 불리며, 시대와 국경을 넘어 사랑과 체제, 감정과 권력의 충돌이라는 보편적 주제를 관통하는 작품이다. 연인의 비극적 사랑 이야기 속에 당시의 사회적·정치적 문제점을 보여 주며, 오늘날까지도 시대를 뛰어넘는 생명력을 자랑한다.

작품은 진보적 휴머니즘과 인간의 내적 자유에 대한 미학적 고찰이 담긴 희곡으로 독일 문학을 절정으로 이끈 고전주의 문학의 거작이다. 지금도 연극뿐만 아니라 문학 작품으로도 사랑받고 있어 읽을 가치가 있는 고전이다.

등장인물과 막 구성

등장인물은 각 계층과 가치관을 상징적으로 담고 있다. 권모술수에 능한 정치가이자 페르디난트의 아버지인 폰 발터 수상, 이상주의적 귀족 청년 페르디난트, 평민 출신 음악가의 딸로 순수한 사랑의 화신인 루이제 밀러, 겉은 화려하지만, 내면에 고뇌를 안고 사는 밀포드 부인, 그리고 시민 계층의 상식과 도덕을 대표하는 밀러 등이 그들이다. 이들 외에도 시종장 폰 칼프, 영주의 개인 비서 부름, 밀러 부인, 밀포드 부인의 몸종 소피, 수상의 측근이자 음모의 조력자 비어스하임 등 여러 사람이 등장한다.

희곡의 서사는 사랑과 권력, 진실과 음모, 신분 갈등이 점층적으로 얽혀 비극으로 치닫는다. 1막에서 평민 가정의 딸 루이제와 귀족 청년 페르디난트의 사랑이 피어나지만, 신분의 장벽은 일찌감치 두 사람의 운명을 예고한다. 2막에서 권력을 유지하려는 수상은 아들을 정략적으로 밀포드 부인과 결혼시키려 하고, 루이제를 제거하려는 음모가 꾸며진다. 3막에선 간계가 본격화하며 루이제는 아버지를 구하기 위해 거짓 편지를 쓰고, 그로 인해 페르디난트는 배신감을 느낀다. 4막에선 오해와 침묵 속에 사랑은 무너지고, 5막에서 두 사람은 독배를 나눠 마신다. 죽음을 앞둔 루이제는 진실을 고백하지만, 모든 것은 이미 늦었다. 아들 죽음 앞에서 비로소 죄를 깨달은 수상은 무릎 꿇는다.

줄거리 요약

〈간계와 사랑〉은 시민 비극으로, 사랑과 권력·진실과 음모·신분 갈등이 비극적으로 얽혀 가는 서사 구조로 귀족과 평민의 사랑이 체제의 억압 속에서 무너지는 과정을 통해, 사회적 진실과 감정의 진정성 사이의 비극적 단절을 드러낸다. 쉴러는 루이제와 페르디난트의 죽음을 단순한 연애의 비극으로 그리지 않는다. 이것은 타락한 체제에 맞서는 고귀한 저항이며, 진실을 위한 희생이다.

각 막은 갈등의 점층 구조를 이루며, 마지막에는 파국에 이른다. 희곡의 막별 줄거리를 살펴보면, 1막의 배경은 루이제의 집(평민 음악가의 가정)이다. 이 막에서는 사랑과 신분 충돌이 일어난다. 귀족 청년 페르디난트 소령은 처음에는 피리를 배우려고 밀러 집에 드나들다가 그의 딸인 루이제와 사랑에 빠져, 결혼하기를 원한다. 하지만 루이제와 그녀 부모는 이들의 사랑이 신분 차이로 인해 위험하다고 우려한다. 밀러 부인은 "귀족은 절대 책임지지 않는다"며 경고하고, 페르디난트는 귀족 신분을 부정하며 루이제와의 순수한 사랑을 고백한다. 막 끝에는 페르디난트의 아버지가 계획한 정략결혼을 암시한다.

2막의 배경은 궁에 있는 발터 수상의 집무실이다. 이 막에서는 권력의 음모가 시작된다. 전제군주인 공작이 지배하는 나라에서 그의 대리자로 최고의 권력을 휘두르는 정치가인 발터 수상에게 아들의 연애 사건이 마음에 들 리가 없다. 자신의 세력을 공고히 하기 위해서는 수단과 방법을 가리지 않고, 권모술수에 능한 폰 발터 수상은 서기 부름의 보고를 받고 크게 노한다.

발터 수상은 영주의 애첩인 밀퍼드 부인과 위장 결혼을 하라고 페르디난트에게 명한다. 그는 위장 결혼을 통해서 자신의 권력을 강화할 뿐만 아니라 페르디난트에게 장차 후계자가 되는 길을 열어 주려고 한다. 하지만 페르디난트는 정략결혼을 거부하며 루이제를 고수한다.

한편, 시민적 자의식이 강한 악사 밀러는 신분 차이로 이루어질 수 없는 사랑을 단념하라고 딸에게 권한다. 비열한 서기 부름은 연인 사이를 이간질하는 간계(奸計)를 쓰자고 수상에게 제안한다. 음모는 루이제가 시종장 폰 칼프에게 보내는 연애편지를 쓰게 한 뒤, 우연히 페르디난트의 손에 들어가도록 제안한다. 이 막에서는 발터 수상이 루이제와 밀러 가문을 음해할 계략을 꾸미자, 아버지와 아들 사이의 갈등이 본격화한다.

3막의 배경은 루이제의 집과 밀포드 부인 궁정이다. 이 막에서는 간계가 심화되어 루이제를 덫에 걸리게 한다. 비어스하임은 밀러 부부를 체포한 후, 루이제를 협박하여 거짓 연서(戀書)를 쓰게 하고, 시종장 폰 칼프는 루이제의 연애편지 수신자 역할을 기꺼이 맡겠다고 동의한다.

부모를 석방해 주는 조건으로 루이제는 시종장에게 보내는 거짓 연애편지를 쓴다. 이 편지는 페르디난트에게 전달되어, 그는 충격과 배신감을 느낀다. 루이제는 아버지의 생명을 위해 어쩔 수 없이 거짓을 선택하고, 밀포드 부인은 페르디난트를 사랑하지만, 그가 루이제를 사랑한다는 걸 알고 물러설 결심을 한다.

4막의 배경은 루이제의 집과 수상의 궁정이다. 이 막에서는 사랑의 파국이 시작된다. 폰 칼프 시종장에게 보낸 루이제의 연애편지를 본 페르디난트는 질투심에 불타서 그에게 결투를 신청한다. 루이제는 부모를 살리려고 본의 아니게 사랑하는 남자를 배신(거짓 편지)했지만, 진실을 말하지 못한다.

루이제는 사랑하는 남자와 함께 목숨을 끊음으로써 자신의 결백을 밝히려고 한다. 그러나 그녀의 아버지 밀러는 딸의 자살 의도를 미리 알아차리고 이를 말린다. 결국 두 사람은 서로를 오해한 채 운명을 받아들이며, 비극의 절정으로 향하는 분위기가 형성된다.

5막의 배경은 루이제의 집이다. 이 막에서는 파국과 진실의 폭로가 이루어진다. 페르디난트는 루이제에게 독이 든 레몬주스를 마시게 하고, 자신도 함께 마신다. 죽음을 앞둔 루이제가 거짓 편지는 수상의 강요에 의한 것이었다고 죽기 직전, 마지막 순간에 자신의 결백을 페르디난트에게 고백하고, 자신은 사랑을 배신한 것이 아님을 밝힌다.

소식을 듣고 부름과 함께 달려온 수상은 아들에게 용서를 구하지만 이미 두 사람의 생명을 구할 수는 없다. 수상은 부름에게 이 모든 간계의 책임을 지라고 하지만, 부름은 수상의 비밀을 폭로하겠다고 맞선다. 페르디난트는 모든 것이 아버지의 음모였음을 깨닫고, 그는 분노와 절망 속에 아버지를 비난하며 숨을 거둔다.

발터 수상은 아들의 죽음 앞에서 죄책감을 느껴 비어스하임을 체포하고 자신을 처벌토록 청한다. 비극적인 결말에서 사랑은 파괴되고, 음모는 뒤늦게 폭로되며, 정의는 허망한 방식으로 회복된다.

들여다보기

희곡 〈간계와 사랑〉에서 귀족과 평민의 사랑은 체제의 억압 속에 희생되고, 권력자들이 꾸민 거짓은 인간관계를 파괴한다. 루이제는 아버지를 지키기 위해 사랑을 희생하나, 죽음을 통해 진실이 드러났을 땐 이미 늦었다. 희곡에서 평민 계층은 인간적, 도덕적 우위를 보이고, 귀족의 타락을 고발한다.

〈간계와 사랑〉에 대한 구체적인 시대나 장소가 나오지는 않지만, 먼저 시대적 상황을 알면 희곡을 이해하는 데 도움이 된다. 희곡은 대체로 쉴러가 작품을 집필할 당시 독일의 한 궁정 도시에서 일어나는 일이 극의 줄거리를 이룬다.

희곡에는 쉴러가 겪은 카를 오이겐 공작(1728~1793)의 극도로 호화로운 궁정 생활에 대한 암시가 많이 나온다. 공작은 절대군주로 1745년부터 당시 인구 60여만 명에 불과했던 뷔르템베르크 공국을 지배했다. 그는 루트비히스부르크 궁전(Schloss Ludwigsburg)을 독일의 베르사유로 만들겠다는 망상에 사로잡혀 있었다.

호화로운 여행과 축제·무도회·음악회·썰매놀이·사냥·불꽃놀이 등이 연일 계속됐다. 그는 이에 필요한 엄청난 경비를 조달하기 위해서 수단과 방법을 가리지 않았다. 부정부패와 독직 사건, 농민과 민중에 대한 착취, 부역 등 가렴주구(苛斂誅求)가 심했다.

그는 또한 궁정에 애첩 제도를 뒀다. 그가 취한 조치 중에서도 가장 비인간적인 것은 젊은이들을 용병으로 외국에 팔거나 대여하는 것이었다(2막 2장 참조). 미국 독립전쟁(1775~1783)과 7년 전쟁(1756~1763)을 위해서 당시 수많은 독일 청년이 영국과 프랑스에 용병으로 팔려 갔다. 쉴러가 경험한 당시 뷔르템베르크 공국의 실상이나 개인적으로 겪은 첫사랑의 비운 등 전기적 사실은 물론 〈간계와 사랑〉의 간접적인 배경을 이룬다.

〈간계와 사랑〉은 절대군주와 귀족 신분에 대한 사회적·정치적 도전장이며, 시민비극의 최고봉을 이룬다. 시민비극은 독일 역사상 일정한 기간에 나타난 희곡의 장르로 일종의 시대극이다. 시대극은 물론 시대적 배경이 바뀌면 시의성을 잃게 된다. 그러나 〈간계와 사랑〉은 오늘날까지도 독일 무대에서 생명력을 자랑하는 ‘스테디셀러’다. 이유는 희곡이 시대극이면서 동시에 이것을 뛰어넘는 문학성을 가지고 있기 때문이다.

끝맺기

〈간계와 사랑〉의 주제와 의의를 살펴보면, 사랑과 신분 충돌에서 귀족과 평민 간의 사랑은 사회적 질서와 권력의 벽 앞에서 파괴되고, 루이제와 페르디난트의 사랑은 순수하지만, 이들을 둘러싼 세계는 타락했다. 사회 구조와 권력 비판 측면에서 쉴러는 작품을 통해 봉건 귀족 사회의 부패, 관료주의, 위선적 정치 음모를 신랄하게 비판한다. 개인과 체제 갈등 측면에서 사랑이라는 감정은 순수하지만, 실현하려는 인간의 의지는 체제 속에서 억압당하고, 페르디난트의 이상주의는 현실 정치의 잔혹함에 파괴된다.

쉴러는 〈간계와 사랑〉을 통해 감정적 사랑이 신분·권력·제도라는 구조적 폭력과 맞섰을 때, 어떻게 순수성을 잃어 가며 파멸에 이르게 되는지를 섬세히 그렸다. 특히 발터 수상과 비어스하임을 중심으로 한 '간계'는 단지 개인의 사악함이 아니라, 제도화된 부패와 권력의 냉혹함이다. 그리고 이에 맞서는 사랑은 결국 개인의 내면에 깃든 고귀한 감정이나 도덕적 의지로는 도저히 감당할 수 없는 역사적 구조 장벽 앞에 무력해진다.

결국 루이제와 페르디난트의 죽음은 단순한 슬픈 연애의 결말이 아니라, 부패한 세계에 대한 고결한 저항이자, 계몽의 씨앗이다. 쉴러는 관객에게 묻는다. "이 사랑은 왜 죽어야 했는가" 그리고 질문은 오늘날에도 여전히 유효하다. 사랑은 얼마나 많은 간계를 감당할 수 있는가. 자유는 어디까지 체제와 타협하지 않고 존속할 수 있는가.

〈간계와 사랑〉은 쉴러가 철학자이기도 했음을 증명하는 작품이다. 고전주의의 조화미(調和美) 속에 도사린 신분 사회의 부조리, 감성과 이성의 충돌, 그리고 인간 존엄에 대한 절박한 호소는 시대를 초월하여 읽히는 힘을 갖는다. 쉴러의 희곡은 고전이 아니다. 이것은 오늘 우리 사회의 권력 구조와 감정의 진실을 되묻는 살아 있는 질문이기 때문이다.

부조리와 인간의 기다림

- 마르케스의 〈아무도 대령에게 편지하지 않다〉

노벨문학상 수상자 가브리엘 마르케스(Gabriel García Márquez)가 1961년에 발표한 〈아무도 대령에게 편지하지 않다〉는 콜롬비아 혁명(La Guerra de los Mil Días, 1899~1902)에 참가했던 한 퇴역 대령이 언젠가 나온다고 믿고 있던 참전용사 연금통지서를 기다리는 내용을 담은 중편소설이다. 소설은 처음부터 끝까지 풍자와 해학이 가득하지만, 당시 라틴 아메리카의 정치적 상황을 잘 보여 줄 뿐만 아니라 보편적인 인간의 모습을 상징적으로 그리고 있다.

소설은 길지 않지만 무기력한 기다림과 체제의 폭력, 그리고 인간 존엄이라는 주제를 응축한 작품으로 독자에게 깊은 침묵의 울림을 준다. 소설은 인간의 존엄과 희망, 그리고 체제에 대한 저항을 깊이 있게 다룬 작품으로 마르케스의 섬세한 문체와 상징적인 요소는 오랜 여운이 남는다. 소설 속 이야기는 현대 사회에서도 여전히 유효한 메시지인 듯 보인다.

소설은 늙은 퇴역 대령과 아내가 가난한 삶에도 인간이 어떻게 존엄을 지키며 살아가야 하는지에 대한 질문을 던진다. 소설은 거창한 이념이나 혁명이 아닌, 일상의 고통 속에 잔잔하게 이어지는 존엄을 향한 고요한 저항이다. 이것은 희망이 아니라, 희망을 기다리며 아무 말 없이 죽어 가는 이들의 안타까운 이야기이다.

〈아무도 대령에게 편지하지 않다〉는 마르케스가 본격적으로 라틴아메리카의 정치적 현실에 관심을 보이기 시작한 초기 작품 중 하나다. 그는 작품을 통해 당시 사회의 구조적 억압과 인간의 존엄, 체제와 개인 관계를 단순하고 절제된 서사를 통해 형상화한다. 소설은 그의 대표작 〈백년의 고독〉처럼 서사적이고 환상적 요소가 없는 대신, 기다림과 침묵이라는 반복적 모티프를 통해 현실의 부조리(不條理)와 인간 내면의 고통을 조명한다.

소설은 이름조차 알 수 없는 한 퇴역 대령이 커피통 바닥을 박박 긁는 장면으로 시작하는데, 가난에 찌든 아내는 날마다 남편에게 바가지를 긁는다. 대령은 과거 콜롬비아 내전 당시 지도자 아우렐리아노 부엔디아 부하로 참전하였고, 그 공로로 약속한 연금을 받기로 했으나, 종전 후에도 연금통지서를 받지 못해 생활고에 시달리며 힘들게 산다.

설상가상, 부부에게는 아구스틴이라는 아들 한 명이 있었으나 9개월 전 독재 정권의 탄압 속에 살해당했다. 아들은 싸움닭 한 마리를 남기고 떠났는데, 이 수탉은 단순한 닭이 아니라 대령과 마을 사람들의 존엄과 희망의 상징으로 그려진다.

소설은 약 두 달간의 이야기로, 대령은 아침이 되면 먹을거리와 함께 천식을 앓고 있는 아내 건강을 걱정한다. 그는 아내의 잔소리가 듣기 싫어 매일 밖으로 나가 먹고살 궁리를 하나 뾰족한 대책이 없다. 대령이 만나는 사람은 그동안 알고 지냈던 사람과 아들 친구들이다.

가난에서 벗어나기 위해 대령은 국가로부터 참전군인 연금통지서가 든 편지를 기다린다. 하지만 그에게 단 한 번도 편지는 오지 않았고, 약속은 시간의 침묵 속에 파묻혀 버린다. 기다림에 지친 대령은 변호사를 찾았으나, 그는 "수백 년이 걸릴지도 모르는 문제"라며 이제 포기하라고 권고한다. 하지만 대령은 "상관없습니다. 커다란 것을 기다리는 사람은 작은 것은 얼마든지 기다릴 수 있습니다" 하며 다른 변호사로 교체해 버린다.

대령은 우편선이 들어오는 그 주 금요일에도 기다리던 연금 통지서가 오지 않아 빈손으로 돌아간다. 그다음 주에도 연금통지서를 받지 못하자, 아내는 먹이만 축내는 수탉을 팔자고 제안한다. 하지만 대령은 아들을 생각하는 마음과, 투계 시즌이 돌아오면 닭싸움을 통해 벌 것으로 예상되는 돈 때문에 차마 그러지 못한다.

아내의 생활고를 그냥 두고 볼 수 없었던 대령은 집에 있는 시계라도 팔기 위해 지인이 운영하는 양복점에 가지만, 차마 팔지 못하고 그냥 돌아선다. 얼마 후 금요일, 대령은 아들의 대부인 사바스의 집에 방문하여 돈을 빌리려 하였으나, 그는 대령에게 수탉의 가치가 900페소에 이른다고 이야기한다. 그날도 연금통지서를 받지 못하고 귀가한 대령은 아내의 바가지를 견디지 못하고, 수탉을 900페소에 사바스에게 팔겠다고 말한다.

대령은 다음날 사바스를 다시 찾아가 수탉을 팔겠다고 제안하자, 사바스는 400페소면 사겠다고 말을 바꾸자 실망하여 그냥 집으로 돌아오고 만다. 귀가한 대령은 양복점에 놀러 가서 당시 혁명 세력들 사이에 돌고 있던 비밀문서를 보다가 군인의 불심검문을 받았으나 다행히 아무 일 없이 풀려난다.

며칠 후, 금요일 대령은 포구로 나가 우편선을 기다렸으나 연금통지서는 오지 않고, 집으로 돌아가는 길에 투계장에 잠시 들른다. 마침, 마을 청년들이 자기 허락 없이 수탉을 데리고 와 연습경기 하는 모습을 보게 된다. 화가 난 대령은 경기장에서 수탉을 안고 집으로 돌아가 타박하는 아내에게 투계 시즌이 시작할 때까지 세간을 팔아 버티자며 아내를 위로한다. 하지만 아내는 세간이 팔리지 않으면 무엇으로 먹고 사느냐며 따지자, 화가 난 대령은 "똥" 하며 소설은 끝난다.

소설 끄트머리에 수탉은 마지막까지 팔지 않고 세간을 팔아 투계 시즌 전까지 생계를 이어 가자고 주장하는 대령과 아내의 대화 장면이 인상적이다. 기다리는 편지는 오지 않고 뭘 먹고 살아야 하냐며 절망적으로 묻는 아내에게 대령은 실망스럽게도 "똥"이라고 퉁명스럽게 대꾸한다.

대령의 이 대사는 단순한 독설이 아니라 존엄과 생존 사이에서의 윤리적 선택을 상징하고, 절망 속에서도 희망을 포기하지 않는 인간 의지의 표상이다. 대령은 부조리한 타협을 거부함으로써 무기력한 현실 속에서도 인간다운 삶을 선택하는데, 이는 카뮈(Albert Camus)의 부조리 철학과도 맞닿는다. 카뮈는 〈시지프 신화〉에서 "의미 없는 세계에서 반복을 통해 인간은 자유를 얻는다"라고 말했듯이, 대령은 반복적 기다림 속에서도 자기 자신을 부정하지 않고 자유를 실현함으로써 마르케스는 소설을 읽는 독자에게 깊은 인상을 남긴다.

소설을 들여다보면, 주요 주제는 기다림과 절망, 수탉의 상징성, 사회적 고립 등을 볼 수 있다. 대령이 매주 금요일마다 포구로 나가 편지를 기다리지만, 편지는 오지 않는다. 그에게 반복되는 기다림은 정부의 무관심과 일흔다섯 살 노인에게서 깊은 무력감을 느낀다.

소설에서 수탉은 단순한 싸움닭이 아니라, 죽은 아들에 대한 사랑과 이들 부부에게는 존엄과 희망의 상징으로, 대령은 수탉을 팔아 생계를 유지할 수 있음에도 이를 거부하며 지킨다. 이것은 결코 국가에 무릎을 꿇지 않으면서도 수탉의 미래를 꿈꾸고, 희망과 침묵 당한 존엄의 고요한 저항 정신이다.

소설은 처음부터 끝까지 무채색 안개가 희뿌옇게 덮인 듯한 일상과 반복적인 기다림 속에서 정적을 느낀다. 대령은 약속받은 연금을 기다리며 하루하루를 보낸다. 단 한 번도 편지가 오지 않아 대령은 언제인지 알 수 없는 기다림 속에서 힘겹게 지내고, 국가의 약속은 말없이 흘러가는 시간의 침묵 속에 파묻힌다. 소설은 당시 콜롬비아의 시대적 상황인 검열, 불시 검문 등 독재정권의 엄혹(嚴酷)한 정치 탄압 표현도 담고 있어 암울함을 느낀다.

〈아무도 대령에게 편지하지 않다〉는 100쪽 남짓한 짧은 분량과 단순한 줄거리 속에서도 인간의 존엄과 희망, 체제에 대한 저항 등 묵직한 윤리적 질문을 깊이 있게 다룬 작품이다. 특히 '기다림'이라는 주제를 통해 인간이 절망 끝에서 어떻게 존엄을 지켜 내는지를 집요하게 응시한다.

소설은 가난하고 늙은 퇴역 대령의 삶을 통하여 거창한 이념이나 혁명이 아닌, 일상의 침묵 속에 이어지는 존엄의 윤리를 이야기한다. 이것은 희망이 아니라 희망을 기다리는 사람들의 이야기이며, 아무 말 없이 죽어 가는 이들의 이야기다. 얼핏 보면 화려한 듯 보이는 이 시대에도 여전히 아무도 편지하지 않는 이들이 많이 있다. 그들에게 이 작품은 말하지 않아도 끝까지 말하려는 한 인간의 작고 위대한 서사로 남는다.

소설은 마르케스의 마법적 사실주의의 빛나는 색채보다는 절제된 문장과 반복적인 침묵을 통해 보다 현실적이고 비극적인 무게를 지니고 있다. 특히 마르케스는 현실의 부조리를 환상이나 과장을 통해서가 아니라, 극도로 간결하고 절제된 문체로 드러냄으로써 독자들에게 오랜 여운을 남기며, 현대 사회에서도 여전히 유효한 메시지를 전한다.

소설의 세계는 말 없는 폭력으로 가득 차 있다. 등장인물은 모두 침묵하고, 권력은 부재하지만, 무섭게 존재한다. 그리고 작품 속에는 정치적이면서 철학적이고, 짧지만 강력한 윤리적 서사(敍事)가 있다. 소설의 상징은 국가와 체제의 침묵, 가난과 굶주림, 존엄과 희망이라는 라틴아메리카의 근대적 조건을 한 노인의 조용한 삶을 통해 강렬하게 그려낸다. 이는 마르케스 문학의 핵심 정신인 곧 말할 수 없는 자들의 서사에 귀를 기울인 것이기도 하다.

〈아무도 대령에게 편지하지 않다〉는 마르케스의 대표작 〈백년의 고독〉처럼 마술적 사실주의의 환상적 요소가 거의 없는 대신, 기다림과 침묵이라는 반복적 모티프를 통해 현실의 부조리와 인간 내면의 고통을 조명하고 있다. 그리고 대령은 편지가 오지 않을 것을 알면서도 계속 항구로 나아감으로써 체제의 무관심에 무릎 꿇지 않는 윤리적 주체로 우뚝 서 있다.

기다림은 단지 수동적인 행위가 아니라, 불가능한 희망에 대한 능동적 선언인 것이다. 이처럼 소설은 라틴아메리카 사회의 정치·사회 구조에 대한 날카로운 현실적 비판을 전면에 내세우며, 마르케스의 문학적 이념이 형성되는 과도기의 중핵적인 작품이다.

소설은 마르케스가 바랑키야 포구 선착장에서 무언가를 애타게 기다리는 사람을 보았던 기억에 바탕을 두고 이 작품을 썼다고 한다. 거기에 더해 연금을 기다리던 외할아버지의 기억, 한국전쟁 참전용사들의 사연과 이탈리아 네오리얼리즘 영화로 노인의 고독과 사회적 무관심을 고발한 〈움베르토 D〉의 외로운 주인공 노인의 이야기가 더해져 완성되었다.

소설은 마르케스가 태어나고 유년기를 보낸 아라카타카(Aracataca)에서 멀지 않은 곳에 있는 마그달레나강(Río Magdalena) 하구 바랑키야(Barranquilla) 포구 마을이 배경이다. 마르케스는 청소년기를 바랑키야에서 보냈고, 청년기에는 이곳에서 멀지 않은 남미 3대 미항(美港) 중 한 곳인 카르타헤나(Cartagena)에서 보냈다.

몇 년 전, 아라카타카에 있는 마르케스의 생가 박물관을 둘러보고,

그가 청소년기와 청년기를 보낸 바랑키야와 카르타헤나 지역을 여행하였다. 이 지역은 그의 대표작 〈백년의 고독〉, 〈썩은 잎〉, 〈아무도 대령에게 편지하지 않다〉의 배경이 된 곳이다. 이 지역을 여행하며 대문호 마르케스의 문학적 세계관이 형성된 삶의 현장과 아름다운 자연을 엿본 소중한 기회였다.

실존적 소외와 인간성 붕괴

- 프란츠 카프카의 〈변신〉

프란츠 카프카(Franz Kafka)의 〈변신(Die Verwandlung)〉은 20세기 초 독일 문학을 대표하는 실존주의 중편소설이다. 카프카가 1915년 발표한 〈변신〉은 주인공 그레고르가 벌레로 변하는 충격적인 설정을 통해 현대 사회에서 인간이 겪는 실존적 고립(정체성 상실)과 소외, 가족과 사회의 억압적인 구조 속에서 인간성이 어떻게 파괴되는지를 날카롭게 조명한다.

〈변신〉은 첫 문장부터 충격적이다. 그레고르는 어느 날 아침, 자신이 커다란 벌레로 변한 것을 알게 된다. 단순히 현실에서 일어날 수 없는 이 상황은 당혹스럽고, 동시에 끝까지 읽지 않을 수 없게 만든다. 하지만 이야기를 다 읽고 나면, 그레고르의 변신은 단순한 신체 변화가 아니라 인간 존재와 삶의 조건에 대한 날카로운 비유라는 걸 알게 된다.

〈변신〉은 읽는 내내 불편하고 무거운 기분에 빠지지만, 그런 불편함 속에서 많은 질문이 생기고, 자신을 돌아보게 한다. 과연 우리는 겉모습이 아니라 마음으로 누군가를 보고 있는 걸까. 사랑하는 사람을 끝까지 사랑할 수 있을까. 이런 질문에 쉽게 답할 수 없는 자신을 보며, '변신'은 단지 소설 속 그레고르의 이야기만은 아니라는 생각이 든다.

소설 속 등장인물을 살펴보면, 가족을 위한 헌신에서 폐기물로 변신한 주인공 그레고르 잠자(Gregor Samsa), 권위와 폭력의 화신 아버지(Herr Samsa), 연민과 부정 사이에서 갈등하는 어머니(Frau Samsa), 성장과 배신의 이중성을 보여 주는 여동생 그레테(Grete Samsa), 지배인(회사 상사)과 하녀가 등장한다.

줄거리는 어느 날 아침, 주인공 그레고르는 잠에서 깨어나 자신이 "끔찍한 벌레 같은 존재"로 변해 있음을 발견한다. 그는 성실한 외판원으로 가족의 생계를 도맡아 왔으나, 그 대가로 자신은 삶의 여유도, 자기만의 욕망도 허락받지 못한다. 그는 가족의 기대와 사회의 요구에 맞춰 몸을 갉아 먹으며 살아온 존재다.

그러나 그가 벌레가 된 순간, 그동안의 모든 헌신은 무의미한 것이 되고, 그는 더 이상 '쓸모없는 존재'로 전락한다. 어머니는 아들을 보고 눈물 흘리지만 다가서지 못하고, 아버지는 그를 향해 사과를 던지며, 여동생 그레테는 잠시 동정심을 보이다 결국 가장 먼저 등을 돌린다.

그레고르는 평범한 외판원으로 가족의 생계를 책임지며 살았지만, 벌레로 변신하게 되자, 그 상태로는 출근도 못 하고 방에 갇히게 되어 회사에서마저 버림받는다. 가족들은 처음엔 당혹스럽지만, 곧 혐오와 부담을 느끼고 점차 그를 무시하고 외면한다. 결국 그레고르는 가족과 사회로부터 철저히 소외된 존재가 된다. 말조차 통하지 않고, 그가 죽자, 가족은 오히려 안도감을 느끼며 새로운 삶을 향해 나아간다.

　소설을 들여다보면, 카프카는 인간 존재의 불확실성과 고립을 강조한다. 비록 그레고르는 벌레가 되었지만, 본질적으로는 이미 이전부터 소외된 존재로 실존적 소외가 일어났다. 벌레로의 변신은 외형적 변화지만, 사실 인간의 존엄성과 정체성 상실로 붕괴가 일어났다.

　가족관계에서도 가족의 사랑은 그레고르가 유용할 때만 존재한다. 그가 더 이상 '쓸모없는 존재'가 되자 그를 버림으로써 가족의 이기심과 조건적 사랑을 소설에서 볼 수 있다. 소설은 노동자로서 착취당하고, 존재 의미마저 일에 묶인 현대인의 비극을 반영한 작품으로 자본주의를 비판하기도 한다.

　〈변신〉은 단순히 '벌레가 된 인간'이라는 충격적인 설정을 넘어, 우리가 일상에서 얼마나 쉽게 비인간화되고 소외당할 수 있는지를 보여준다. 또한 '가족'이라는 공동체조차도 결국은 조건적이며, 인간은 사회적 역할을 상실하면 존재의 의미마저 잃게 되는 현실을 통찰하게 된다. 읽고 나면 '과연 인간다움이란 무엇인가'라는 질문이 머릿속에 오래 남는다.

　문학적 특징은 불합리한 설정을 사실적으로 묘사함으로써 독자에게 강한 심리적 충격을 주고, 상징주의와 알레고리를 통해 인간 존재의 근본적인 불안을 그려낸다. 카프카의 〈변신〉은 간결하고 건조한 문체로 비극을 더 극대화한 명작이다.

　소설은 분량이 길지 않음에도 수많은 질문을 남긴다. '인간이란 무엇인가', '가족이란 어떤 존재인가', '우리는 다른 이들을 진정한 존재로서 대하고 있는가' 책을 덮은 뒤에도 질문이 계속 머릿속을 맴돈다. 〈변신〉은 절대 가볍지 않고 오히려 무겁고 아프다. 바로 이래서 읽을 가치가 있다.

소설을 들여다보면, '벌레가 된 건 누구일까' 읽고 나서 가장 먼저 떠오른 생각은 정말 벌레가 된 것이 그레고르일까. 소설에서 벌레로 변한 것은 분명 그레고르였지만, 그를 대하는 가족들 모습이 더 비인간적이라는 생각이 들기 때문에 오히려 그들이 벌레다. 벌레의 정체는 무엇일까. 원문인 독일어의 'Ungeziefer'는 명확한 생물학적 명칭이 아닌, '더럽고 쓸모없는 존재'라는 의미로 해석되며, 이는 인간이 사회적으로 낙인찍히는 과정을 암시한다.

그레고르는 어떤 사람인가. 그는 가족을 위해 희생하며 산다. 자신이 하고 싶은 삶이 아닌, 가족의 빚을 갚기 위해 일하고, 아파도 쉬지 못한다. 그가 벌레가 되어 더 이상 돈을 벌 수 없게 되자, 가족은 점점 차갑게 변해 간다. 처음엔 놀라고 걱정하던 가족이 시간이 갈수록 그레고르를 방해물처럼 여기고, 결국 그가 죽음에 이르렀을 때, 가족들이 외면하는 장면은 너무도 씁쓸하고 가슴이 아프다.

〈변신〉은 인간 실존에 대한 무언(無言)의 외침이다. 인간이 사회 안에서나 가족 안에서 기능을 상실했을 때, 어떻게 다뤄지는지를 냉정하게 보여 준다. 특히 가족이라는 울타리가 얼마나 조건적이며 가혹한지를 보여 주는 장면은 현대 사회 속 가정의 진실과 마주하게 한다. 가족은 때로 가장 깊은 위로가 되지만, 가장 잔혹한 외면의 공간이 되기도 한다. 그레고르의 죽음 이후, 가족은 오히려 안도의 한숨을 내쉰다. 삶은 계속되고, 그레테는 성장한다. 오로지 죽음만이 하나의 기능을 완수한 듯, 소설의 끝을 장식한다.

카프카는 독자에게 질문만 던지고, 어떤 해답도 주지 않는다. 그러나 질문은 뼈아프고, 어떤 철학서보다 깊은 성찰을 불러온다. '인간이란 무엇인가', '정상성(定常性)은 누가 정의하는가', '사랑은 조건을 전제로 하는가' 그리고 '삶이란 무엇을 향해 움직이는가' 그의 작품은 무수한 질문의 미로이자, 끝내 출구가 없는 방과 같다. 독자는 방 안에서 혼란스럽고 불편한 시간을 보내게 된다. 바로 이 불편함이야말로 카프카가 우리에게 남긴 진정한 문학적 유산이다.

〈변신〉은 벌레가 된 한 인간의 이야기이자, 인간이 결국 벌레가 되어 가는 시대의 자화상이다. 본래 그레고르는 무언가가 변한 것이 아니라, 어쩌면 우리 역시 그런 존재였다. 다만 이것을 인식할 수 없는 상태에서 어느 날 문득, 껍질이 벗겨졌을 뿐이다. 카프카는 껍질을 벗겨내고, 벌거벗은 진실 앞에 우리를 세운다.

카프카는 아버지와 아들의 관계에 대한 강한 트라우마를 그의 작품 전반에 걸쳐 드러내는데, 〈변신〉에서도 가족 내 권력 구조가 중요한 동기로 작용한다. 카프카는 사르트르(Jean-Paul Sartre)나 카뮈(Albert Camus) 이전에 실존적 고독과 부조리한 세계에 대한 의식을 문학으로 형상화한 작가로 평가받는 이유를 소설에서도 알 수 있다. 인간이 벌레가 되었을 때, 인간으로 남게 하는 것은 무엇일까. 오히려 이 질문을 통해 카프카는 '정상'이라는 껍질 아래서 진정 인간다운 존재였던가를 우리에게 되묻는다.

사랑은 아직 배워야 할 일

- 에리히 프롬의 〈사랑의 기술〉

사랑을 어느 정도는 잘 안다고 생각했다. 젊은 날에는 그저 가슴이 뛰고 누군가가 보고 싶고 그리워지면 사랑인 줄 알았다. 그러나 시간이 흘러 상처를 주고받고, 가까운 누군가를 놓치고 나서야 사랑은 감정의 순간이 아니라, 평생 배워야 하는 과정이라는 사실을 알게 되었다. 한 갑자 전, 읽었던 빛바랜 책 에리히 프롬(Erich Fromm)의 〈사랑의 기술(The Art of Loving)〉을 다시 읽고, 잊고 지낸 깨달음의 자리로 돌아간다. 그리고 그 자리에서 묻는다. 지금도 사랑을 배워 가고 있는가.

프롬은 사랑을 '감정'이 아니라 '기술'이라고 말한다. 감정은 누구나 가질 수 있지만, 기술은 배우고 익혀야 한다. 흔히 사랑을 운명처럼 여기고, 우연히 찾아오는 감정, 혹은 운명적 만남이라고 여긴다. 그러나 그는 단호하게 말한다. 사랑은 예술이며, 예술은 배움 없이는 완성되지 않는다고 말한다. 사랑은 고도의 훈련과 성숙이 필요한 삶의 기술이며, 단지 '사랑에 빠지는 일'이 아니라 '사랑하는 행위' 자체라고 한다. 이 말은 오랜 감정의 관성을 흔든다.

돌이켜 보면 '받는 사랑'에 익숙했다. 관심과 이해, 조건과 결과 중심으로 사랑을 생각했고, 종종 기대하고 실망하며 상대 마음을 헤아리려 애썼다. 그러나 〈사랑의 기술〉을 읽으며 깨닫는다. 사랑은 받는 것이 아니라 전적으로 주는 것이다. 사랑은 계산도 조건도 없이 주는 것이고, '자신을 내어 주는 것'이라고 강조한다. 참된 사랑의 본질은 자신을 내어 주는 행위이며, 상대에게 존재를 맡기는 용기이기도 하다.

하지만 주는 사랑은 말처럼 쉽지 않다. 주기 위해선 먼저 내 안이 충만해야 한다. 공허한 마음으로는 아무것도 줄 수 없고, 자신의 상처를 치유하지 못한 사람은 타인의 아픔을 껴안을 수 없어 한 발 더 가까이 다가설 수밖에 없다. 그래서 프롬은 '자기 사랑(self-love)'의 중요성을 강조한다.

'자기 사랑'은 이기심이 아니다. 오히려 자신을 존중하고 이해하는 사람만이 타인도 온전히 사랑할 수 있다는 것이다. 이 말은 오래된 삶의 그림자를 비춘다. 때때로 자신을 사랑하지 못한 채 누군가를 사랑하려 했고, 결국 사랑은 고달픔과 의존으로 변질되곤 했다.

프롬은 사랑의 네 가지 요소로 보살핌(Care), 책임(Responsibility), 존중(Respect), 그리고 이해(Knowledge)를 제시한다. 네 가지는 사랑의 기둥이며, 이 중에서 하나라도 빠지면 사랑은 균형을 잃고 기울어진다. 그러나 이 네 가지가 결합할 때, 사랑은 일시적 열정이 아니라 지속 가능한 관계의 힘이 된다고 한다.

'책임'이라는 단어에서 오래 멈춘다. 우리는 감정에 충실하면서도 그 무게에는 무책임한 경우가 있다. '사랑한다'고 말하지만, 이 말 뒤에 따라오는 책임을 회피한다. 책임이란 상대의 존재를 끝까지 지켜보겠다는 의지이며, 기쁨과 슬픔, 결핍과 충만을 함께 짊어지겠다는 결단이다.

또한 '존중'은 사랑에서 자주 간과되는 요소다. 우리는 사랑이라는 이름으로 상대를 바꾸려 하고, 통제하며, 내 방식대로 순응시키려 한다. 그러나 프롬은 존중이란 타인을 있는 그대로 바라보는 힘이고, 그는 자기 자신이 되도록 허용하는 태도라고 한다. 이것은 거리 두기나 무관심이 아니라 사랑의 가장 깊은 배려이다. 이 부분에서 한때 지나치게 간섭했고, 반대로 무관심하였든 어떤 관계들을 돌아본다. 이것이 진정 사랑이었는가, 아니면 소유욕을 사랑이라 착각한 것인가.

사랑은 늘 타인과의 관계를 통해서 드러나지만, 사실 이것은 인간 존재 전체와 연결된다. 프롬에게 사랑은 연인 사이의 감정(Erotic Love)이 아니라, 부모와 자녀(Parents and children Love), 형제와 이웃(Brotherly and Neighbors Love), 자연과 신(Love of Nature and God), 그리고 자기 자신과의 관계까지 아우르는 삶의 태도이다.

그의 사랑관은 '삶을 살아가는 방식'의 하나로 이해한다. 사랑할 줄 아는 사람은 사람뿐 아니라 삶의 존재 자체를 사랑하는 사람이다. 그는 타인과 세상을 향해 마음을 열고 산다. 이 정의는 내 안에 깊이 파고들며 질문을 던진다. 나는 과연 사랑하는 태도로 살아왔는가.

프롬은 현대 사회가 사랑을 상품화했다고 비판한다. 사람들은 사랑을 선택의 문제와 교환 조건으로 접근하며, 상대가 나에게 무엇을 해주는지에 따라 사랑을 판단한다. 외모·학력·경제력·사회적 지위 같은 외적 조건이 사랑의 가치나 기준처럼 작용하고, 우리는 상대를 평가하여 거래하듯 관계를 맺는다.

이런 사랑은 오래가지 못한다. 조건이 사라지면 사랑도 함께 사라지고, 또 다른 조건을 찾아 떠난다. 프롬이 말한 '사랑의 기술'은 바로 조건적 사랑을 넘어서는 대안이다. 사랑은 상품이 아니라 훈련이며, 교환이 아니라 창조다. 사랑이란 끝까지 남아 주는 힘, "그럼에도 불구하고(trotzdem)"의 예술이다.

이 의미는 삶의 조건이 불완전하고 고통과 모순으로 가득 차 있더라도 인간은 궁극적으로 사랑하고, 창조하며, 희망을 선택하는 능력을 가졌다는 것을 지칭한다. 그리고 예술은 단순히 미적 활동으로서의 예술만이 아니라, 삶을 살아가는 방식 전체가 창조적 예술이 될 수 있다는 의미다. 즉, 인간은 현실이 냉혹하더라도 무력하게 순응하지 않고, 스스로 의미를 만들어 내며, 관계를 맺고 새로운 세계를 창조해 나가는 존재라는 것이다.

디지털 시대에는 이 현상이 더 두드러진다. 데이트 앱 속에서 사랑은 몇 장의 사진과 몇 줄 소개로 선택되고, '좋아요' 개수와 매칭 성공률이 사랑의 척도가 된다. 프롬이 비판한 '교환적 사랑'은 오늘날 더욱 정교해진 알고리즘 속에서 일상이 되었다. 이런 사랑은 공허하다. 그리고 결국 자신을 더욱 외롭게 만든다.

사랑은 외로움의 해답이다. 인간은 본질적으로 고독한 존재이다. 우리는 누구도 완전히 이해할 수 없고, 이해받을 수도 없다. 그래서 우리는 사랑을 갈망한다. 사랑은 고독한 존재가 서로의 외로움을 감싸안으며 잠시나마 하나가 되는 경험이다. 프롬은 이를 "연합의 갈망(the longing for union)"이라 부른다. 연합은 육체적 결합이 아닌, 영혼의 소통이고, 존재의 공유이다. 이때 사랑이란 서로의 다름을 인정하면서도 같은 방향을 바라보는 공동의 여정이다.

이 여정은 언제나 쉽지 않다. 우리는 종종 오해하며 다투고, 서로 지쳐서 상처를 받는다. 그러나 사랑은 이 모든 과정을 견디게 하는 힘이 있고, 실패해도 다시 시작하게 하는 용기가 있는데, 이것이 바로 사랑이란 "그럼에도 불구하고"의 예술이다.

프롬은 사랑을 능동적인 행위로 규정한다. 즉, 지속적인 관심과 인내의 결과라고 말한다. 사랑은 정적이지 않다. 그것은 살아 움직이며, 날마다 생명을 지키기 위해 애써야 하고, 실패해도 다시 시작해야만 한다.

프롬은 사랑을 음악 연주에 비유한다. 악기를 다루기 위해 오랜 연습과 노력, 집중이 필요한 것처럼, 사랑도 그렇다. 그저 감정의 흐름을 따르는 것이 아니라, 마음을 조율하고, 조화롭게 표현하며, 상대와 하나의 소리를 만들어 내는 작업이다. 사랑은 즉흥이 아니라 훈련이며, 단순한 감동이 아니라 책임 있는 실천이다. 사랑을 잘하려면, 우리는 끊임없이 자신을 돌아보고, 삶의 방식과 감정의 습관을 성찰해야 한다.

나는 칠순을 훌쩍 넘겼지만, 여전히 사랑을 배우고 있다. 어쩌면 이 배움은 죽는 날까지 끝나지 않을지도 모른다. 그런데도 사랑하고 싶다. 이것이 삶을 사랑하는 길이며, 인간으로 살아가는 유일한 방식이기 때문이다. 사랑은 언제나 두렵고 어렵지만, 이 안에는 인간 존재의 가장 진실한 가치가 담겨 있다.

〈사랑의 기술〉은 나에게 묻는다. "너는 사랑할 수 있는가", "아직 서
툴지만 그래도 배우고 있다"고, 그리고 "어제보다는 좀 더, 내일은 조
금 더 나은 사랑을 할 수 있길 바라며 노력한다"고 조용히 대답한다.

작가 노트

1. 인생의 뒤안길: 황혼의 길목에서 다시 배우는 삶

첫 번째 묶음 〈인생의 뒤안길〉에 실린 10편의 수필은 어느 날 갑자기 한꺼번에 쓴 문장이 아니다. 빠르게 흘러가는 생의 강가에서 잠시 물가에 앉아 숨을 고르던 시간, 잊었다고 생각했으나 마음 깊숙한 자리에서 오래도록 머물러 있던 기억들, 그리고 황혼의 문턱에서 비로소 들리는 미세한 내면의 소리가 천천히 쌓여 이루어진 기록이다.

생의 전반부는 언제나 전투와 같았다. 성취해야 할 목표와 책임의 굴레 속에서 늘 앞만 보고 달려왔다. 뒤를 돌아볼 틈이 없었다. 그러나 인생의 속도가 저절로 느려지는 어느 시점부터 '나'라는 존재의 그림자를 천천히 들여다보기 시작했다. 이 묶음의 글은 느려짐 속에서 채집된 문장들이다.

첫 작품은 '뒤안길'에서 출발한다. 한평생 달려온 길 뒤편에 어떤 그림자와 빛이 함께 있었는지, 산중에서 들려온 낙엽 소리와 침묵이 어떤 사유(思惟)의 문을 열어 주었는지 기록하고자 했다. 소란스러운 앞마당이 아닌 사람의 발길이 잘 닿지 않는 '뒷길'에서 비로소 발견되는 것들이 있다. 이 글은 그 조용한 길에서 발굴한 삶의 편린(片鱗)들이다.

두 번째 작품은 어머니에 대한 그리움에서 비롯됐다. 생의 근원으로 돌아가는 감정은 언제나 서늘하고 깊다. 그리움은 슬픔이 아니라 살아 있는 기억의 또 다른 형태다. 어머니의 손길, 목소리, 뭇국의 향기 같은 아주 작은 감각들이 삶의 가장 깊은 층위를 이루고 있음을 뒤늦게 깨달았다. 어머니를 향한 글은 회귀와 성찰의 흔적이다.

세 번째 작품은 지금의 삶에서 길어 올린 사유들이다. 산촌의 느린 시간, 도시 생활의 익숙함, 미국의 작은 마을 카이저에서 느낀 이방성, 커피 한 잔이 불러오는 기억의 향기… 서로 전혀 이어지지 않은 장면처럼 보이지만, 사실은 모두 지금의 삶을 구성하는 서로 다른 결이다. 삶은 하나의 장소에 머무르지 않는다. 나 역시 세 집을 오가며 정착과 유랑 사이에서 균형을 잡아 가는 중이다. 이러한 단속적(斷續的) 삶은 때때로 혼란스러웠지만, 결국엔 나를 확장하는 힘이 된다.

10편의 수필을 관통하는 주제는 단 하나다. 살아 있음의 감각을 어떻게 복원할 것인가. 청춘의 한복판에서는 삶이 너무 빠르게 흘러 의미를 포착하기 어렵다. 그러나 지금은 느리게 걷다 보니 멈추는 순간마다 삶이 더 선명해지고, 하루가 내게 속삭이는 작은 사연이 들리기 시작한다. 이런 글을 통해 '속도'가 아닌 '깊이'를 느끼는 삶으로 옮겨가고자 하는 변화를 조심스레 적어 두고 싶다.

10편의 수필은 완결된 이야기라기보다 아직도 진행 중인 질문이다. 나는 어디서 왔고 어디로 가는가. 앞만 보고 달릴 때 미처 보지 못한 것들은 무엇이었는가. 노년의 시간은 단지 남은 시간이 아니라 새로운 시작일 수 있는가. 이런 질문에 대한 대답은 여기에 실린 글을 통해 완전히 밝혀지지 않았다. 다만, 삶의 뒤편에 서서 조용히 자신을 응시하는 연습이 조금은 익숙해졌을 뿐이다.

이 묶음의 글을 통해 한 가지 사실을 확인했다. 인생의 뒤안길은 작은 길목이 아니다. 그것은 우리가 지나온 모든 길이 하나로 모여 다시 펼쳐지는 거대한 공간이다. 여기서 자신을 다시 만나고, 어둠 속에서도 어렴풋이 빛나는 희미한 희망을 본다. 노년은 쇠퇴의 상징이 아니라, 일생 미뤄 두었던 사유와 감정들이 비로소 완성되는 시간이다.

이 묶음의 글이 누군가에게 삶의 속도를 잠시 늦추게 하고, 오래 묻어 둔 장면 하나를 떠올리거나, 잊고 있던 이름 하나를 되살리는 작은 계기가 되기를 바란다. 그리고 무엇보다 황혼의 삶이 결코 쇠락이 아니라, 다시 한번 시작될 수 있는 새로운 앞마당임을 함께 느낄 수 있기를 희망한다.

2. 삶의 여백: 산촌에서 다시 배우는 느림의 문장들

두 번째 수필을 묶으며 문득 돌아보니, 내 삶은 어느새 도시의 속도를 떠나 산촌의 리듬 속으로 깊이 스며 있었다. 젊은 날엔 쫓기듯 달렸고, 은퇴 후에는 멈춘다는 사실이 두려웠다. 그러나 느리고 고요한 시간 속에 머무른 지 여섯 해가 지나자 비로소 삶은 채움보다 비움에서 더 선명하게 드러난다는 것을, 여백은 공허가 아니라 삶을 다시 살아보게 하는 가장 따뜻한 자리가 된다는 것을 알게 되었다. 이 묶음의 10편은 모두 그런 깨달음의 조각들이다.

〈삶의 여백〉은 은퇴 이후 처음 마주한 고요 속에서 흔들리던 내 마음의 기록이고, 〈느림과 기다림의 미학〉은 오래된 LP 음악이 나를 과거로 이끌며 기다림의 감성을 되찾아 준 순간에 대한 고백이다. 〈봄의 왈츠〉는 황혼에도 찾아오는 봄의 떨림을 음악에 실어 표현한 글이며, 〈오월의 봄비〉와 〈산촌의 바람 소리〉는 자연 속에서 얻은 작은 기쁨과 치유의 감각을 담고 있다.

산촌에서 보내는 시간은 나에게 다시 느끼는 법을 가르쳤다. 하루 종일 아무 일 하지 않아도 괜찮다는 사실, 조용한 순간이 오히려 가장 충만한 순간이 될 수 있다는 사실을 알게 하였다. 그래서 〈바위에 새긴 침묵의 문양〉과 〈산촌의 사계〉는 자연의 침묵이 들려주는 메시지를 오래 바라보며 적었다. 말이 많은 곳에서는 들리지 않던 것들, 잊고 살았던 감정들, 노년의 사유가 자연 속에서 천천히 되살아났다.

10편의 수필을 이어 붙여보면 하나의 긴 문장처럼 읽힌다. "나이가 들수록 삶이 주는 진짜 선물은 더 빨리 달리는 것이 아니라, 더 조용히 서는 법을 배우는 일이다" 그 깨달음을 매일 확인하게 해 준 것이 바로 산촌의 계절, 음악, 바람, 그리고 여백이었다.

이 묶음의 글은 누군가에게 조언하려는 글이 아니라, 나 자신에게 말을 걸듯 쓴 기록이다. 언젠가 또 누군가가 인생의 한고비에서 멈춰 서야 할 때, 이 글들이 작은 쉼표처럼 작용할 수 있다면 기쁠 것이다. 무엇보다 이 글은 지금 이 순간의 내가 가장 나답게 존재했던 기록이기도 하다. 황혼의 문턱에서 발견한 것은 거창한 진리가 아니다. 다만, "삶은 서두르지 않아도 아주 아름답다"는 단순하고 깊은 사실이다. 그리고 그 사실을 매일 새롭게 확인하는 일이 바로 남은 생의 여정이다.

3. 마음의 등불: 내면의 성찰과 삶의 지혜

세 번째 묶음인 〈마음의 등불〉은 내면의 성찰과 삶의 지혜를 '마음의 등불'로 표현하였다. 이 묶음은 인생의 황혼과 그 속에서 발견한 사유, 사랑, 그리고 일상의 음악을 중심으로 한 서정적 탐색이다. 이 글들은 단순한 개인적 회고를 넘어, 시간과 존재, 인간과 자연, 신과 인간의 관계를 아우르는 철학적 성찰로 이어진다.

〈황혼의 묵언〉은 하루의 끝자락에서 노을과 맞닿으며 존재의 깊이를 사유한다. 젊은 시절의 성취와 속도 중심의 삶을 지나, 이제는 무위 (無爲)와 침묵 속에서 삶의 진정한 가치를 깨닫는다. 하루를 보내는 저녁 하늘 앞에서 삶과 사랑, 그리고 관계를 되돌아보며, 놓아야만 비로소 다다를 수 있는 자리를 발견한다.

〈일과 사랑, 그리고 음악은 하나〉에서는 삶의 일상이 곧 사랑이고, 음악이라는 언어로 재현된다는 사실을 조용히 증언한다. 산촌의 아침, 책상 위 키보드와 바깥 풍경의 조화, 바흐와 브람스의 선율 속에서 글쓰기와 음악이 닮았음을 느낀 경험은 인간의 일과 사랑, 그리고 창작의 통합성을 보여 준다. 삶 속 작은 순간들이 만들어 내는 선율은 결국 존재의 가장 원초적이고 근원적인 언어가 된다.

〈계절의 여왕, 성모 성월〉과 〈시간의 깊이에서〉는 자연과 시간 속에서 인간 존재의 근본을 탐색한다. 오월의 신록과 성모 성월의 성스러운 침묵 속, 삶의 속도와 소유에서 벗어나 존재의 온기를 느낀다. 산촌에서 경험한 사소한 풍경과 바람, 새소리, 꽃과 나무는 단순한 시적(詩的) 장치가 아니라 현존재(Dasein)를 체험하는 순간이며, 삶의 의미를 스스로 인식하게 하는 통로가 된다.

〈세월과 존재를 묻는 서정의 변주〉에서는 노년의 삶과 세대 간 조화를 주제로 삼는다. 동양화 속 노인의 모습, 국화와 차향, 세대 간 존중과 이해는 인간의 삶이 단순한 생존이 아닌, 세월 속에서 형성되는 내적 질서와 아름다움임을 보여 준다. 현실 정치와 사회적 부조리 속에서도 삶의 깊이와 성찰은 인간 존재를 더욱 빛나게 하는 지혜로 제시한다.

〈이성, 두 개의 거울〉은 동서양 철학의 조명을 통해 인간과 세계를 이해하는 두 방식의 사유를 탐구한다. 서양 철학에서의 논리적·형식적 이성과, 동양 철학에서의 도덕적 성찰과 조화는 서로 다른 거울이지만, 모두 인간 존재의 근본을 비추는 역할을 한다. 글 속 사유는 단순한 학문적 분석을 넘어 삶의 방향과 윤리를 성찰하는 개인적 체험으로 이어진다.

10편의 글은 공통으로 시간 속에서 존재를 인식하고, 사랑과 사유를 통해 삶의 의미를 발견하는 과정을 탐구한다. 젊은 날의 속도와 성취를 지나, 이제는 속도를 늦추고 여운(餘韻)을 음미하며, 삶의 빛과 그림자를 함께 바라보는 시선을 담았다. 또한 자연, 음악, 가족, 신앙, 철학을 매개로 인간 존재의 다층적 의미를 조망한다.

결국 〈마음의 등불〉은 삶의 황혼에 서서 지난날을 조용히 되돌아보고, 남은 시간을 더 깊고 온전히 살아가기 위한 기록이자 사유의 편지다. 글마다 묻어 있는 고요한 성찰과 따뜻한 정서는 읽는 이로 하여금 삶의 여정 속에서 자신만의 빛을 발견하도록 초대한다.

4. 고전의 울림: 인간과 운명의 성찰

고전(古典)이라는 단어는 단순히 오래된 작품을 의미하지 않는다. 그것은 인간 존재와 사회, 도덕과 철학, 사랑과 욕망, 죽음과 구원이라는 근원적 질문을 시간의 흐름 속에서도 여전히 살아 숨 쉬게 하는 빅 텍스트다. 고전은 과거와 현재, 나와 타인을 이어 주는 지적 교량(橋梁)이며, 인간 조건에 대한 깊은 성찰의 산물이다.

오늘날 정보의 홍수 속에서 빠른 답을 찾고, 즉각적이고 충동적 감각에 의존한다. 그러나 고전은 느림과 반복, 그리고 사유를 요구한다. 한 문장, 한 장면을 곱씹으며 읽을 때 비로소 인간 내면의 복합성과 역사적 맥락이 비친다. 그 속에서 독자는 자신과 사회, 세계와 삶의 본질적 질문을 만나고, 때로는 묵직한 깨달음을 얻는다.

고전 읽기는 단순한 독서가 아니라 자기 존재를 재확인하고, 사고와 감성을 동시에 단련하는 과정이다. 읽는 시기에 따라 이해의 깊이가 달라지고, 삶의 경험이 쌓일수록 고전은 더 많은 통찰을 제공한다.

인간의 집착이 부른 파멸을 담은 〈모비 딕〉은 집착과 광기가 인간과 공동체를 파멸로 이끄는 과정을 보여 주는 서사적 심연(深淵)이다. 에이해브 선장은 자신의 집착으로 모든 것을 걸고 결국 파멸에 이른다. 반면 이스마엘은 겸손과 성찰을 통해 살아남아 인간 존재의 의미와 구원의 가능성을 보여 준다. 작품은 인간의 오만과 집착을 직시하고, 겸손과 성찰을 통한 생존과 구원의 가능성을 자각(自覺)하게 한다.

부조리의 심연 속 인간 의지를 그린 〈시지프 신화〉는 인간과 세계의 불일치에서 발생하는 부조리를 탐구하며, 의미 없는 반복 속에서도 자유와 의지를 통해 삶을 살아가는 인간을 제시한다. 시지프가 바위를 굴리는 무의미한 노동 속에서도 행복을 발견하는 모습은 '부조리와 함께 살아가기'라는 철학적 자세를 강조한다. 작품은 삶의 무의미와 부조리를 직시하고도 도피하지 않으며, 자유와 의지로 삶을 충만하게 살아가는 태도의 중요성을 깨닫게 한다.

순수와 금욕 사이의 문 〈좁은 문〉은 인간 내면의 도덕적 이상과 감정적 욕망 사이의 갈등을 섬세히 그린 작품이다. 알리사의 선택은 도덕적 순수와 자기희생을 향한 길로 개인적 사랑을 포기함으로써 얻는 내적 성찰과 구원을 보여 준다. 작품은 도덕과 신앙, 사랑과 자기희생의 갈등을 이해하며 인간 내면의 순수성과 고통을 성찰하게 한다.

사랑과 삶에 대한 철학적 성찰을 담은 톨스토이의 〈안나 카레니나〉는 개인의 욕망과 사회적 규범, 사랑과 도덕 사이의 충돌을 통해 인간 존재의 복잡성을 탐구한다. 안나의 비극은 자유와 욕망, 사회적 압력과 책임 사이에서 균형을 찾지 못한 결과이며, 독자는 인간관계와 윤리적 선택의 무게를 성찰하게 된다.

무거운 감정의 이면을 파헤친 프랑수아즈 사강의 〈슬픔이여 안녕〉은 감정의 깊이와 존재의 공허를 묘사하며, 인간 내면의 불안과 사랑의 한계를 탐구한다. 사랑과 고독, 정체성과 소외의 문제를 통해 현대인의 실존적 고민을 조명한다.

인간 존재와 가치를 재발견한 〈선악을 넘어서〉에서 니체는 도덕적 관습과 기존 가치 체계를 넘어 인간 스스로 삶의 의미를 창조하고, 자기 존재를 주체적으로 확립할 것을 강조한다. 기존 도덕의 틀을 넘어서는 사유는 인간 자유와 책임을 강조한다.

쉴러의 〈간계와 사랑〉에서 보듯이 사랑은 음모를 견딜 수 있는가. 이 작품은 사랑과 인간관계 속 윤리적 갈등, 의지와 감정 사이의 충돌을 다루며 선택의 어려움과 도덕적 판단의 중요성을 드러낸다.

부조리와 인간의 기다림을 그린 마르케스의 〈아무도 대령에게 편지하지 않다〉는 부조리한 세계 속에서 인간이 기다림을 통해 의미를 찾아가는 모습을 보여 준다. 희망 없는 기다림 속에서도 인간은 선택하고 행동하며, 존재의 의미를 탐구한다.

실존적 소외와 인간성 붕괴를 담은 카프카의 〈변신〉은 인간의 소외와 정체성 붕괴, 가족과 사회에서의 배척을 통해 실존적 문제를 탐구한다. 그레고르의 변신은 상징적 사건이자, 인간 존재의 근본적 불안과 고립을 보여 준다.

〈사랑의 기술〉에서 사랑은 아직 배워야 할 일이라며 프롬은 사랑을 감정이 아닌 기술이자 예술로 제시하고, 성숙한 사랑은 이해, 책임, 존중, 헌신이 결합한 실천적 행위임을 강조한다.

10편의 고전은 서로 다른 시대, 사회, 문화적 배경을 지니지만 공통으로 인간 존재의 본질, 삶과 죽음, 사랑과 도덕, 자유와 책임을 질문한다. 고전 읽기는 단순히 읽는 행위가 아니라 인간 조건과 삶의 근본적 문제를 마주하는 경험이다.

5. 마무리

네 묶음에 실린 40편의 수필은 서로 다른 풍경에서 시작되었지만, 결국 한곳으로 모여든다. 바로 '기억'이라는 내면의 강물과 그 위로 흐르는 '사유의 빛'이다. 나이 들어서 뒤늦게 발견하게 된 것들이 있다. 살면서 흘려보낸 미세한 순간이 사실은 가장 단단한 기둥이었고, 그 순간들이야말로 인간을 지탱해 온 은밀한 힘이라는 것이다. 어머니의 뭇국 한 그릇에 깃든 헌신, 아버지라는 이름으로 짊어진 책임의 무게, 황혼의 빛 속에서 비로소 들려오는 침묵의 언어 등, 모든 조각이 글의 배경이자 원천이다.

산촌에서의 삶은 나를 다시 배우게 했다. 속도가 삶의 질서를 결정하던 시절은 지나갔고, 이제는 '느림'과 '머묾'이야말로 존재를 밝히는 새로운 언어가 되었다. 자연은 늘 한 뼘쯤 떨어져 나를 바라보게 했고, 그사이에 스며든 고요는 글이 되었다. 바람에 흔들리는 나뭇잎, 저물녁 산허리에 걸린 노을, 손자들의 해맑은 웃음까지도 모두 기록하고 싶은 마음이 들었다. 그것은 화려하지 않으나 소중한 순간이며, 잊히기 전에 붙잡아야 할 삶의 잔광(殘光)이기 때문이다.

고전은 세월을 넘어 질문을 던지고, 독자는 시간과 경험 속에서 답을 찾는다. 다시 말해, 고전은 읽는 순간마다 새롭게 태어나며, 인간적 사유와 성찰, 공감과 지혜를 길러 준다.

고전을 읽는 것은 자신과 대화이자 역사와 대화다. 어린 시절의 감각으로 읽던 이야기 속 인물은 나이 들어 경험과 사고가 쌓일수록 더 복합적이고 입체적으로 다가온다. 멜빌의 광기와 카뮈의 부조리, 지드의 내적 갈등, 톨스토이의 사랑과 윤리, 카프카의 소외와 프롬의 사랑까지, 각 작품은 삶을 직면하는 용기와 통찰을 선물한다.

고전 서평 수필을 쓰면서 느낀 점은 고전은 단순한 지적 사치가 아니라, 삶의 안내서이자 내면의 거울이라는 것이다. 고전을 통해 인간의 욕망과 한계, 사회적 제약과 내적 갈등을 이해하며, 동시에 자신의 선택과 행동을 돌아보게 된다.

고전 읽기는 과거와 현재, 나와 타인을 이어 주는 다리이며, 삶의 의미를 질문하고 사유하게 하는 귀중한 통로다. 오늘 읽는 고전의 질문은 내일도 여전히 유효하며, 그 질문 속에서 자신의 길을 찾아갈 수 있다.

문경 대미산 자락 산방에서

無崖 박태수

뒤안길에서 흘러간 빛과 잔향

뒤안길을 걸으며 삶의 잔향을 천천히 되새긴다. 어머니의 손길, 아버지의 무거운 그림자, 산촌의 바람, 저물녘 노을과 같은 사소한 기억들 모두가 시간 속에서 서로 얽히며 내면의 한 폭의 아름다운 풍경을 이루고 있다. 젊은 시절의 속도와 성취가 빛이었다면, 이제 남은 빛은 느림 속에서 발견한 미세한 떨림이다. 사소하고 눈에 띄지 않는 순간들이 삶이라는 거대한 연속의 구조를 지탱하는 은밀한 기둥임을 뒤늦게 깨닫는다.

산촌의 여백과 황혼의 정적 속에서 다시 쓰고, 다시 읽었다. 글을 쓰는 순간마다 바람에 흔들리는 나뭇잎과 산허리를 휘감아 도는 저녁 빛은 내 마음의 등불과 맞닿는다. 한때는 너무 빠르게 달려 비쳐 보지 못했던 것들이 이제는 선명하게 다가온다. 느림 속에서 기억은 단단해지고, 침묵은 말보다 더 깊은 사유의 언어가 된다. 고전 속 인물들의 집착과 부조리, 사랑과 자기희생의 길 또한 뒤안길에서 나와 겹친다. 멜빌, 카뮈, 지드, 톨스토이, 카프카, 프롬의 사유는 시간과 공간을 넘어 내 안으로 스며들어 삶의 빛과 그림자를 동시에 비춘다.

이제, 뒤안길은 단지 지난 시간을 돌아보는 길이 아니다. 그 길 위에서 나는 여전히 묻는다. 어디서 왔으며, 어디로 가는가. 삶은 여전히 답을 주지 않는다. 그러나 질문 자체가 길을 만든다. 황혼의 삶은 쇠락이 아니라, 오히려 미뤄 두었던 사유와 감정을 거두어 새롭게 펼치는 장이다. 한 줄 한 줄, 한순간 한순간을 붙잡는 일은 결국 자신에게 말을 걸고 존재를 확인하며, 다시 일어서게 하는 은밀한 의식이다.

오늘 읽고, 쓰고, 기억한 모든 순간이 내일을 향한 작은 불씨가 된다. 빛은 눈부시게 화려할 필요가 없다. 속도에 쫓기지 않고, 침묵 속에서 번뜩이는 깨달음과 잔향만으로도 충분하다. 뒤안길에서 발견한 삶의 편린(片鱗)들은 나에게 속삭인다. "멈춤 속에서, 사유 속에서, 너는 여전히 살아 있다. 그리고 삶은 지금, 이 순간에도 계속된다."

문경 대미산 자락 산방에서

無崖 박태수

삶의 餘白

ⓒ 박태수, 2026

초판 1쇄 발행 2026년 3월 10일

지은이　　박태수
펴낸이　　이기봉
편집　　　좋은땅 편집팀
펴낸곳　　도서출판 좋은땅
주소　　　서울특별시 마포구 양화로12길 26 지월드빌딩 (서교동 395-7)
전화　　　02)374-8616~7
팩스　　　02)374-8614
이메일　　gworldbook@naver.com
홈페이지　www.g-world.co.kr

ISBN　979-11-388-5586-0 (03810)